JANA JÜRSS

Tod im Land der tausend Seen

STUMME ZEUGEN Grausige Leichenfunde im Müritz-Nationalpark. Bei einer Wanderung stolpert die Buchhändlerin Lilo Glück über einen menschlichen Schädel. Untersuchungen zeigen: Das Skelett liegt bereits seit fast 30 Jahren im Wald. Doch was ist damals geschehen? Die Neustrelitzer Polizei ermittelt in alle Richtungen.

Lilo Glück hat als Kind ihre Heimat verlassen müssen und lebt erst seit wenigen Monaten wieder mit ihrer Familie in Neustrelitz, in diesem paradiesischen Land der tausend Seen. Ihr Neuanfang verläuft jedoch alles andere als paradiesisch: Sie hat mehr Feinde als Freunde und als ein beliebter Mitarbeiter des Nationalparkamtes tot aufgefunden wird, gilt sie schon bald als Verdächtige. Will ihr jemand den Neuanfang schwer machen oder hat sie tatsächlich etwas mit den Morden zu tun? Der Hotelbesitzer Lutz Meinhard hält zu Lilo und bringt sie dadurch, ohne es zu ahnen, in große Gefahr. Fast zu spät erkennen die zuständigen Ermittler die Zusammenhänge …

Jana Jürß wurde 1970 in Neustrelitz (Mecklenburg/DDR) geboren, wo sie mit ihren sechs Geschwistern aufwuchs. Im Jahr 1989 flüchtete sie über Ungarn/Österreich aus der DDR. Seit 2005 arbeitet die verheiratete Mutter von zwei Kindern als Schriftstellerin und Publizistin. Jana Jürß ist Mitglied im PEN sowie im »Syndikat«.

Bisherige Veröffentlichungen im Gmeiner-Verlag:
Ostseekiller (2018)

JANA JÜRSS

Tod im Land der tausend Seen

Kriminalroman

GMEINER SPANNUNG

Immer informiert

Spannung pur – mit unserem Newsletter informieren wir Sie regelmäßig über Wissenswertes aus unserer Bücherwelt.

Gefällt mir!

Facebook: @Gmeiner.Verlag
Instagram: @gmeinerverlag
Twitter: @GmeinerVerlag

Besuchen Sie uns im Internet:
www.gmeiner-verlag.de

Im Ehnried 5, 88605 Meßkirch
Telefon 07575/2095-0
info@gmeiner-verlag.de

1. Auflage 2019

Lektorat: Christine Braun
Herstellung: Mirjam Hecht
Umschlaggestaltung: U.O.R.G. Lutz Eberle, Stuttgart
unter Verwendung eines Fotos von: © Phil Stev / shutterstock.com
Druck: CPI books GmbH, Leck
Printed in Germany
ISBN 978-3-8392-2392-5

Personen und Handlung sind frei erfunden.
Ähnlichkeiten mit lebenden oder toten Personen
sind rein zufällig und nicht beabsichtigt.

EINS

»Sie werden schon merken, Mecklenburger haben was von Elefanten. Nicht unbedingt die Dickhäutigkeit, aber sie sind genauso nachtragend.«

»Ich bin hier geboren und aufgewachsen. Wenn das stimmt, was Sie sagen, bin ich dünnhäutig und trage ständig Groll mit mir herum. Ich glaube, ganz so pauschal ist es dann doch nicht. Und mit den Elefanten ist es etwas anders, für sie ist das Erinnern lebenswichtig, für uns Menschen jedoch eher das Vergessen.«

»So philosophisch habe ich das gar nicht gemeint. Dass Mecklenburger nachtragend sind, ist eher meine persönliche Erfahrung, seitdem ich hier lebe. Wenn Sie ein Geschäft erfolgreich führen wollen, brauchen Sie auf jeden Fall ein dickeres Fell als die meisten unserer Mitbürger.«

»Danke für den Tipp. Wenn ich mehr davon brauche, wende ich mich gerne an Sie.« Lilo Glück sah unruhig auf die Uhr. Sie ließ die beiden ungern abends so lange allein. »Herr Meinhard, ich muss dann. Meine Kinder warten auf mich.«

»Sie haben Kinder?«

»Als wenn Sie das nicht längst wüssten.« Sie lächelte ihn spöttisch an, während er verlegen sein Glas hob.

»Erwischt. Der Buschfunk in unserem Städtchen lässt einen nicht im Stich.«

»Ich habe kein Geheimnis darum gemacht, dass ich …«, was eigentlich, dachte sie, dass ich Kinder habe? Warum auch? Sie ließen sich kaum verheimlichen, wenn man mit ihnen lebte. Und der fehlende Mann war offensichtlich. Alles andere ging die Leute nichts an. »Ich muss jetzt. Tschüss, Herr Meinhard.« Sie streckte ihm die Hand hin, die er nahm und ein wenig zu lange festhielt.

»Bis zur nächsten Sitzung.« Er nahm sich zusammen, um sie seine Einsamkeit nicht spüren zu lassen.

Gern hätte er noch, nachdem alle anderen gegangen waren, mit ihr geplaudert. Bei einem Glas Bier. Sie mochte Bier. Er weniger, aber seit Carmen weg war, trank er es trotzdem. Ihr zum Trotz. Carmen hatte Bier immer als Volksgetränk abgetan und gemeint, dass sie als Besitzer eines Hotels mehr als das einfache Volk waren. »Prost, Carmen!«, sagte er in den nun leeren Raum, den er gleich noch aufräumen wollte. »Du bist eine hochnäsige Zicke, aber ich vermisse dich sehr.«

Währenddessen ging Lilo Glück durch den Katersteig zur Strelitzer Straße, ein kleiner Umweg, den sie brauchte, um den Kopf freizubekommen. Sie hatte die Orientierung in der Stadt schnell zurückgewonnen, ein paar Straßennamen waren anders, aber im Grunde waren es die Straßen ihrer Kindheit geblieben. Sie schalt sich nachträglich, nicht gemeinsam mit André Kröger, dem Besitzer der »Musikklause«, vom Hotel Strelitz aufgebrochen zu sein. Dann wäre sie nicht allein mit Lutz Meinhard gewesen. Eine Freundschaft mit ihm war ihr wegen seiner Direktheit zu viel. Wenn ihre Mutter sie nicht so gedrängt hätte, dem Verein »Neustrelitzer Marktquartier« beizutreten, in dem scheinbar alles, was Geschäft, Rang und Namen hatte, sich seinen Platz suchte, wäre sie nicht genötigt, einen Abend im Monat die zähen Sitzungen zu besuchen.

Ein Blick auf die Uhr genügte ihr, um etwas schneller zu gehen. Sam musste ins Bett und ohne das übliche Ritual konnte sie nicht einschlafen. Marius hatte ihr zwar versprochen, seine Schwester ins Bett zu schicken und ihr auch etwas vorzulesen, aber selbst wenn er das tat, würde Sam nicht schlafen können. Als Lilo beim »Gymnasium Carolinum« ankam, das in ihren Kinderjahren das »Haus der Offiziere« war, fiel ihr ein, dass sie dringend mit Marius' Klassenlehrer sprechen musste. Seine Noten waren nach dem Umzug wieder deutlich schlechter geworden. Gleich morgen früh wollte sie eine Mail an Böse schreiben. Manuel Böse war ein strenger Lehrer, wie sie von anderen Eltern erfahren hatte. Aber Marius hatte bisher nie etwas Schlechtes über ihn gesagt, was allerdings nicht zwangsläufig Zuneigung bedeuten musste. Marius schwieg ohnehin die meiste Zeit.

Ihr Handy vibrierte. Lilo nahm es aus der Jacke und las die kurze Nachricht: »Mama, wo bist du?« Sie tippte die Antwort: »Bin gleich bei dir, meine Süße.« Sie lief die letzten Meter bis zur Kreuzung und konnte ihr neues Zuhause im Obergeschoss eines Hauses in der Hohenzieritzer Straße schon sehen. Im Wohnzimmer brannte noch Licht.

ZWEI (SOMMER 1990)

Sie schlängelte sich durch die dicht stehenden Buchen.

Heimkehr, hatte er gesagt. Irgendwann einmal. Nach dem Geschäft. Einmalig, hatte er gesagt. Zu ihr. Zu seiner Geliebten. Eine einmalige, niemals wiederkehrende Möglichkeit. Etwas vom großen Kuchen abbekommen. Endlich.

Sie hatte ihm geglaubt. Sie glaubte ihm immer noch. Sie liebte ihn. Mehr als Paul, ihren kleinen Bruder. Den sie sein ganzes Leben lang schon liebte. Ein letztes Treffen, ausgerechnet hier. An dem Platz, an dem ihre Liebe begonnen hatte. Handschlag würde reichen, auch das hatte er gesagt. Nun gut, hatte sie gesagt. Ein Handschlag und dann machen wir uns auf den Weg. Wenn nicht bald, dann bleibe ich. Ich kann Paul nicht mehr in die Augen sehen. Er merkt etwas.

Sie hörte Stimmen. Eine vertraute und zwei, die sie den Männern zuordnen konnte, mit denen der Vertrag heute besiegelt werden sollte. Dann eine unbekannte Stimme, weiblich und jung.

Jetzt trat sie aus dem Buchenwäldchen heraus auf die Lichtung. Niemand bemerkte sie. Sie aber sah, *wie* er die andere, die junge Frau, anblickte. Und wie er sie mit seiner Schulter *berührte*. Nein, so war er nicht. Er verließ schließlich ihretwegen seine Frau. Und sogar sein Kind. So wie sie seinetwegen Paul verließ. Es ging nicht anders. Sie waren eins geworden. Die Sache hatte sie beide verschmelzen lassen. Er wusste, ohne sie ging es nicht, ohne sie hätte er keine Chance gehabt. Und sie? Sie liebte. Das erste Mal in ihrem Leben liebte sie, wie eine Frau überhaupt lieben konnte. Sie war ihm verfallen. Mit Haut und Haaren. Bei diesem Gedanken fasste sie in ihre dichten dunkelblonden Haare. Ja, sie würde alles für ihn opfern. Wahrscheinlich, bremste sie sich selbst. Sie war kein junges Mädchen mehr. Wusste er es? Dass sie alles für ihn geben würde? Nutzte er es aus? Vielleicht. Es spielte keine Rolle. Sie benutzte ja auch ihn. Und seine Abhängigkeit. Letztlich war es ihr egal, weshalb sie zusammen waren. Hauptsache, sie waren zusammen.

Sie gab ihren Beobachtungsposten auf und ging in gerader Linie auf die kleine Gruppe zu. Er bemerkte sie und lächelte sie an. Strahlend, fand sie. Liebevoll. Er hatte die andere gar nicht besonders angesehen und sicher nur zufällig berührt.

Sie begrüßten sich. Wie gewohnt mit Handschlag. Ob das nun die Besiegelung des Vertrags sei, fragte sie. Die Männer sahen sie erstaunt an. Ehe sie verstanden.

»Fast«, sagte der eine. Der Große mit den kurzgeschorenen grauen Haaren. Dessen zerfurchtes Gesicht schon mehr als das gesehen hatte, was gerade passierte.

»Wie alt waren Sie im Krieg? Schon alt genug, um mitzumachen?«

Er fasste ihren Arm und streichelte grob darüber.

Sie ließ es zu. Redete aber weiter. »Wir wissen nicht alle genug voneinander, finde ich. Diese Sache ist groß und wird uns für den Rest unserer Leben miteinander verbinden. Also, waren Sie im Krieg?«

Der Angesprochene hob fast hilflos die rechte Hand und strich sich damit über das Kinn. Von links nach rechts.

Sie beobachtete ihn genau. »Und, waren Sie?«

Er nickte.

»Was soll das?«

Sie ließ sich durch ihren Liebsten nicht irritieren. Eventuell hatte er vorhin doch zu nah bei dieser anderen Frau gestanden, die nun wie eine wunderschöne zarte Blume inmitten dieser Männer, die an Unkraut erinnerten, stand und sich betreten auf die dunkelblauen, bequem aussehenden Schuhe schaute, die irgendwie nicht zu ihrer eleganten Kleidung passten.

»Ich sagte schon, wir kennen uns zu wenig. Also, Sie haben den Krieg erlebt. Aktiv? Und dann nahtlos in den Kalten Krieg gewechselt? Nicht schön.« Das dachte sie wirklich. Nicht schön! Als junger Kerl in den Krieg gemusst, wer weiß, was er da erlebt hat, dann Kalter Krieg mit allem Drum und Dran. Vielleicht wie Werner Holt? Oder war er wie dessen Freund, der Wolzow? Einer, der es wirklich wollte?

»Wie kommst du jetzt auf solchen Unsinn?« Ihr Liebster wurde ungeduldig.

»Unsinn? Wenn du meinst. Entschuldigt bitte.« Ja, er hatte recht. Georg hatte recht. Sie führte sich furchtbar auf. Und wenn sie sich schuldig fühlte, wurde aus dem zärtlichen gedanklichen »er« immer »Georg«. Der Mann, den sie liebte, zu dem sie aufsah. Etwas rumorte in ihr. Was sie nicht wollte. Es war doch bisher alles gut gelaufen. Sie hatte nie auch nur den geringsten Zweifel gehabt. Reichte eine fremde Frau schon aus, um sie zu einer unsicheren Zicke werden zu lassen?

»Nachdem nun alles geklärt ist – können wir dann?« Der neben dem Zerfurchten, Heiner Schuster, mittelgroß, dunkle, fast schwarze Haare, die, wie sie für sich feststellte, dringend einen Friseur brauchten, hob die Aktenmappe vor seine Brust.

Alle nickten, nacheinander. Selbst die fremde junge Frau. Und als Letzte sie selbst.

Ob alles geklärt ist, dachte sie, werden wir noch sehen.

DREI

»Ihr Sohn lebt sich sehr schwer bei uns ein. Er ist schweigsam. Absolut introvertiert. In seiner eigenen Welt. Wenn es keine Klausuren gäbe, die er einigermaßen schafft, sähe ich sein Abitur gefährdet. Trotzdem sollten Sie mit ihm sprechen. Wir können das auch gemeinsam machen. Eltern und Lehrer gemeinsam ist manchmal hilfreich.« Manuel Böse sah sie durch seine Brille freundlich an.

Er wirkte nicht streng auf sie. Im Gegenteil. Aber was wusste er schon von ihrem Jungen? Im Grunde nichts. Und sie wollte hier nicht viel Privates erzählen. Das war ihr schon immer wie Verrat an den eigenen Kindern vorgekommen. Allerdings war sie langsam wieder in der Situation, von der sie dachte, sie überwunden zu haben. Marius hatte sehr lange gebraucht, um mit dem Tod von Christoph zurechtzukommen. Sein Vater war immer sein Held gewesen. Trotz aller Verschiedenheit. Sie machte sich Vorwürfe wegen des Umzugs. Sie hätte warten sollen bis nach dem Abitur. Aber dann wäre der Laden weggewesen. Ein anderer würde jetzt die Bücher verkaufen, würde statt ihrer die Weihnachtslesung vorbereiten, würde mit Heike, Tom und Beatrice die langen Adventsabende machen.

»Es war immer schon mein Traum, einen eigenen Buchladen zu haben.« Der Gedanke kam plötzlich als lauter Satz aus ihrem Mund. Sie schüttelte den Kopf. »Das gehört nicht hierher. Entschuldigen Sie.«

Der Lehrer sah sie noch freundlicher an. »Kein Problem. Im Gegenteil. Es kann helfen, wenn ich die Hintergründe verstehe. Es sind, so würde ich annehmen, nicht nur allgemeine altersabhängige Probleme, die Marius mit sich trägt.«

Sie zögerte, stand auf, ging zum Fenster, das die Sporthalle zeigte. Tja, er mochte recht haben, der gute Herr Böse, dachte sie. Über das Wortspiel musste sie lächeln und sie fasste den Entschluss, mit diesem Menschen zu reden, über das allgemeine Geplänkel hinaus. »Ja. Marius hat seinen Vater verloren. Das ist zwar schon fast fünf Jahre her, aber nach unserem Wegzug von Stuttgart vor ein paar Monaten ist er scheinbar wieder in eine Starre gefallen, die ihn viele Monate nach dem Tod meines Mannes gefangen hielt.«

»Verstehe. Erst der Verlust des Vaters und nun ein vollkommen neues Umfeld. Hatte er gute Freunde?«

Sie nickte.

»Und wie hatte er Ihre Pläne vor dem Umzug aufgenommen?«

»Das ist es ja, was ich nicht verstehe. Er hat sich mit mir gefreut über die Chance. Außerdem leben meine Eltern hier und er liebt seine Großeltern.«

»Soll ich mal mit ihm reden?«

Sie drehte sich zu ihm um und sah ihn erschrocken an. »Nein. Um Himmels willen. Ich mache das.«

Er räusperte sich. »Wie Sie wollen, Frau Glück. Falls doch, melden Sie sich einfach bei mir. Sie haben ja meine Mailadresse. Und ich achte ein bisschen mehr auf Marius.«

»Danke. Er wird sich fangen. Es ist ein neues Leben. Daran muss er sich erst einmal gewöhnen. Neue Schule, neue Lehrer und das alles.«

Sie verabschiedeten sich. Lilo ging die Treppen hinunter. Ein netter Lehrer. Er schien Marius wirklich helfen zu wollen. Dennoch war sie unzufrieden. Sie hatte das Gefühl, entweder zu viel oder zu wenig gesagt zu haben. Marius war ganz allein hier, an jedem Wochentag. Mit sich und seinen Ängsten allein. Denn die hatte er. Auch wenn er das wahrscheinlich nicht zugeben würde.

Es klingelte und sie beeilte sich, schnell wegzukommen. Marius sollte sie nicht sehen. Sie hatte ihm nicht gesagt, dass sie einen Termin in der Schule hatte. Er wollte nicht, dass sie sich »in seine Angelegenheiten« mischte. Das hatte er ihr bereits mehrfach zu verstehen gegeben. Sie nahm zwei Stufen auf einmal und hörte hinter sich eine Horde Kinder. Der Ausgang lag nur noch wenige Meter entfernt, als eine Frau ihren Vornamen rief. Sie blieb stehen.

»Lilo? Bist du das wirklich?« Eine kleine Frau stand vor ihr. Mit großen grünen Augen sah sie Lilo an. »Mensch. Du bist es doch, oder? Komarow-Schule? Ihr seid doch damals weg in den Westen. Da waren wir in der siebten oder achten Klasse. Du weißt es bestimmt besser.«

»Denise?« Lilo erkannte sie wieder. Das gleiche Gesicht, das gleiche freche Grinsen und die Stimme wie früher, immer freundlich und irgendwie hastig.

»Hey. Was machst du im ›Carolinum‹?«

»Meine Kinder gehen hier zur Schule.«

»Und wir sind uns bisher noch nicht über den Weg gelaufen?«

»Wieso? Was machst du hier?«

Denise lachte. »Ich habe es tatsächlich geschafft und bin Lehrerin geworden. Englisch und Politik. Nicht Staatsbürgerkunde. Wer hätte das gedacht!«

Es klingelte wieder.

»Pause ist gleich um. Ich muss in die Klasse. Sehen wir uns?«

Lilo überlegte, wie sie hoffte kurz genug, damit es nicht unhöflich aussah. Dann gab sie nach. »Okay. Komm in meinen Buchladen. Ich habe ihn übernommen. Strelitzer Straße.«

Denise hatte sich schon auf den Weg nach oben gemacht und rief fröhlich von der Treppe aus: »Darauf kannst du Gift nehmen. Morgen habe ich mittags Feierabend, dann komme ich. Und wehe, du bist nicht da.«

VIER

Lilo liebte es, morgens als Erste im Laden zu sein. Sie ging dann immer die Regale entlang, schob Bücher dorthin, wo sie hingehörten, strich sanft über einzelne Buchrücken. So auch an diesem Morgen. Am Sonntag würde zwar erst der erste Advent sein, aber sie mussten bereits die ganze Woche alles, was mit Weihnachten auch nur annähernd zu tun hatte, nachordern. Andere schimpften über die merkwürdigen Kaufgewohnheiten mancher Mitbürger, sie hingegen verstand es. Welche Zeit im Jahr lockte sonst noch verschiedenste Generationen in die Geschäfte. Und dazu dann die Versuche, nicht lediglich etwas zu verschenken, sondern anderen tatsächlich eine Freude damit zu bereiten, das war eben Weihnachten. Auch Hektik gehörte dazu – in Stuttgart hatte sie als Buchhändlerin eine ganz andere Anzahl von Kunden abfertigen müssen. Hier in Neustrelitz hingegen ging alles persönlicher zu, und freundlicher.

Sie nahm ein Tuch und wischte einige Buchexemplare ab, die jeden Tag merkwürdigerweise schneller Staub ansetzten als andere. Donnerstags begannen die Menschen an die freien Abende und den Sonntag zu denken. Daran, dass eventuell ein wenig Zeit bleibt, um dem Alltag zu entfliehen und in fremde Welten einzutauchen.

Gerade im Winter, wenn das Wetter so wie heute den ganzen Tag nass und kalt blieb, träumten sie sich, wenn nicht gleich in wärmere Gefilde, dann wenigstens in die warmen Jahreszeiten. Lilo mochte jede Jahreszeit. Allerdings gab es bei ihr den schwarzen Monat Januar. An einem Januartag war Chris verunglückt. Sie hatten sich an dem Morgen nicht einmal richtig verabschiedet. Er war zu spät aufgestanden und musste sich beeilen. Sie hatte ihn noch die Treppe hinunterlaufen gehört, bevor sie auf den Wecker geschaut hatte. 5.47 Uhr. Den Flughafen hatte er nie erreicht. Und sie hasste seither diese verdammte Uhrzeit. Sie stieß die Gedanken von sich, bevor sie von ihnen in die Finsternis weggetragen werden konnte.

Sie schob den Zeitungsständer an seinen Platz im Eingangsbereich, trat auf den Gehweg und sah die Strelitzer Straße hinauf in Richtung Markt. Wenige Autos fuhren an ihr vorbei. Sie achtete nicht darauf. Ein Fahrradfahrer klingelte, sie wich erschrocken zurück. Trotzdem ließ sie sich nicht vertreiben. Rituale taten ihr gut. Bald hörte sie das gute gelaunte »Guten Morgen« von Herbert Schneider, der wie gewohnt um diese Zeit an ihr vorbeilief. »Bis nachher«, sagte er, nachdem sie ihm zugenickt hatte. Er war einer der Menschen gewesen, die sie an ihrem ersten Tag begrüßt und sich mit ihr gefreut hatten. Er war mit einem Strauß gelber Rosen gekommen, sorgfältig gekleidet im dunklen Anzug, sogar eine Krawatte hatte er getragen. Seitdem kaufte er jeden Tag, nachdem er sich für sein einsames Frühstück ein Brötchen an der Ecke beim Bäcker geholt hatte, seine Zeitung bei ihr.

Lilo kehrte in den Laden zurück und ließ die Tür offen. Trotz des kühlen Wintermorgens tat ihr die frische Luft gut und sie wollte diese noch ein paar Minuten lang spüren. Sie war gespannt, ob Denise wirklich kommen würde. Eigentlich wollte sie nicht mehr an die Vergangenheit denken. Es war zu viel geschehen. Damals. Und danach. Und dann wieder. Sie überlegte, ob es Sinn machen würde, sich mittags wegzustehlen. Wenn Denise nicht ganz auf den Kopf gefallen war, würde sie begreifen, dass kein Kontakt gewünscht war. Aber – Lilo hatte ihre frühere Klassenkameradin eigentlich in guter Erinnerung. Sie wollte ihr nicht wehtun. Außerdem war es wahrscheinlich, dass sie sich immer wieder in der Schule treffen würden. Marius war zwar bald fertig, aber Sam hatte noch viele Schuljahre vor sich. Womöglich würde Denise sogar ihre Lehrerin werden. Lilo beschloss, die Begegnung auf sich zukommen zu lassen. Um ungelegte Eier, so sagte ihre Mutter oft, sollte man sich keine unnötigen Gedanken machen. Vielleicht hatte sie in diesem Fall ja recht.

Lilo sah auf die Armbanduhr, die sie nur in Ausnahmesituationen abnahm. Tom musste gleich da sein. Er tauchte meist genau in der Minute auf, in der seine Arbeitszeit begann. Sie wollte ihm längst gesagt haben, was sie von ihm erwartete. Nämlich dass er etwas eher kam, nicht erst mit dem ersten Kunden. Schließlich dauerte es bei ihm immer eine Weile, bis er endlich hinter der Kasse stand. Sie wusste, sie war zu weich und musste lernen, ihre Vorstellungen durchzusetzen. Doch die Vorstufe dazu war es, die Vorstellung erst einmal klar zu formulieren. Nun ja, die Zeit wird es richten, dachte sie. Auch so ein Spruch ihrer Mutter.

In der angrenzenden kleinen Küche nahm sie sich eine Tasse vom frischgebrühten Kaffee, tat Milch und Zucker hinzu und rührte langsam um. In kleinen Schlucken trank sie davon. Ende November, dachte sie, fast wieder ein Jahr geschafft. Bin ich tapfer? Sie hatte keine Zeit, darüber nachzudenken, die Schritte von Tom näherten sich. Ohne jeden Eindruck der Eile blieb er vor ihr stehen, grinste und gab ihr die Hand.

»Du bist ja wieder mal die Erste. Guten Morgen. Kann ich auch einen haben?«

Lilo seufzte und suchte noch nach den richtigen Worten, um ihm zu sagen, dass er gefälligst ein paar Minuten eher kommen sollte, als Tom längst mit seiner Kaffeetasse an ihr vorbei in Richtung Kasse schritt. Ja, er schritt. Mit langen Schritten, in sich ruhend, wie es aussah. Sie hob die Schultern. Dann ein anderes Mal, beruhigte sie sich. Ich bin eben ein Feigling. Von wegen tapfer.

Der Vormittag verlief wie erwartet ruhig, sie hatten Zeit, Ware auszupacken, neue zu ordern und jeden Kunden in Ruhe zu beraten. Alles, was mit Weihnachten auch nur annähernd zu hatte, rissen ihr die Leute fast aus den Regalen. Nun ja, so wünschte sie es sich schließlich auch. Der Dezember war der Monat, der einige sehr magere Monate auf das Jahr verteilt ausgleichen musste. Sie hatte eine kleine Kaffeeecke eingerichtet, weil sie es selbst liebte, in Geschäften zu schmökern, sich kurz auszuruhen zu können und besonders im Winter etwas Warmes zu trinken. Der Zustand der Leseexemplare verschiedenster Romane auf dem kleinen runden Tisch verriet schon nach wenigen Tagen, wie gern das Angebot von den Neustrelitzern und den Gästen von außerhalb angenommen wurde. Jetzt zur Weihnachtszeit gab es Punsch und Kakao, sie liebte diesen Geruch. Nur selten waren die kleinen Sessel unbenutzt und noch seltener ging jemand, der dort gesessen hatte, ohne ein Buch hinaus. Bis jetzt schien sie sich noch keine Fehler erlaubt zu haben, im Gegenteil. Sie könnte zufrieden sein. Doch Marius fühlte sich hier nicht wohl und irgendwie fehlte auch ihr Stuttgart. Und sie vermisste ihre Freunde, die ihr seit dem Tag im Januar vor fünf Jahren beigestanden hatten. Ach, sie mochte nicht daran denken, nicht immer wieder. Aber es ließ sie nicht los.

»Auch ein Süppchen, Chefin?«

Sie sah sich um. Tatsächlich waren sie die Einzigen im Geschäft. Trotzdem würde sie jetzt nicht essen, immer nur einer in die Pause, das hatte sie ihren Leuten von Anfang an gesagt. Der Einzige, der anscheinend lieber in Gesellschaft aß und trank und ihre Anweisung missachtete, war Tom.

»Du sollst nicht ›Chefin‹ zu mir sagen und hier macht immer nur einer Pause. Wie oft soll ich das noch sagen?« Der letzte Satz kam ihr leise und zögerlich von den Lippen. Sie mochte es nicht, erwachsene Menschen zurechtzuweisen, nahm sie doch an, die müssten ihre Ansagen im Grunde von alleine verstehen und umsetzen können. Aber sie war jetzt Chefin und keine bloße Kollegin. Da gehörte Zurechtweisen anscheinend dazu.

»Schon gut, Chefin. Meinetwegen kannst du das immer wieder sagen, ich nehme es dir nicht übel.« Tom hielt ihr einen Kaffeebecher hin. »Trinke wenigstens den Kaffee hier mit mir, sobald ein Kunde kommt, verschwinde ich, um mein Süppchen zu löffeln.« Er strahlte sie an.

Der fast zwei Meter große Mann wirkte so unbekümmert, wie sie sonst keinen Menschen kannte. Sie konnte ihm nicht böse sein. »Okay, ich bin erleichtert, dass du mir nicht böse bist.« Es sollte ironisch klingen, aber sie sprach es aus, wie sie es meinte, vollkommen ernst. »Allerdings gehe ich heute zuerst in die Mittagspause.« Sie zeigte zur Tür, die sich eben öffnete. Denise kam auf Lilo zu und nahm sie einfach in die Arme.

*

»Du bist dir sehr ähnlich, also der Denise von früher.«

»Ist das ein Kompliment?«

»Ja.« Lilo nickte. »Nicht nur, was dein Aussehen betrifft. Sondern auch deine Art.«

»Ich kann nichts dafür. Ich bin, was ich bin.« Denise wurde kurz ernst, lächelte aber gleich wieder. »Jede von uns ist, was sie ist, oder?«

»Wenn du nicht das Essen meinst, stimme ich dir zu.«

Sie mussten beide loslachen. Einfach so. Weil es schön war. Weil sie sich wohlfühlten.

»Haben wir früher auch gemeinsam gelacht?«

»Das weißt du nicht mehr? Oft, sehr oft. Auch mit den anderen. Oder über andere.«

Lilo überlegte. »Irgendwie kann ich mich nur noch an wenige Dinge erinnern. Manchmal glaube ich, mein Hirn funktioniert nur dann richtig, wenn es sich an üble Dinge erinnern darf.«

»Du bist dir auch ähnlich. Du hast früher schon nicht viel gesprochen, aber wenn, dann mochte ich das, was du gesagt hast. Du warst nie gemein.«

Lilo schüttelte den Kopf. »Sicher war ich auch gemein, aber die Schwachen … Das konnte ich nicht leiden, wenn es auf die losging. Du auch nicht.«

»Du erinnerst dich doch!«

»Scheint so.«

Erneut lachten beide los. Immer wieder hörte sie die Tür vorne im Laden, was Lilo sonst längst veranlasst hätte, ihre Pause abzubrechen. Heute nicht, dachte sie. Heute habe ich gern Pause und Tom wird es schon schaffen.

»Ich muss los«, sagte stattdessen Denise. »Es war so schön, dich zu sehen. Du warst bisher auf keinem Klassentreffen. Du magst die Vergangenheit nicht so sehr, oder?«

Lilo trank den Rest Kaffee, der längst kalt geworden war. Sie stellte die Tasse auf die Spüle und hob unsicher die Schultern. »Mag sein. Ich versuche mit großer Mühe, das Heute ertragen zu können. Deshalb habe ich keine Nerven, mich mit allem anderen auch noch zu beschäftigen.«

Denise reichte ihr erst die Hand, um sie dann doch wieder in die Arme zu nehmen. »Ich gebe dir meine Nummer, ruf mich an, wenn du eine Freundin brauchst.«

*

Diese Worte hallten in Lilo nach, bis sie am Abend zu Hause war und den Tisch für das Abendbrot deckte. »Wenn du eine Freundin brauchst.« Sie hatte doch Freunde, allerdings waren die weit weg und die Entfernung erschwerte vieles. Denise als Freundin? Waren sie einmal befreundet gewesen? Sie hatten zusammen gespielt, sich zum jeweiligen Geburtstag eingeladen und ja, sie hatten nie gestritten. Daran konnte sie sich erinnern. Aber Freunde? Hatte sie damals Freunde gehabt?

Hatte sie nicht immer aufpassen müssen, wem sie vertraute? Sie sah auf die Uhr. Marius hätte längst zu Hause sein müssen.

»Sam, weißt du, wo dein Bruder ist? War er heute Nachmittag hier?« Sie sah ihre Tochter an, die gerade sorgfältig die Servietten faltete.

»Nö. Ich war ja noch beim Training und als ich kam, war sein Zimmer abgeschlossen.«

»Abgeschlossen? Wegen uns?«

»Mama, das nennt man Privatsphäre. Ich will auch einen Schlüssel für meine Tür haben.«

»Wir schließen unsere Türen nicht ab, wir respektieren auch so unsere Privatsphäre, oder?«

»Aber Marius darf das?«

»Ich wusste nicht mal, dass er einen Schlüssel hat für das Zimmer. Von mir hat er den nicht. Ich könnte dir auch nicht sagen, ob es für mein Schlafzimmer einen gibt.«

Sam prustete los. »Als ob du einen Schlüssel bräuchtest. Außer dir geht da sowieso keiner rein, oder?«

Lilo hob das Gemüsemesser, mit dem sie eigentlich die Gurke in Scheiben schneiden wollte. »Du freches Ding, was soll das heißen?« Sam flüchtete um den Tisch, Lilo mit dem Messer hinterher. Es war gut, wie Sam lachte und wie leicht ihr dieses Thema fiel. Tatsächlich war seit Jahren außer ihr und den Kindern niemand in ihrem Bett gewesen. Die Kinder nun auch schon eine Weile nicht mehr. Einsam in dem großen Bett. Ihr kamen die Tränen, was Sam sah.

»Entschuldige, Mama, ich wollte dich nicht traurig machen. Das sollte witzig sein. Aber du weißt ja, ich kann alles, aber nicht witzig.«

Die Tränen verschwanden ganz schnell in einem Taschentuch. »Papperlapapp, du wirst die größte Komikerin aller Zeiten. Oder was auch immer du willst. So wie du deine Mutter veräppelst, schafft das niemand.« Lilo legte das Messer weg und streichelte Sam sanft über die Wangen. Sie hatte ein märchenhaftes Gesicht, noch mit Pausbacken, aber immer mehr kam die Form zum Vorschein, die es einmal haben sollte. Hohe Wangenknochen, einen fast herzförmigen Mund und wunderschöne braune Augen. Das Aussehen hatte sie von ihrem Vater. Und auch die Fröhlichkeit und Offenheit. Lilo war sehr dankbar dafür. Marius hingegen hatte ihre Augen und war eher der Stille.

»Ich habe dich sehr lieb, kleine Maus. Egal, was du alles von dir gibst. Trotzdem würde ich sehr gern wissen, wo der große Marius bleibt.«

»Vielleicht hat er ja eine Freundin?« Sams Wangen glühten. Das Thema fand sie besonders spannend.

»Und wenn, dann ist das seine Sache. Allerdings würde ihm das guttun.«

»Dir auch, Mama. Du solltest einen Freund haben!«

Lilo winkte ab. »Lass uns schon mal was essen, ich schreibe Marius noch schnell eine Nachricht. Und dann erzählst du mir von deinem Tag und ich dir von meinem. Ich habe zwar keinen Freund, aber möglicherweise eine Freundin gefunden.« Lilo war über sich selbst erstaunt. Wollte sie von dem Männerthema lediglich ablenken oder war es tatsächlich so? Eine Freundin? »Wenn du eine Freundin brauchst«, hatte Denise gesagt. Ja, wie es aussah, brauchte und wollte sie eine.

Nach dem Essen räumten sie gemeinsam ab und spülten das schmutzige Geschirr. Marius hatte sich noch immer nicht gemeldet und Lilo machte sich langsam Sorgen. Sie wusste, er war fast volljährig und konnte im Grunde hingehen, wo er wollte. Auch wusste sie, dass er vielleicht auf die falschen Freunde treffen und sie dies nicht verhindern konnte. All das bereitete ihr nicht wirklich Sorgen. Sie vertraute ihm. Was ihr Angst machte, war, dass er eines Tages nicht mehr nach Hause käme. Überhaupt nie wieder. Dass ihm etwas zustieß, wie es Chris geschehen war. Aus dem Hause gehen und nie wieder zurückkehren. Allein der Gedanke machte sie krank. Sie würde das nicht noch einmal durchstehen können. Von einem Moment auf den anderen war ein Leben vorbei. Nichts war wie vorher. Orte, Häuser, Möbel, Gerüche, Wörter – alles veränderte sich. Allem fehlte etwas Wichtiges. Was blieb, waren Erinnerungen. Und die Einsamkeit. Und der eigene Körper, dem ein Teil der Seele unwiederbringlich genommen wurde.

Marius kannte das alles, er hatte es selbst erlebt und wusste, Lilo würde zusammenbrechen, wenn er sich etwas antat. Sie hatten darüber gesprochen. Ihr war irgendwann nichts anderes übrig geblieben, als ihm zu sagen, wovor sie sich so sehr fürchtete. Dass er sich aus Trauer das Leben nehmen könnte. Woran sie selbst gedacht hatte, nachdem ihr klar geworden war, dass Chris niemals mehr bei ihr sein würde. Das hatte sie Marius jedoch nicht gesagt. Schließlich war sie die Mutter und musste stark sein. Stark für Sam und Marius. Damit beide trauern konnten, hatte sie bald heimlich getrauert. Doch Marius war ihr fast entglitten und als letzten Ausweg hatte sie damals nur noch die Wahrheit gesehen. Er hatte sie dann lange angeschaut, hatte ihre Tränen getrocknet und sich in den Arm nehmen lassen. Seitdem war er der Beschützer, er war stark und für sie und Sam da. Aber jetzt? Was war mit ihm? Sie wusste nichts mehr von Marius, seitdem sie fast ununterbrochen arbeitete und die Kinder lediglich morgens und abends sah.

Nervös blickte sie auf ihr Handy. Eine Nachricht war angekommen. »Liebe Frau Glück, sehen wir uns nächste Woche zur Winterwanderung? Ich bitte um Entschuldigung, falls ich in den letzten Tagen zu aufdringlich war. MfG, Lutz M.«

Lilo ignorierte die Worte und rief stattdessen Marius an. Nichts. Mailbox.

»Sam, ich muss noch mal los. Wenn Marius auftaucht, schreib mir sofort, ja?« Sie versuchte, so wenig Besorgnis wie möglich aus ihrer Stimme klingen zu lassen, was ihr leider nicht gelang.

»Mama, meinst du, Marius ist etwas passiert? Willst du ihn suchen? Er hat sich immer gemeldet. Mama, ich will mit. Lass mich nicht allein.« Sam hielt ihre Mutter fest.

Ihre sonst so fröhliche Tochter, ihr Sonnenschein, klammerte sich aufgeregt an sie und ließ sie nicht gehen.

»Sam, ich rufe Oma an, die kommt dann gleich, du bist nicht allein.«

»Nein!« Sam schrie das Wort. »Er lässt uns nicht im Stich. Bestimmt.« Sie atmete schwer. »Marius kommt bestimmt gleich.«

Im selben Moment hörten sie, wie sich ein Schlüssel im Schloss drehte, und durch Marius' Zimmertür schob sich dichtes dunkelblondes Haar.

»Was soll das Geschrei? Ich bin hier, wo soll ich sonst sein?«

Lilo war gleichzeitig erleichtert und zornig. Sam nur

das Erste. Sie rannte zu ihrem Bruder und warf sich an seine inzwischen sehr breite Brust. »Siehst du, Mama, ich hab's dir doch gesagt. Marius lässt uns nicht im Stich.«

»Du egoistischer Vollidiot!« Lilo brüllte los. Sie wäre am liebsten zu Marius gegangen, um ihm eine Ohrfeige zu geben. Stattdessen brüllte sie noch einmal: »Idiot, du hast Stubenarrest für die nächsten Wochen!«, bevor sie in ihr Schlafzimmer rannte und die Tür hinter sich zuknallte. Dort begann sie hemmungslos zu weinen.

*

Irgendwann war sie eingeschlafen. Mitten in der Nacht wurde sie durch einen ihrer immer wiederkehrenden Träume aufgeschreckt. Sie schaltete das Licht ein.

»Mama, was ist?« Neben ihr lag Sam und blinzelte sie verschlafen an. »Bist du noch böse? Marius war gar nicht weg. Er hat nur tief geschlafen.«

»Schon gut, Maus, schlaf weiter. Ich ziehe nur schnell meinen Schlafanzug an, dann kuscheln wir.«

»Und Marius?« Sam zeigte auf den Sessel vor dem großen Bett.

Lilo setzte sich auf. »Marius? Marius.« Sie weckte ihn sanft. »Komm, leg dich zu uns. Wie früher.«

Als sie aus dem Bad zurückkehrte, war Sam längst in die Mitte gerutscht. Sie legte sich zu den beiden, gab jedem einen Kuss und machte das Licht aus.

»Es tut mir leid, Mama. Ich wollte das nicht. Wirklich. Ich wollte nur meine Ruhe haben.«

»Mir tut es leid. Du bist kein Idiot und erst recht kein Vollidiot. Du bist wunderbar.«

»Ich bin auch wunderbar.« Sam lächelte beide abwechselnd an. »Oder?«

»Gute Nacht, meine Süßen. Ich habe euch so sehr lieb. Vergesst das niemals.«

FÜNF

Das erste Weihnachtsfest in Neustrelitz. Seit ihrer Kinderzeit. Früher gab es einen krummen, manchmal auch kahlen Baum, den Vati jedes Jahr aus dem Wald bei Tannenhof geholt hatte. Transportiert auf einem Schlitten. Die beiden Brüder eskortierten die wertvolle Fuhre und Lilo wartete immer schon ungeduldig, bis der Baum endlich vormittags an Heiligabend aufgestellt und geschmückt wurde. Beim Schmücken durften die Kinder nie dabei sein, auch die Bunten Teller sahen sie erst, wenn alles gerichtet war. Rituale, die sie geliebt hatte.

Mit Chris hatte sie im Laufe der Jahre eigene Rituale geschaffen. Der Baum wurde zwar auch am Heiligabend geschmückt, aber die Kinder durften helfen. Lediglich die Süßigkeiten sahen sie erst später, wenn die Geschenke um den Baum verteilt waren, nachdem der Weihnachtsmann diese gebracht hatte. An den Weihnachtsmann glaubte inzwischen niemand mehr, trotzdem hielten sie die Familienrituale am Leben und Chris bekam noch immer jedes Jahr seinen Bunten Teller und am Abend das obligatorische Glas Bowle. Lilo hatte das längst aufgeben wollen, aber sie wusste nicht wie. Außerdem: Wenn Chris zu Weihnachten nicht mehr auf diese Weise bei ihnen sein würde, wäre er endgültig tot.

In den Jahren zuvor waren ihre Eltern immer nach Stuttgart gekommen und selbstverständlich hatten sie so gefeiert, wie sie es selbst gewohnt waren. Jetzt aber hatte Sam gemeint, sie könnten alle zusammen bei Oma und Opa in dem wunderschönen kleinen Haus in Neustrelitz feiern. Es lag inmitten von Kastanien und Eichen zwischen Bürgerhorst und Tiergarten und machte einen verträumten Eindruck, ganz wie aus einer anderen Zeit oder gar aus einer anderen Welt. Sam liebte dieses Haus und verbrachte dort viel Zeit mit ihren Großeltern. Lilos jüngerer Bruder Jorge und seine Frau Ina waren gestern schon angereist. Da sie kinderlos waren, gab es für sie nichts Schöneres, als mit Sam zusammen zu sein. Matthias, der ältere Bruder, war zum zweiten Mal geschieden und lebte in Schweden. Er machte sich rar, wie Lilos Mutter oft sagte. Er ist in die Ferne gezogen, um den nahen Katastrophen zu entgehen. Lilo und er waren sich früher sehr nah gewesen. Er hatte immer auf sie aufgepasst und ihr beigestanden und sie beschützt, wo er glaubte, dass es notwendig war, auch wenn sie selbst nicht immer glücklich darüber gewesen war. Ihr fiel ein, dass sie ihm noch nie gesagt hatte, wie lieb sie ihn hatte. Er wusste es auch so, hoffte sie.

Es gab einiges, was sie nicht getan hatte. Was sie für selbstverständlich gehalten hatte. So vieles hatte sie Chris nicht gesagt und so vieles versäumt, was sie miteinander hätten haben können. Das war nicht mehr nachzuholen.

Lilo zwang sich, auf andere Gedanken zu kommen. Geschenke fehlten noch. Sie hatte zu wenig Zeit, seit Mitte November stand sie täglich im Laden. Um zusätzlich jemanden zum Einpacken einzustellen, fehlte das Geld, und die Kunden mochten nicht gerne warten. So verzichtete sie selbst auf die freien Tage. Was ihr wegen der Kinder wehtat. Denn die Adventszeit war ihnen heilig, obwohl niemand von ihnen gläubig war, und sowohl die Kinder als auch Lilo und Chris waren verrückt nach sämtlichem Weihnachtskitsch. Schon wieder Vergangenheit. Sie musste endlich lernen, ins heutige Leben zu kommen. Er war nicht mehr bei ihnen und fertig. Lilos Leben und auch das von Marius und Sam hatte keinen Chris mehr. Er war weg. Sie schlug auf den Küchentisch, an dem sie saß, seit sie Feierabend gemacht hatte. Der Kaffee war längst kalt und die Plätzchen, die Tom ihr geschenkt hatte, standen unberührt vor ihr. Ich fange mit dem Rauchen an, dachte sie. Jawohl! Ich muss etwas tun, was ich normalerweise nie tun würde.

»Hey, lass den Tisch heil.« Marius setzte sich zu ihr.

Seit dem Abend, als Lilo dermaßen in Sorge um ihn war, schien er sich verändert zu haben. Er zeigte auf die Plätzchen: »Gebacken? Du?«

»Haha.« Sie wollte schon fragen, wann sie das noch hätte machen sollen, doch das wussten ihre Kinder von allein. Und sie machten ihr keine Vorwürfe deswegen. Stattdessen sagte sie: »Ich fange an zu rauchen.«

»Du? Kannst du das?« Marius versuchte überheblich zu schauen. »Wie du weißt, ist auch das nicht ganz einfach. Und vor allem ist es ungesund.«

»Was du nicht sagst. Warum rauchst du dann?«

»Du weißt das?« Sein sonst blasses Gesicht färbte sich rot.

Sie nickte und sah ihren Sohn genauer an. Ihm wuchsen Barthaare, wenn auch noch nicht gleichmäßig. Und die Pickel, die ihn seit einigen Jahren immer wieder belastet hatten, wurden weniger. »Ach, mein Sohn, das kann man inzwischen, trotz aller Vorsicht und Rücksicht, riechen. Früher hatten wir es einfacher. Da haben alle geraucht, fast alle zumindest. Und vor allem überall. Der Qualm ist gar nicht aufgefallen.«

»Findest du es denn nicht schlimm, wenn ich rauche? Ich könnte abhängig werden. Oder Lungenkrebs kriegen.«

»Warum? Es gibt Schlimmeres als das Rauchen. Du wirst schon aufhören, wenn es dir zu viel wird. Hast du eine Kippe für mich?«

»Wieso? Wirklich? Hier?«

Sie zeigte in Richtung Balkon. »Lass uns rausgehen. Und ziehen wir uns was über, es ist kalt geworden.«

Sie schlüpften in ihre Jacken und gingen durch das große Wohnzimmer, in dem es außer einem riesigen Sofa, einem Beistelltisch und dem Ohrensessel scheinbar nur Bücher gab. Allerdings war ein kleiner Fernseher inmitten des großen Wandregals zwischen den Büchern versteckt. Auf dem kleinen Tisch, aber auch auf dem Sofa, dem Sessel und über den Boden verstreut lagen Zeitungen und aufgeschlagene Bücher. Hinter den Kissen schauten gebrauchte Taschentücher hervor und die braune weiche Wolldecke lag zusammengeknüllt auf dem Boden. Ein benutztes Weinglas stand auf dem kleinen Tisch. Lilo sagte sich an jedem Abend, dass sie, bevor es ins Bett ging, aufräumen wollte. Und dass sie überhaupt ordentlicher werden wollte. Insgeheim jedoch wusste sie: Daraus würde nichts werden. Es gab wichtigere Dinge, und eigentlich mochte sie es, genau wie es war, am liebsten.

Marius gab ihr eine Zigarette und hielt ihr das Feuerzeug hin. Ein Zippo. Sie hatte es bisher nicht bei ihm gesehen. Beim ersten Versuch schon erschien eine kleine Flamme und sie nahm vorsichtig den ersten Zug. Es war lange her, dass sie geraucht hatte. Geraucht kann man dazu eigentlich nicht sagen, eher gepafft. So wie ihre Mutter. Die das heute noch ganz gern machte. Lilo und Marius standen schweigend nebeneinander und schauten auf den heute grau wirkenden Glambecker See. Sie konnten nur wenige Menschen beobachten, die entweder um den See spazierten oder am Rondell oberhalb eine Pause einlegten. Die Badeanstalt auf der gegenüberliegenden Seite lag verlassen zwischen den hohen Bäumen und das Restaurant darüber schien nicht geöffnet, zumindest brannte kein Licht. Lilo war froh, eine Wohnung in diesem Haus bekommen zu haben. Links die Straße weiter hinunter Richtung Neubrandenburg baute man das Seeufer immer mehr zu, überteuerte Wohnungen entstanden und brachten zahlungskräftige Neubürger in die Stadt. Lilo war allerdings der Meinung, dass es genug Wohnraum gab, der genutzt werden sollte, bevor die Ufer sämtlicher Seen in der Umgebung zugebaut wurden.

»Schön haben wir es, oder?« Sie erwartete keine Antwort, höchstens ein Nicken oder eine spöttische Bemerkung.

»Ich weiß nicht, ob ich hier klarkomme.«

Mit der Antwort hatte sie nicht gerechnet. »Wie meinst du das? Hier in Neustrelitz?«

Er zog hastig an der Zigarette, sie sah, dass er bereits Routine darin hatte. Hätte ich längst was sagen müssen? Ich habe ihn einfach laufen lassen.

»Ja, auch. Hier und in der Schule. Ich überlege, ob ich abgehe nach der Elften.«

Lilo schwieg. Ihr fiel nichts ein, was sie darauf erwidern könnte. Sie hatte durchaus bemerkt, dass es schwer war für ihn, und ihn bewundert, wie er das alles durchstand. Nun kam, was sie irgendwie längst befürchtet hatte.

»Was sagst du dazu? Was meinst du?«

Sie sollte ihm antworten. Wie eine verantwortungsvolle Mutter, die ihr Leben im Griff hatte. »Ich weiß es nicht. Vielleicht hast du recht.« Mehr brachte sie nicht heraus.

»Recht? Womit? Dass ich es nicht schaffe? Dass ich zu blöd bin? Dass mich diese Fuzzis hier hassen, weil ich ein blöder Wessi bin?«

Lilo drehte den Rest der Zigarette im Blumenkübel aus. »Wir sollten da einen kleinen Weihnachtsbaum reinsetzen.«

»Mama, bist du irre? Ich erzähle dir, wie es mir geht und du redest so ein Zeug!«

Marius hatte recht. Sie strich ihm über die Wange. »Süßer, es tut mir leid. Ich bin eine dumme Frau, die nicht weiß, was sie sagen soll. Mir ist kalt, lass uns reingehen und dort reden. Ich habe noch ein Bier im Kühlschrank, das teilen wir uns. Sam schläft bei Oma und Opa.«

Sie saßen lange in der gemütlichen Küche und tranken nach dem Bier noch Wein. Er schüttete endlich sein Herz aus und Lilo war dankbar und strahlte ihren Sohn immer wieder an. Glücklicherweise sah er sie seltener an, sodass er das nicht bemerkte, sonst hätte er sich womöglich missverstanden gefühlt. Als er eine Weile schwieg, ergriff Lilo das Wort: »Meinst du, diese Leute sind es wert, dass du ihretwegen die Schule abbrichst?« Sie mochte ihm nicht erzählen, wie es ihr ergangen war. Einst. Was sie gern vergessen würde.

»Was verstehst du davon? Du bist selig mit deinen Büchern und hast keine Ahnung vom wirklichen Leben.« Er war aufgesprungen und blickte zornig auf sie herab.

Sie überlegte kurz, nahm einen Schluck vom Wein und zog Marius zurück auf seinen Stuhl. »Doch. Habe ich. Leider. Ich weiß, was du durchmachst.« Im selben Moment, in dem sie diese Worte aussprach, wusste sie, wie falsch sie gerade jetzt waren. Wie oft hatte sie den Satz gehört, häufig im für sie unpassendsten Augenblick.

»Ach was! Du bist dabei, ja? Du wirst ignoriert von allen? Von dir rückt man ab, als hättest du dich Jahre nicht gewaschen?« Er sprang wieder auf und rannte auf den Balkon. »Lass mich in Ruhe!«

Lilo atmete tief ein. Er musste sich erst beruhigen. Endlich hatte er den Mut aufgebracht, mit ihr zu reden, hatte ihr seine schwache Seite gezeigt, und sie war nicht mal in der Lage, vernünftig zu reagieren. Was in erster Linie bedeutet hätte, einfach zuzuhören und anschließend keine dämlichen Kommentare abzuliefern. Chris war da ganz anders. Gewesen. Setzte sie in Gedanken nach. Marius' Vater hatte mit einer Engelsgeduld zugehört und irgendwie immer die richtigen Worte gefunden.

Was sollte sie jetzt tun? Ihm nachgehen? Oder erst einmal abwarten, bis er sich beruhigt hatte? Sie entschied sich für Letzteres. Sie stand auf und sah durch das Küchenfenster hinaus. Längst lag die Nacht über der Stadt. Die Dunkelheit wurde lediglich unterbrochen von den Straßenlaternen, dem beleuchteten Carolinum, das eine erhabene Würde ausstrahlte, und den wenigen Autos, die unterwegs waren und die sich ausbreitende

Ruhe nicht durch zu schnelles Fahren stören zu wollen schienen. Das alles sah Marius auch, aber ob er es wahrnahm, bezweifelte sie. Er war zu niedergeschlagen und fühlte sich nun auch noch von ihr im Stich gelassen. Lilo revidierte ihren Entschluss und ging ihm nun doch nach auf den Balkon. Er saß auf dem alten Blumenschemel, der Sam gehörte, seit sie ihn von der Oma erbettelt hatte.

»Hast du noch eine für mich?«

Wortlos gab er ihr die Schachtel.

»War kein Glanzstück deiner Mutter.«

»Tja.«

»Feuerzeug?« Sie konnte auch wenige Worte machen.

»Hier. Fang nicht an zu husten.« Er lächelte.

»Frecher Bengel.« Sie lachte. »Mach sie fertig! Mit mir schaffst du es ja auch.«

»Du bist ein kleiner Fisch. Ein Leichtgewicht. Dich puste ich um.« Jetzt lachte auch Marius.

»Und? Die da in der Schule? Schwergewichte? Brauchst du Boxhandschuhe?« Sie zeigte ihm ihre Fäuste.

»Hast du geboxt?«

»Ne, ich habe gelitten. Wie ein Hund. Ich hätte boxen sollen.«

»Ist nie zu spät.« Er hob seine Fäuste gegen ihre. »Wollen wir es lernen?«

Lilo dachte nach. Boxen. Durchboxen. Mann gegen Mann, k. o. und was alles dazugehört. »Kann nicht schaden.«

»Ob Sam schon schläft? Sie sagt, Oma schläft immer früher ein und Opa hört sie nicht rufen.«

»Wenn sie da nicht klarkäme, würde sie nicht so oft bei ihnen schlafen. Boxen also. Ein dickeres Fell zulegen reicht wohl nicht.«

»Warst du bei Böse? Der ist so nett zu mir. Das macht das alles nicht leichter.«

»Mist! Der sollte nichts verraten. Blöder Lehrer! Sauer?«

»Ja, und wie. Dafür melden wir uns beide beim Boxen an. War ja deine Idee.«

»Du weißt, dass ich nicht sportlich bin. Ich gehe lieber mit dir ins Stadion und sehe beim Fußball zu.«

»Fußball ist blöd. Und zusehen noch blöder. Also abgemacht?«

Lilo blieb nichts anderes übrig, als Ja zu sagen. Sie hoffte inständig, dass es keinen Boxverein in der Stadt gab, aber Marius hielt schon das Handy in der Hand und sah nach.

»Ich hole dich morgen nach der Schule im Buchladen ab und dann schauen wir uns den Verein mal an. Ist auch für Frauen, sieh mal.«

Sie blätterten die Webseite durch. Lilo hatte im Grunde viele Einwände, vor allem aber mochte sie kein Boxen. Doch Marius war fröhlich wie schon lange nicht mehr, und wenn es ihn dazu bringen würde, die Schule weiterzumachen, war boxen vielleicht gar nicht so dumm.

»Okay. Du holst mich morgen ab. Eine Stunde wird es ohne mich gehen. Mutter und Sohn boxen miteinander. Wenn das deine Großeltern hören, werden sie denken, das ist ein Witz.« Und glaubst du nicht, dass du bei deinen Mitschülern noch mehr unten durch bist, wenn sie erfahren, dass du mit deiner Mutti zum Sport gehst, wollte Lilo fragen. Ließ es aber. Im Grunde war er schon immer stark. Früher hätte ihn so ein Mobbing nicht umgehauen. »Du weißt, dass du deine Mitschüler nicht wirklich schlagen sollst, oder?«

»Weiß ich das? Ach, die sind mir egal. Sind Idioten, die nichts im Kopf haben. Sie sitzen in den Kursen und schreiben ab. Sie haben keine Ahnung. Von nichts. Dann bin ich eben der Wessi. Mir doch egal. Aber mit dir boxen zu gehen und dich schwitzen zu sehen, ist ein fairer Ausgleich.«

»Und wenn mir einer ein blaues Auge schlägt?«

»Dann schlägst du ihm auch eines!«

»Hey, habe ich dich etwa so erzogen?«

»Ne, das ist ja das Problem.«

Sie knuffte ihn in die Seite und zog ihn dann hinter sich her in die Wohnstube. »Lass uns schlafen gehen. Morgen hast du zur ersten Stunde und ich kenne da jemanden, der nicht so leicht aus dem Bett kommt.«

»Ich auch.«

»Dann sind wir schon mal zwei, die morgen«, sie sah auf die Uhr, es war fast 1 Uhr, »nein, heute nicht aus dem Bett kommen werden. Super.«

»Papa hätte uns wachgekitzelt.«

Sie schluckte. Genau daran hatte sie auch gedacht. Lilo gab Marius einen Kuss. »Ja, das hätte er. Gute Nacht. Schlaf schön.«

»Du auch, Mama. Hab dich lieb.«

»Und ich dich erst.«

*

Heiligabend an einem Sonntag war schon etwas Besonderes. Lilo musste nicht arbeiten und konnte in Ruhe die Geschenke einpacken, die sie zum größten Teil im Internet bestellt hatte, weil ihr die Zeit … Sie stockte. Sie hätte sich nur die Zeit nehmen müssen und mehr als einen halben Samstag nach Neubrandenburg fahren, um in Ruhe durch die Geschäfte zu gehen. In Neustrelitz vermisste sie ein größeres Kaufhaus. Sie gab die Hoffnung nicht auf, dass sich irgendwann eines niederließ.

Wenigstens ein paar Dinge hatte sie »örtlich«, wie es inzwischen hieß, eingekauft. Sam wünschte sich eine Spielkonsole, eine, so stand auf ihrem Wunschzettel, mit der die ganze Familie spielen konnte und auch ihre Freundinnen. Das war noch einfach. Marius wünschte sich Stuttgart, das wurde schon schwieriger. Als Lilo mit ihrer Mutter darüber gesprochen hatte, wusste die natürlich gleich eine Antwort: »Ursel, deine Schwiegermutter, muss kommen.« Was einfacher gesagt war, als getan. Denn Ursel verbrachte die Winter seit dem Tod von Chris nicht mehr in Stuttgart, sondern in Spanien. Ihr Mann war viele Jahre vorher gestorben und Chris war ihr einziger Sohn. Lilos Mutter wollte versuchen, Ursel, und somit ein bisschen Stuttgart, über Weihnachten nach Neustrelitz zu bekommen. Lilo wusste aber bis jetzt noch nicht, ob Ursel kommen würde oder nicht. Sicherheitshalber hatte sie den Stuttgarter Fernsehturm in Kleinformat besorgt und natürlich das, was Marius liebte, seit er einen Computer besaß: Spiele.

Nachdem sie sorgfältig das Papier um Marius' Geschenke gewickelt hatte, versuchte sie nun, einen Stern mit einer kleinen Nadel darauf zu befestigen, war aber zu hastig und stach sich dabei ungeschickt in den rechten Zeigefinger. Sie lutschte kurz an der betroffenen Stelle und rieb dann den Daumen dagegen. Das einzige, was ich gut verpacken kann, sind Bücher. Selbst wenn etwas die gleiche Form hat, scheint es mich nicht zu mögen.

»Kann ich reinkommen? Ich brauche noch Papier. Dein Geschenk ist wieder mal viel zu groß.«

»Bleib draußen, Sam, ich reiche es dir raus. Du willst doch nur spicken. Neugierig wie du bist. Das sieht alles der Weihnachtsmann.«

»Genau. Der sieht auch, dass du mal wieder auf den letzten Drücker eingekauft und bestimmt nichts Schönes für Oma hast.«

»Oma wollte doch nichts. Nur einen Kinobesuch. Den bekommt sie auch.«

Beide sprachen so laut, als wenn sie weit mehr als eine Zimmertür trennen würde.

»Wenn du lieb bist, teilen wir uns mein Geschenk für Oma. Sie liebt nämlich Schmuck und ich habe ihr eine Kette gekauft. Willst du mal sehen?«

»Eine Kette? Modeschmuck?«

»Quatsch! Echtes Silber mit einem Herzchen dran.«

»Du bekommst eindeutig zu viel Taschengeld! Für Oma eine Herzchenkette. Aus Silber. Dich möchte ich als Enkelin haben!«

»Kannst du vergessen. Du musst mich schon als Tochter behalten. Also, das Papier her! Soll ich auf die Karte auch deinen Namen schreiben?«

Lilo schüttelte den Kopf, bis ihr einfiel, dass Sam das nicht sehen konnte. Sie stand auf, nahm eine Papierrolle mit kleinen Weihnachtsmännern, die auf ebenso kleinen Tannenbäumen saßen, und öffnete die Tür. »Hier, meine Maus. Ich habe nicht nur den Kinogutschein für Oma. Dein Geschenk bleibt also allein dein Geschenk.«

»Wann schmücken wir den Baum? Und hast du die Bowle fertig? Bevor wir gehen, machen wir bei uns *unsere* Bescherung, ja, Mama?«

Lilo liebte ihre kluge warmherzige Tochter. »Hast du mit Marius darüber gesprochen? Wollt ihr das?«

»Unbedingt. Ohne Papa kein Weihnachten. Sonst bleiben wir hier.« Sie versuchte, streng auszusehen, was ihr absolut misslang. Das einzig Strenge an ihrem Gesicht war der künstlich zusammengekniffene Mund. Aber in ihrer Stimme fand sich ein bestimmender Ton, den sie sich angewöhnt hatte, um etwas durchzusetzen.

»Wenn ihr mit den Geschenken fertig seid, holt bitte den Baumschmuck aus dem Keller. Sag das deinem Bruder. Ich rufe Oma an, dass wir später kommen.«

Und so machten sie es, wie in den Jahren zuvor. Sie schmückten gemeinsam die Tanne, stellten die Bunten Teller und die Geschenke dazu. Sie deckten den Kaffeetisch für vier und jeder bekam ein Glas Bowle, für Sam gab es Kinderbowle. Chris bekam sein Glas ebenfalls vollgeschenkt.

Später, als sie im Auto saßen und vom Markt in die Schloßstraße einbogen, sagte Sam: »Lasst uns Papa nie vergessen. Egal was kommt.« Sie saß mutterseelenallein auf der Rücksitzbank und klang so verletzlich und klein, dass Lilo am Straßenrand stehenblieb. Sie versuchte, die Tränen zurückzuhalten, aber als sie Sam ansah und dann Marius auf dem Beifahrersitz, der sich verstohlen über die Augen wischte, ließ sie es zu. »Lasst uns weinen. Und auch lachen. Und Papa bleibt bei uns. Für immer.« Sie setzte sich neben Sam und nahm sie in den Arm. So saßen sie eine Weile still miteinander im Auto und weinten.

»Genug mit dem Geflenne«, sagte Marius irgendwann. »Die Sippe wartet und es gibt noch massig Geschenke.«

Sam löste sich von Lilo und schniefte in ein Taschentuch. »Geschenke? Ja, es wird viele geben. Jorge und Ina haben zum Glück keine Kinder und wir sind die einzigen Enkel in der Familie, da gibt es mehr für uns.«

Das klang in Lilos Augen zwar egoistisch, aber dafür sehr fröhlich. Sie setzte sich wieder auf ihren Sitz und fuhr weiter. Sie hoffte sehr auf Ursels Besuch. Chris war schließlich bei ihnen, dann gehörte Ursel auch dazu.

SECHS [SOMMER 1990]

Langsam hatte sie diese konspirativen Treffen satt. Sie bekamen nicht genug. So hatte sie sich all das nicht vorgestellt. Paul war misstrauisch geworden.

»Ein letztes Mal«, sagte Georg und nahm wie zur Beruhigung ihre Hand. »Liebste, es ist gut für uns. Unser Anteil am Kuchen wird größer. Dafür habe ich gesorgt. Wir werden für den Rest unseres Lebens keinen Finger mehr rühren müssen.«

Keinen Finger mehr rühren – wollte sie das? Sie liebte Bewegung, sie brauchte Arbeit, sie wollte etwas tun. »Heißt das, ich muss auf alles, was mir lieb ist, in Zukunft verzichten?«, sagte sie mehr, als dass sie es fragte.

»Auf mich nicht. Und ich bin dir doch lieb, oder?« Es sollte neckisch klingen, doch irgendwie hörte es sich unsicher an.

Sie stimmte ganz schnell zu. »Aber ja doch. Du bist meine große Liebe.« Hatte sie das zu hastig gesagt? Als würde sie selbst daran zweifeln? Was war seit ein paar Tagen anders? »Diese Blume«, begann sie und verbesserte sich sogleich. »Diese Daniela vom letzten Mal, wer hat die eigentlich dazugeholt?«

»Wie meinst du das?«, fragte er und zog die Stirn in viele Falten.

»Na, zu wem gehört die? Und was bringt sie uns?«

»Hör auf. Bist du eifersüchtig?«

Ja, sie war es. Ob mit oder ohne Grund, sie war eifersüchtig. Sie liebte ihn. »Ich will wissen, was sie bei uns macht. Vielleicht ist sie ein Spitzel?« Sie küsste seine Hand.

Er lachte. Nicht laut. Der Hall hätte ein lautes Lachen durch die Bäume bis zu den wenigen Häusern in der Nähe getragen, in denen Menschen lebten. Menschen, die sie weder sehen noch hören durften.

»Weshalb lachst du mich aus? Das ist nicht nett. Nimm mich ernst.«

»Wenn ich dich nicht ernst nehmen würde, wären wir nicht hier. Nicht gemeinsam.«

»Mit wem wärst du dann hier? Es gibt nicht viele Frauen, die dir hätten verschaffen können, was du durch mich bekommen hast.«

»Ich bin mit dir hier und vor allem, bald weit weg mit dir, weil ich dich liebe. Deinetwegen verlasse ich Karin und lasse den Kleinen bei ihr. Was steht für dich auf dem Spiel?«

Sie überlegte kurz. »Meine Freiheit und mein Beruf.« Und Paul, dachte sie. Vor allem Pauls Liebe zu mir, die steht auf dem Spiel.

»Seit wann bist du pathetisch? Was ich an dir schätze, ist deine Frische, deine Lebenslust. Und dass du Abenteuer magst. Deine Freiheit steht nicht auf dem Spiel, im Gegenteil: Du bekommst endlich die wirkliche Freiheit. Du wirst unabhängig sein. Musst bei keinem Chef mehr buckeln. Wir werden reich sein!« Er redete sich in Rage.

Wird er jetzt wütend? Auf mich? Weil ich beginne nachzudenken? Ich könnte alles platzen lassen. Noch.

Als würde er ihre Gedanken lesen, fuhr er sie an: »Glaub nicht, du kannst zurück. Nicht einen Zentimeter wirst du weichen können. So oder so. Einer wird dir das Leben schwer machen. Und mir auch.«

Seine Adern an den Schläfen waren angeschwollen. Sie hatte es geschafft. Er war wütend. Richtiggehend böse. Auf sie. Wollte sie das? Hatte sie das provoziert? Ausgerechnet im Wald? In ihrem geliebten Wald? Möglich. Der Wald war neben Paul immer ihr Zuhause gewesen. Er hatte sie beschützt. Sie konnte ihm alles erzählen. Schon als kleines Mädchen kannte sie sämtliche Pflanzen, die inmitten der Buchen lebten. Paul. Der Wald. Und ER. Sie empfand für jeden eine große Liebe. Und sie wollte keinen von ihnen im Stich lassen. Aber Paul hatte seine eigene Familie. Und der Wald würde bald durch das Nationalparkprogramm, zum großen Teil wenigstens, geschützt sein und für immer bleiben. Würden die Bäume ihr das verzeihen?

Er stand neben ihr und beobachtete sie.

Sie wollte alles. Ihn, den Wald und Paul. Wie aber? Was musste sie dafür tun? Wenn er sie so sehr liebte, dann … Ja, dann sollte ihm das Geld gleichgültig sein. Sie würde mit ihm weggehen. Aber nicht als bestechliche Frau. Sie hatte lange nichts Falsches dabei empfunden, ein paar Informationen aus dem Bezirksforstamt zu liefern und dafür Geld zu nehmen. Warum sollte sie von den lukrativen Grundstücksgeschäften im Zusammenhang mit der Gründung des Nationalparks nicht auch profitieren und zu einem kleinen Reichtum kommen? Seit aber diese Daniela aufgetaucht war, dachte sie nach. Und fragte. Die Sorglosigkeit war von einem Moment auf den anderen verschwunden. Wie durch Zauberei. Oder als ob sie jemand aufgeweckt hätte. Aus einem tiefen Schlaf mit einem scheinbar endlosen Traum. In die Wirklichkeit. Und damit zurück in ein Leben mit Gewissen.

»Was ist bloß mit dir los? Wegen einer anderen Frau machst du jetzt irgendwelche Geschichten? Wen interessiert Daniela? Sie ist mit deinem speziellen Freund zusammen. Mit Hajo. Und den lass in Ruhe. Krieg hin oder her. Er hat damals alles verloren. Jetzt wieder. Was glaubst du, was diese Leute machen, wenn ihnen die letzte Chance auch noch genommen wird? Außerdem brauchen wir Daniela. Sie kann Grundstückskäufe um einiges schneller beurkunden lassen. Der Notar frisst ihr aus den Händen. Vitamin B. Das verstehst du doch. Ohne das geht gar nichts. Sonst sitzen wir am Ende da, angeschissen auf der ganzen Linie. Schöne Freiheit. Ohne Moos nix los. Und jetzt komm!« Ungeduldig zerrte er sie hinter sich her.

Sie ließ es geschehen. Georg hatte recht. Bis sie stolperte und auf die Knie fiel. Und nicht gleich in der Lage war, aufzustehen.

»Mensch. Steh endlich auf. Die warten nicht ewig. Die machen auch ohne uns weiter. Für die steht viel mehr auf dem Spiel.« Er riss sie zu sich hoch, umfasste schmerzhaft ihr rechtes Handgelenk und rannte ohne Rücksicht mit ihr weiter.

Ist das mein Liebster? Der, für den ich das alles mache? Er war zuvor nie brutal ihr gegenüber gewesen. Und sie hatte ihn auch nie brutal erlebt. Eher ruhig, bevor er etwas tat, dachte er nach. Hatte sie zu lange nichts gesagt? Nicht schnell genug reagiert? Und vor allem, war sie wirklich eifersüchtig? Warum? So geringschätzig, wie er eben über Daniela gesprochen hatte … Da konnte nichts sein. Sie war nützlich. Sonst nichts. Keine Gefühle. Nicht wie zwischen ihnen. Da schloss Nutzen das Gefühl nicht aus, sondern verband sie umso mehr. Sie merkte, wie sie selbst wütend wurde. Worauf oder auf wen, war ihr gleichgültig. Sie wollte alles. All ihre Lieben. Und auch diesen Mann. Der sie nun brutal zu dem Treffpunkt brachte, ohne dass sie es wollte.

Es musste noch eine Möglichkeit geben, aus allem auszusteigen. Eine Letzte vielleicht. Fieberhaft dachte sie nach, ob und wie sie es anstellen würde. Sie konnte nicht viel sehen. Ihre Taschenlampe steckte in ihrer dicken Jacke. Es war kälter als in den letzten Tagen. Dieser Juni war unberechenbar. Vielleicht hatte der sie angesteckt. Sie versuchte ihren Reißverschluss zu öffnen. Mit der ungewohnten linken Hand. Die rechte schien nicht mehr ihr zu gehören. Sie stolperte erneut über einen Ast, der quer über dem Weg lag, gerade wie für sie gemacht. Dachte sie. »Aua!« Sie schrie auf. War das echt genug? Ihre Wut verlieh dem Schrei eine gewisse Echtheit, fand sie. Sie hielt sich am Ast fest, damit er sie nicht gleich wieder hochziehen konnte, was er tatsächlich versuchte.

»Komm. Stell dich nicht an. Weiter.«

»Ich kann nicht.« Sie stöhnte. »Mein Fuß, ich glaube, da ist was gebrochen.«

Er ließ endlich ihr Handgelenk los. »Lass mich nachsehen. Wo? Das fehlt uns noch.«

SIEBEN

Januar, der dunkelste Monat im Jahr und sie musste ihn irgendwie überstehen. Eigentlich würde sie sich am liebsten den ganzen Monat einschließen und mit niemandem reden. Im Laden war die Inventur zu erledigen und die Steuer kam näher und was sonst zu einem Geschäft gehörte. Sie hoffte, sich durch die viele Arbeit ablenken zu können. Marius hatte nicht locker gelassen und zerrte sie mindestens einmal in der Woche zum Boxen. Sie kam sich dabei albern vor und hatte das Gefühl, vollkommen fehl am Platze zu sein, wenn sie dort inmitten der ihr fremden Menschen in Sportsachen Aufwärmübungen nach Anleitung machen sollte. Sie hatte schon überlegt, eine Verletzung vorzutäuschen. Wahrscheinlich würde es ohnehin schneller zu einer echten Verletzung kommen. Sie, die noch nie richtig Sport getrieben hatte, sollte in ihrem Alter damit anfangen, und dann auch noch ein Kampfsport? Selbstbewusstsein, Selbstwertgefühl, Durchsetzungsvermögen und was der Trainer nicht alles von sich gab, um seinen Sport anzupreisen. Bisher fühlte sie sich lediglich lächerlich und sie spürte Muskelkater an Stellen, an denen sie nicht einmal Muskeln vermutet hätte.

*

Ursel war noch immer Gast in dem kleinen Haus von Lilos Eltern am Tiergarten. Es war ein wunderschönes Weihnachtsfest geworden, inmitten der Menschen, die Lilo über alles liebte. Und trotzdem war es ein erneuter Einschnitt gewesen. Sie hatten immer in ihrer geliebten Wohnung in der Schwabstraße in Stuttgart gefeiert. Die eigentlich nach Chris' Tod zu teuer gewesen war. Doch sie hatte ihren Kindern und sich selbst nicht auch noch das Vertraute nehmen wollen, das sie seit der Geburt von Marius um sich gehabt und in dem sie sich wohlgefühlt hatten. Vielleicht war es auch falsch gewesen. Vielleicht hätte ihnen eine andere Umgebung damals gutgetan. Darüber nachzudenken brachte jetzt nichts mehr, sagte sie sich. Sie hoffte, zu jener Zeit das Richtige getan zu haben und heute ebenso.

»Die Hoffnung stirbt ja bekanntlich nie.« Lilo sprach diesen Satz laut aus, als würde sie sich mit dem Haken an der Umkleide unterhalten. Sie war allein und bereitete sich auf die nächste Trainigsstunde vor. Maik, der Trainer, war mindestens zehn Jahre jünger als sie. Auch deshalb kam sie sich fehl am Platz vor. Es fiel ihr schwer, sich von Jüngeren etwas sagen zu lassen und zudem noch in einem Bereich, der ihr nicht nur fremd, sondern im Grunde vollkommen gleichgültig war. »Marius, warum musste es denn Boxen sein? Weshalb habe ich das Wort ›Durchboxen‹ an diesem Abend bloß benutzt?« Der Haken gab keine Antwort. Sie wusste es ja. Sie hatte das nicht wörtlich gemeint. Er sollte die Stänkereien ignorieren, ihnen ausweichen, wie sie es früher immer getan hatte. Und sich dabei so klein gefühlt hatte.

Sie zog die Bänder an den Sportschuhen stramm und ging dann in die Halle. Marius stand bei Maik. Die beiden unterhielten sich und sie lachten. Vielleicht war es doch genau das richtige Wort gewesen. Durchboxen.

*

Sie war so was von erledigt, körperlich, wie noch nie in ihrem Leben. Selbst beim verhassten Schulsport hatte sie sich nie dermaßen verausgaben müssen. Ausdauer schien Maiks Lieblingswort zu sein. Es gab sogar Hausaufgaben. Sie sollten jeden Tag laufen. Nicht nur ein bisschen. Nein. Mindestens fünf Kilometer, gnädigerweise mit Gehpausen, und das durfte je nach Kondition gesteigert werden. Als er das zum Abschied sagte, hatte sie ihm einen Vogel gezeigt. Mehr aus Reflex, aber alle hatten gelacht. Außer ihr trainierten zwei jüngere Frauen und sonst ausschließlich Männer, auch unter ihnen niemand, der in ihrem Alter war. Und die Älteste zeigte dem Trainer einen Vogel. Wenigstens hatte er ihr das nicht übel genommen und keine, wie sie schon fast befürchtet hatte, Strafrunden verhängt. Die gab es, sobald jemand sich nicht an die Regeln hielt, die Maik ihnen immer wieder vorbetete.

Jedenfalls hatte Lilo nicht vor, jeden Tag in Sportsachen durch die Gegend zu rennen und sich lächerlich zu machen. Da würde sie lieber mit dem Verein »Neustrelitzer Marktquartier« und Lutz Meinhard wandern gehen. Das war das Höchste der Gefühle, was ihr Sportsinn, beziehungsweise der fehlende, zuließ. Und außerdem hatte sie keine Zeit für solch einen Unsinn. Das würde sie Maik in der nächsten Woche auch sagen. Entweder er akzeptierte das oder er warf sie raus.

So in Gedanken versunken war Lilo auf dem Weg nach

Hause. Marius ging schweigend neben ihr. Sie würde gern wissen, was er dachte, wie er fühlte und ob ihm das Boxen guttat.

»Ich bin kein großes Talent für diesen Sport.« Sie begann das Gespräch, wie sie meinte, unverfänglich.

»Hm.«

War das jetzt ein Zeichen, dass er seine Ruhe haben wollte? »Dieses Gerenne in der Freizeit, also …«

Er unterbrach sie: »Tolle Idee, finde ich. Die Kondition fehlt uns allen. Die braucht man fürs Boxen. Hast doch Maik gehört.«

Oh, anscheinend gefielen ihm Maiks Methoden. »Ich passe da nicht rein, denke ich. Ich fühle mich nicht recht wohl unter den ganzen Jugendlichen.«

Er nahm ihren Arm. »Ach was, du bist noch nicht alt. Rede dir das bloß nicht ein. Maik sagt auch, du hast ganz schön was drauf für dein Alter.«

Das sollte aufmuntern? Lilo kniff ihm in die Hand. »Danke. Für mein Alter. Bis eben habe ich nicht im Geringsten an so etwas gedacht. Dass ich zu alt bin oder so. Nein. Die anderen sind zu jung. Das passt einfach nicht.« Sie war beleidigt, ohne dass sie es wollte.

»Du fühlst dich zu alt. Logisch. Du zuckst ja schon zusammen, wenn jemand das Wort ›alt‹ benutzt. Chill mal.«

»Chillen? Ich mache nichts anderes. Ich bin cool.«

»Klar. Das hat Maik auch gesagt.«

»Was? Was hat Maik auch gesagt? Ich soll chillen?« Sie wusste, was er meinte, aber sie wollte es gern noch einmal hören.

»›Deine Mutter ist cool‹, hat er gesagt. Er kennt keine Frau in deinem Alter, die so cool ist wie du.«

»Na, wenn das ein Kompliment sein soll: danke. Vielleicht bin ich ja die einzige Frau in *meinem* Alter, die er kennt. Lassen wir das. Es wird nicht besser. Jedenfalls jogge ich nicht täglich durch die Stadt und mache mich zum Affen. Ich habe ein Geschäft.« Lilo war etwas lauter geworden und schwächte das Gesagte nun ab: »Na ja, ich komme natürlich weiterhin mit zum Training, das habe ich dir versprochen. Aber einmal die Woche und nicht mehr.«

»Meinetwegen. Ich laufe jeden Morgen. Das habe ich mir vorgenommen. Und Maik sagt, ich hätte Talent und sollte viel mehr trainieren.«

Lilo hatte mit Widerworten gerechnet und sich bereits passende Antworten zurechtgelegt, die sie sich nun schnell verkniff. Stattdessen sagte sie einfach: »Ja. Finde ich gut.«

»Mama, fahren wir am Wochenende nach Hause? Sam und ich haben darüber gesprochen.«

Lilo schluckte. Wie hatte sie annehmen können, dass die Kinder den Tag einmal vergessen.

»Das wird stressig. Samstag hin und Sonntag wieder zurück. Falls Tom einspringt, könnten wir Freitag nach der Schule los. Das wäre etwas entspannter.«

Marius zögerte, setzte an, ließ es aber doch.

»Was ist los? Ich glaube nicht, dass es schulfrei dafür geben würde.«

Ihm fiel es schwer, zu antworten. »Wir meinen, dass wir auch im Sommer zu Papa können. Wir müssen nicht jetzt fahren, genau an dem Tag. Sam ist zu einer Geburtstagsparty eingeladen und ich muss lernen. Und du weißt, ich muss trainieren.« Das sollte witzig klingen, aber es gelang ihm nicht.

»Heißt das, ihr wollt nicht fahren?« Sie sah ihn ungläubig an. Das und viele andere Dinge hatten sie vor ihrem Umzug vereinbart: Chris an seinem Todestag auf dem Friedhof besuchen, seinen Geburtstag feiern, Heimaturlaub im Sommer und viele weitere wichtige Absprachen, die alle mit Chris zu tun hatten.

Marius schaute sie mit schlechtem Gewissen an. »Wir können gern fahren. Sam und ich dachten nur, dass du dann nicht so hetzen musst, und wir auch nicht. Und an Papa können wir auch hier denken.«

Lilo ging schneller, nicht, weil es begonnen hatte zu regnen, sondern weil sie nicht wusste, wie sie reagieren sollte. Sie hatte angenommen, die beiden brauchten diese Termine, um mit ihrer Trauer fertigzuwerden. Stattdessen sah es so aus, als wenn *sie* allein das noch immer brauchte. Waren die beiden erwachsener als ihre Mutter?

»Dann fahren wir zwei eben. Lass Sam bei Oma schlafen, damit sie zu ihrer Party kann. Sie braucht das.«

Marius, der fast einen Kopf größer als Lilo war, legte seinen rechten Arm um ihre Schultern. »Wir beide auf der Route 66, zwei Boxer.«

»Ein anderes Mal. Du hast recht. Sam soll auf ihre Party und du musst dein Talent trainieren.«

»Bist du sauer?«

Sie blieb stehen und gab ihm einen Kuss. »Nein. Ich bin so stolz auf euch. Und ja, ich werde am Sonntag auch etwas machen. Nämlich wandern! Ist auch Sport! Da boxen wir uns durch den Müritz-Nationalpark!«

ACHT [SOMMER 1990]

»Ich muss zum Arzt. Das tut so weh. Bitte, bring mich zum Arzt.« Nachdem er ihr die Verletzte abgenommen hatte, war es nicht schwer, in der Rolle zu bleiben.

»Ach, Arzt. Wie sollen wir da hinkommen? Außerdem müssen wir zuerst alles unter Dach und Fach bringen. Was meinst du, wem die das Geld geben, wenn wir nicht erscheinen?«

Ich muss ihn schützen. Er wird bei mir bleiben. Mit oder ohne Geld. Ganz bestimmt. »Liebster. Ist das Geld wichtiger als ich?« Sie verbesserte sich. »Als mein kaputter Fuß?«

Er begann zu toben. Das Letzte, womit sie in der Situation gerechnet hatte.

»Du dumme Kuh! Musst du heute so störrisch sein? Kurz vor dem Ziel? Noch dieses eine Treffen, dann die Kohle und weg. Mehr will und wollte ich nicht von dir.«

Ihm ist es egal geworden, was ich von ihm denke. Jetzt. Spätestens in dem Augenblick. Er kann sich zeigen, wie er ist und wie er wirklich für mich empfindet. Sie musste wegschauen. Sie konnte ihn nicht mehr ansehen. Das war es nun also. Das war unsere Liebe. Wieder ein Fehler. Meine große Liebe – nichts als ein großer Fehler.

»Was mache ich nun mit dir? Am liebsten würde ich dich liegen lassen. Und mir wünschen, dass dich niemand fände und du elendig zugrunde gehst. Wie du es verdienst.« Er rannte vor ihr auf und ab. Immer drei Schritte vor und drei zurück.

Wenn er mich liegen lässt, hilft mir mein Wald. Ich habe keine Angst. Ich komme nach Hause. Und Paul wird sich um alles andere kümmern.

»Und wenn dich doch jemand findet?« Er kniete sich zu ihr und schüttelte den Kopf. »Sieh mich an. Was dann? Außerdem: Was sage ich den anderen? Dass du keinen Bock mehr hast? Dass du durchgebrannt bist?« Er stieß seine flache Hand gegen ihr Kinn, um ihr Gesicht nach oben schnellen zu lassen.

Sie stöhnte. Wieder. Dieses Mal brauchte sie sich nicht zu verstellen.

»Sieh mich an. Du sollst sehen, was du verloren hast. Mich nämlich. Du dämliche Kuh! Mich.« Er grinste. »Allerdings hattest du mich nie. Denn wer will schon eine alte Fregatte wie dich? Bis Ende der Woche hättest du doch noch durchhalten können. Warum machst du jetzt Theater?« Sein Grinsen wich einer Fratze, er kam ihrem Mund ganz nah. »Und du bist die größte Niete im Bett, der ich jemals einen reingesteckt habe. Nicht mal einen Kerl richtig anmachen kannst du. Ich habe mir immer meine Zahnärztin vorgestellt und die ist noch älter als du. Aber dafür ist sie ein steiler Zahn.« Er lachte schallend über seinen Wortwitz.

Ihr wurde schlecht. Sein Atem roch ranzig, und den Kopf so lange im Nacken halten zu müssen, war nicht nur unbequem, sondern auch schmerzhaft. Fahrig griff sie in ihre Jacke, fand den Stiel der Taschenlampe und zog sie mit einem Ruck heraus. Sie fühlte sich gut in der Hand an. Und gab ihr etwas Sicherheit zurück. Für sehr kurze Zeit. Er nahm ihr die Sicherheit sofort aus der Hand, knipste das Licht an und strahlte ihr damit ins Gesicht. Sie schloss die Augen.

»Damit ich dich besser sehen kann!« Er zog sie noch näher an sich. »Mir ist alles egal. Ich will die Kohle und dann bin ich weg. Du aber nicht. Du wirst allein sein. Einsam. Kein Mann fasst dich jemals wieder an. Du bist eine dumme hässliche Kuh!« Er spuckte ihr ins Gesicht.

Sie versuchte sich aus seinem Griff zu lösen, vor allem aber aus ihrer eigenen Erstarrung. Wie hatte sie über viele Wochen so blind und dumm sein können? Paul hätte es bemerkt. Wenn sie sich ihm anvertraut hätte. Doch sie hatte ihn nicht in die Sache mit reinziehen wollen. Das wäre sein Ende gewesen, wenn es das nicht ohnehin war, jetzt, wo alles anders wurde. In den unruhigen Zeiten, die ihr aller Leben verändert hatten. Durchgerüttelt. Wie in einem überfüllten D-Zug auf kurviger Strecke.

Sie sprang auf und nutzte seine Überraschung, um wegzulaufen. Von ihm weg. Einen Versuch war es wert. Was er ihr zuletzt an den Kopf geworfen hatte, war zwar nicht nett, jedoch die volle Wahrheit. Und die war allemal besser, als weiterhin belogen zu werden, von einem Mann, für den sie ihr Leben gegeben hätte. Der seinerseits bei ihrem Anblick nur Ekel empfand, der sie genommen hatte, als Frau, ohne jegliche Zuneigung. Sie fühlte sich am ganzen Körper schmutzig. Sie wäre gern in einen See gesprungen, um allen Schmutz loszuwerden. Und um wegzutauchen und alles zu vergessen. Sie rannte den Weg entlang und war schon einige Meter von ihm entfernt, als er seine Überraschung überwand und ihr folgte, was sie dazu brachte, noch schneller zu laufen. Mit dem Licht der eigenen Taschenlampe im Rücken schien sie ihm ausgesetzt zu sein.

»Halt! Bleib stehen! Du kommst nicht weit. Mit deinem verletzten Bein!«

War das Hohn oder Dummheit? Kapierte er noch immer nicht, dass sie ihre Verletzung vorgetäuscht hatte? Außerdem hatte sie ihm eine solche Ausdauer gar nicht zugetraut. Er brüllte ihr trotz des hohen Tempos nach. Sie war es zwar gewohnt, täglich mehrere Kilometer zu Fuß zurückzulegen, die aber eher gemächlich, mit einer Flinte auf dem Rücken.

Ich muss ihn abschütteln.

Sie verließ den schmalen Weg nach links und hoffte auf dichter stehende Bäume. Es wurde immer dunkler und die Entfernung zur Straße nicht kleiner. Sie bekam Seitenstechen und bemerkte ein Ziehen in dem Fuß, bei dem sie vorhin die Verletzung nur vorgetäuscht hatte. Hatte sie sich doch verletzt? Ein Bruch sicher nicht, dann könnte sie nicht rennen. Eine Zerrung? Was auch immer, sie musste weiter. Sie nahm sich vor, die Schritte zu zählen, um ihre Atmung zu beruhigen. Sie kam aber durcheinander und ließ es sein.

»Ich sehe dich. Du Niete! Du dumme Kuh! Ich bin gleich da und hole dich!«

Er klingt verrückt, dachte sie. Ist er es? Sie bog erneut nach links, stand plötzlich vor einer großen Eiche, rannte rechts an dem Baum vorbei, sich weiter nach links haltend, und hoffte, den Weg zu finden, auf dem sie gekommen waren. Wie ein gehetztes Reh kam sie sich vor. Dem Jäger ausgesetzt und ohne Chance, der Kugel zu entkommen.

»Huhu! Ich habe dich gleich! Ich sehe was, was du nicht siehst und das ist …« Er lachte wahnhaft und näherte sich ihr immer mehr.

Sie konnte nicht mehr. Das Seitenstechen, der Schmerz im anschwellenden Fuß und das Gefühl, bald zu ersticken, wurden übermächtig. Sie blieb stehen. Abrupt. Nur wenig hinter ihr hörte sie seine Schritte. Bis auch er stehen blieb. Wird er mich erschießen? Ihr fiel ein, dass er kein Gewehr bei sich trug. Nur ihre Taschenlampe. Oder hatte er eine Pistole in der Tasche versteckt? Hatten Leute wie er nicht immer Zugang zu Waffen? Leute wie er, dachte sie verbittert. Er war doch ein alter Genosse. Ich bin blöd, dumm und alles zusammen. Er hat recht. Ich hätte es wissen müssen. Er ist nur ein kleines Wiesel gewesen, einer, der zurechtgekommen war, wie er mir verkauft hat. Georg, das Wiesel. Das passte. Er wusste immer, wo es etwas gab. Wer etwas hatte und wer etwas brauchte. Das brachte er dann zusammen. So war er auch auf sie gekommen. Die Engagierteste in der Forstbehörde. Allerdings auch die Einsamste. Ein leichter Fang für das Wiesel.

Sollte sie sich zu ihm umdrehen? Oder abwarten? Oder sich hinwerfen? Um Gnade flehen? Was machte ein Reh in dieser Situation? Es lief um sein Leben. Doch sie war kein Reh und dass er ihr Leben wollte, konnte sie trotz allem nicht glauben. Nicht, weil sie dachte, er würde doch etwas für sie empfinden. Nein. Sie nahm an, dass niemand leichtfertig zum Mörder werden wollte. Auch nicht für das Geld. Westgeld. Klar. Und viel. Auch klar. Aber er war nie arm gewesen, hatte sich immer besorgt, was er brauchte. Er hatte mehr gehabt als die meisten.

»Jetzt stehst du da und rührst dich nicht. Hast du dir

in die Hose gemacht? Sieht so aus.« Er lachte nicht mehr. Er verhöhnte sie auf die ihm eigene ernste Art, wie er es seit jeher mit Menschen tat, die er in die Enge getrieben hatte. Und diese Frau vor ihm, die regungslos ihren Rücken zeigte, wie eine kalte Schulter kam es ihm vor, machte ihn verrückt. Wozu Frauen fähig waren, hatte er im Laufe seines Lebens gesehen. Sie verkauften sich. Für ein paar Devisen oder weniger. Sie mussten nicht einmal dazu gezwungen werden. Sie waren so gestrickt. Bei dieser da war es anders. Mit Geld kam man bei ihr nicht weiter. Diese wollte mit Gefühlen gefickt werden. Er war es leid. Brauchte irgendjemand sie noch? Er nicht. Hajo und Heinz nicht. Und die Schnalle Daniela erst recht nicht. Was die da ihnen geben konnte, hatten sie bereits erhalten.

Er näherte sich ihr. »Na, Schnecke!«

Ich bin nicht deine Schnecke. Wollte sie schreien. Doch sie wagte kaum zu atmen.

»Noch ein letztes Mal? Schnecke. Du müsstest dich ausziehen. Oder soll ich das übernehmen?« Er schnurrte fast wie ein Kater und strich mit der Lampe die Haare aus ihrem Nacken.

Sie zuckte zusammen. Was hatte er jetzt vor? Mit ihr schlafen? Sie zurück in seinen Bann ziehen? Sie schüttelte sich. »Das war's mit uns. Du gehst zu denen und ich zurück zu meinen Leuten.« Das meinte sie vollkommen ernst. Sie hatte keine Angst mehr und spürte auch keine Wut in sich. Es war vorbei.

»Du zu den Deinen? Wer soll das sein? Dein alberner Köter? Der leckt auch einer anderen die Fotze.« Es ärgerte ihn maßlos, dass sie nicht weglief oder sich zu ihm umdrehte. »Der braucht dich nicht. Hat er nie.«

»Lass das. Höre auf damit. Es reicht. Ich habe es verstanden. Es ist Schluss. Fertig. Mache es nicht noch schlimmer.« Ihre trockene Kehle ließ die Stimme krächzen. Ich klinge wie eine alte Frau, dachte sie. Alt und blöd und dumm.

Er begann zu lachen. »Na und? Was heißt überhaupt ›noch schlimmer‹? Nichts ist schlimm. Außer dir. Und damit können wir gern Schluss machen. Ganz wie du willst. Hajo hat dir ohnehin die ganze Zeit misstraut. Egal. Schluss jetzt. Dreh dich um. Keine Zicken mehr.« Die letzten Worte flüsterte er ihr ins rechte Ohr. Das sie ihm zuwenden musste, weil er ihr schmerzhaft daran zog.

Sie schüttelte fast unmerklich den Kopf. Er sah es nicht, fühlte es aber. »Dreh dich um! Schau mir in die Augen, Kleines!« Er lachte erneut. Dreckig und eine Spur zu laut, als dass es überzeugend war.

Sie lauschte jedem seiner Atemzüge und hoffte, irgendetwas darin zu entdecken, was sie beruhigen konnte. Vergebens, dachte sie. Hoffen und Bangen, gibt es da nicht einen Spruch? Irgendetwas muss es geben. Ich will nicht bange sein.

»Hast du jetzt Angst? Vor mir?« Er zog stärker am Ohr und sie drehte sich endlich, wie er es verlangte, zu ihm um. »Was glaubst du, macht Hajo mit dir, wenn er erfährt, dass du uns verraten willst?«

Sie versuchte, ihn nicht anzusehen, aber er nahm nun auch ihr linkes Ohr in die Hand und zog abwechselnd immer kräftiger an den Ohrläppchen. Bis er plötzlich losließ und sie zurücktaumelte. Bevor sie fiel, griff er erneut ein Ohr und zog sie auf diese Weise dicht vor sich.

Die Schmerzen an den Ohren betäubten inzwischen diejenigen am Fuß und trieben ihr Tränen in die Augen.

Sie wollte nicht weinen. Nicht vor diesem Menschen. Sie glaubte fest daran: Wenn sie stark blieb und keine Angst zeigte, würde er sie gehen lassen. Er würde seine Unsicherheit, die er bei aller männlichen Zurschaustellung und der Gewalt, die er ausübte, nicht komplett verbergen konnte, nur überwinden, wenn sie Schwäche zeigte. »Lass das. Ich werde gehen. Wir werden uns nicht wiedersehen.« Sie blieb ruhig, obwohl ihr Innerstes ihn anschrie und tobte.

Was er bemerkte. »Du heulst. Und du tust bloß kaltblütig. Du alte Hexe. Du bist Dreck. Sonst nichts. Dreck! Dreck! Dreck! Ich habe mich vor dir geekelt. Vor allem im Bett. Wenn du nichts anhattest und ich deinen alten runzligen Körper sehen musste.«

Sie sah seine Wut, die sich mit jedem Wort weiter steigerte, und ahnte, dass diese Worte ihm aus seiner Ohnmacht helfen sollten. Obwohl sie wusste, dass sie besser schweigen sollte, brüllte sie zurück: »Was glaubst du eigentlich, wie es für mich war? Du alberner Gockel! Du Großkotz! Du kannst mich mal!« Mit aller Kraft, die ihr verblieben war, schlug sie seine Hand von ihrem Kopf. Er war dermaßen erstaunt, dass sie erneut ausholte und ihm ins Gesicht boxte.

Er rührte sich nicht. Er sah sie an. Still und mit großen dunklen Augen.

Sie hob noch einmal die Fäuste und schlug ihm in den Magen. Dann noch einen Hieb an dieselbe Stelle. Er stöhnte leise und hielt abwehrend die Hände vor den Bauch. Endlich, dachte sie. Es muss ihm doch wehtun. Die Nase blutet. Mit ein bisschen Glück habe ich sie ihm gebrochen. Noch einen Schlag und er geht k. o. Er bricht vor mir zusammen und ich kann weg. Nach Hause. Nein.

Zu Paul. Paul weiß, was zu tun ist. Sie zögerte, als sie sich von ihm wegdrehte. Trotz allem, was passiert war, konnte sie ihn nicht verletzt allein im Wald lassen. Das würde sie nicht einmal einem Tier antun.

»Was hast du getan?« Seine Stimme war brüchig geworden und er brachte nur mit Mühe die Worte heraus. Anscheinend hatten seine Lippen ebenfalls etwas abbekommen. »Du schlägst mich? Du wagst es wirklich?«

Das Wort »wagst« ließ sie schaudern. Ein Tier würde so etwas nicht sagen. Es würde sie anschauen. Vielleicht. Aber es würde nichts sagen.

»Sieh mich an. Sieh, was du mir angetan hast. Nach allem, was ich für dich getan habe. Was wir miteinander erlebt haben. Nach allem, was du mir zu verdanken hast.«

Ein weiteres Wort, das er besonders betonte: »verdanken«. Ein weiteres Wort, das ihr die Angst zurückbrachte. Die Wut war längst gewichen. Sie hatte Mitleid gehabt. Unnötigerweise, wie sie sich eingestand. Er kannte solche Gefühle gar nicht. Er kannte kein Mitleid, kein Mitgefühl und erst recht keine Liebe. Wie sollte er da Reue kennen? Oder Einsicht?

»Ich habe gesagt, du sollst mich ansehen. Warum gehorchst du nicht? Warum tust du alles, um es noch schlimmer zu machen?«

Sie fand, er sprach wie ein Idiot oder wie ein Kind, das seinen Willen nicht bekam. Bockig, ja, das war der passende Ausdruck dafür. Was ihr ein wenig von der Angst nahm. Sie ging langsam weg von ihm, ohne zu antworten. Ein paar ruhige Schritte und dann nichts wie weg, das war ihr Plan. Sie hoffte, seine Verletzungen waren schmerzhaft genug, um sie nicht verfolgen zu können.

Es war stockdunkel geworden und selbst ihr fiel es nicht leicht, zwischen den Bäumen einen Weg zu erkunden. Es blieb ihr gar nichts anderes übrig, als vorsichtig einen Fuß vor den anderen zu setzen. Einen weiteren Sturz wollte sie ihrem Fuß nicht zumuten.

»Ich habe dir gesagt, du sollst mich ansehen!«

Die Worte hallten einzeln zu ihr. Sie schüttelte den Kopf, was er nicht sehen konnte.

Das Licht der Taschenlampe war längst erloschen. Er hatte sie verloren, als sie ihm die Nase zertrümmert hatte. Wenn er eine Chance haben wollte, sie in die Finger zu kriegen, musste er das Ding finden. Er ging in die Hocke und wühlte auf dem durch die Nacht längst kalt gewordenen Waldboden herum. Er hoffte, sie würde nicht weit weg sein. Er ließ sich auf die Knie fallen und krabbelte, dabei mit den Händen suchend, im größer werdenden Umkreis um die Stelle herum, die zu seiner Schmach geworden war. Eine Frau hatte ihn geschlagen. Eine blöde Tussi. Er hätte es ihr vorher zeigen müssen. So richtig. Ohne Worte. Einfach drauf und fertig! Er bereute jedes an sie verschwendete Wort. Dazu war die viel zu blöd. Oder nicht? War sie zu klug für ihn? Konnte er das auf sich sitzen lassen?

Endlich stieß seine Hand an den Griff der Lampe. Er nahm sie, stand auf und schaltete sie sofort an. Dem Lichtstrahl folgend lief er in die Richtung, in die sie verschwunden war. Zwischen den alten Buchen hindurch. Oder was für Bäume das auch immer waren, er kannte sich nicht damit aus. Im Gegensatz zu ihr, ihr war scheinbar kein Baum, kein Strauch oder Farn unbekannt, sie hatte ihn die letzten Wochen andauernd damit genervt. Weit konnte sie trotzdem noch nicht gekommen sein.

Nicht nur er war verletzt. Sie sogar am Fuß, was bei einer Flucht nicht unbedingt von Vorteil war.

Er hörte ein Rascheln, blieb stehen, um kein Geräusch zu verpassen. Es knackte einige Meter vor ihm. Wenn es ein Tier war, würde es schnell weglaufen. Wenn sie es war, würde er ihr zum Weglaufen keine Chance mehr lassen. Sie hatte es verspielt. Sie hatte ihn provoziert und sie hatte ihn geschlagen. Geld hin oder her, aber das durfte ein Mann sich nicht gefallen lassen. Er lief wieder los. Schneller. Er sah sie hinter etwas großem Dunklem verschwinden. Auch sie schien ihn bemerkt zu haben. Er knipste das Licht aus und schlich die letzten Meter, bis er ihren Atem hörte. Schnecke, dachte er, damit haben wir beide nicht gerechnet.

»Du hättest mich nicht schlagen sollen.« Er beugte sich über die vor ihm kauernde Frau. »Hajo hätte dich leben lassen. Ich kann es nun nicht mehr.« Er schlug mehrmals mit ihrer grauen Taschenlampe auf ihren Hinterkopf. Selbst als sie leblos auf dem Bauch unter ihm lag, schlug er weiter zu. Er konnte sich kaum beruhigen. Sie hätte das alles nicht tun dürfen. Du bist selbst schuld, dachte er.

NEUN

Lilo war eine der jüngsten Teilnehmer an diesem Sonntag. Wahrscheinlich sogar die Jüngste. An einem anderen Tag wäre ihr das aufgefallen, aber nicht an diesem. Es war der 28. Januar und der letzte Sonntag in diesem ihr verhassten Monat. Seit dem Gespräch mit Marius hatte sie immer wieder daran gedacht, allein ins Auto zu springen und nach Hause zu fahren. Ja. Nach Hause. Das war es noch immer. Die Stadt, in der sie Chris kennengelernt hatte, in der sie eine Familie gründeten und sie glücklich war wie niemals zuvor. Bis zu diesem verdammten 28. Januar. An dem alles anders wurde.

Sie hatte sich aber zusammengerissen, war nicht einfach allein in den Süden gefahren, sondern hatte in den letzten Tagen stattdessen irgendwie Alltag gelebt. Sam war seit gestern bei Lina, dem Geburtstagskind, in Kiefernheide. Mit einigen anderen Mädchen aus ihrer Klasse. Ihre erste Übernachtungsparty. Lilo hatte ihr extra einen neuen, nicht kindlichen Schlafanzug gekauft und sie gestern vor dem Aufgang einfach aus dem Auto aussteigen lassen, ohne noch mit den Eltern zu sprechen. Schließlich war sie eine coole Mutter. Die coolste, die Maik, der Boxtrainer, überhaupt kannte. Zumindest in der Altersgruppe.

Seit dem Aufstehen heute Morgen versuchte sie, jeden Gedanken an Chris zu verdrängen. »Staring in the Sun« von »The Offspring«, Chris' Lieblingsband, tönte in ihren Gedanken. Sie brauchte die Musik nicht anzuhören, sie war einfach da.

Lilo hatte ihre Wanderschuhe aus dem Karton im Keller gekramt, eine alte derbe Jeans angezogen, eine Fleecejacke über das rote T-Shirt mit der ausgestreckten Zunge und darüber die Allwetterjacke. Sie hoffte, die Kleidung würde dem Wetter entsprechen. Das Thermometer auf dem Balkon hatte vier Grad angezeigt. Es sollte auf knapp zehn Grad ansteigen, aber gerade jetzt fühlte es sich sehr kalt an. Wie war das mit dem schlechten Wetter? Es gab kein schlechtes Wetter, sondern nur falsche Klamotten oder so. Sie waren noch nicht sehr weit gelaufen, als Lilo bereits schwer zu atmen begann. Sie ließ sich zurückfallen, indem sie an den Bändern ihrer wohlverschnürten Schuhe zog. Als wäre eines aufgegangen.

»Ich freue mich, dass Sie sich unserer Wandergruppe doch noch anschließen, nachdem Sie meine Einladung vor Weihnachten nicht angenommen haben. Diese gemeinsamen Unternehmungen schweißen den Verein noch besser zusammen.«

Lilo schreckte hoch und stieß dabei mit dem Kopf an Lutz Meinhards Arm.

»Ich wollte Sie nicht erschrecken. Es tut mir leid.« Lutz Meinhard trat einen Schritt zurück.

Mit hochrotem Gesicht, das spürte sie genau, richtete Lilo sich auf.

»Für mich ist das auch sehr anstrengend. Ich mache das auch noch nicht lange mit. Die anderen sind dauernd unterwegs. Das hat den Vorteil, dass sie sich gut auskennennen, aber den Nachteil, dass sie das Tempo bestimmen.« Er lächelte sie an. Irgendwie jungenhaft.

Ob er wusste, wie ungeschickt er sich anstellte? »Wissen Sie, ich boxe seit kurzer Zeit. Dafür braucht es ebenfalls Kondition und ich dachte, ich kann mir die hierbei verschaffen.« Obwohl sie keine Lust verspürte, mit ihm zu reden, war sie doch froh, jemanden zu haben, der auf sie wartete. Wer weiß, ob sie allein irgendeinen Weg finden würde, egal ob hin oder zurück. »Es wäre schon gut, wenn einer von uns beiden sich hier ein bisschen auskennen würde. Die Buchenwälder um Serrahn sind alt und wer weiß, was sie alles verbergen. Das Moor hat sicher vieles verschluckt.«

»Ich war schon das eine oder andere Mal hier. Es hat etwas. Wussten Sie, dass all das früher zu DDR-Zeiten zum Wildforschungsgebiet Wilhelminenhof gehörte, wo das größte Staatsjagdgebiet seinen Sitz hatte? Sie finden hier mehrere jahrhundertalte Buchen, eine unglaubliche Atmosphäre, die uns umgibt und die mich den Alltag vergessen lässt.« Lutz Meinhard zeigte um sich. »Kommen Sie. Wir folgen den anderen. Es gibt immer etwas Neues zu sehen, was wiederum oftmals so alt ist, dass uns die Vorstellungskraft dafür fehlt.«

Er ging voraus und Lilo blieb nichts anderes übrig, als dem Naturparkbegeisterten zu folgen. Damit er sein Tempo etwas drosselte, stellte sie ihm eine Frage: »Wie kommt es denn, dass diese uralten Buchen noch stehen, also dass niemand sie abgeholzt hat?«

Lutz Meinhard blieb stehen und nickte. »Das haben wir unter anderem Hubert Weber zu verdanken. Der kam 1949 als Revierförster nach Serrahn. Es heißt, er war sehr schlau im Umgang mit der Obrigkeit und konnte auf diese Weise seine Liebe zur Natur durchsetzen. Er hat es geschafft, die alten Buchen vor dem Einschlag zu retten, und sein Verdienst ist es letztlich, dass die Serrahner Buchenwälder jetzt zum Weltkulturerbe gehören.« Eifrig erzählte er weiter. »Das Dorf Serrahn, wenn man es so nennen will, ist nicht wirklich die Sensation. Hier stehen lediglich das alte Forsthaus und zwei Wohnhäuser. Allerdings beneide ich die dort Lebenden. An jedem Morgen inmitten eines Wunders aufzuwachen – ja, so nenne ich es, denn die Natur ist das einzige wirkliche Wunder, das wir haben. Jedenfalls muss es herrlich sein, inmitten der alten Bäume zu leben.«

Im Stillen dachte er an ein weiteres Wunder, das der Liebe, doch das war vergänglich, wie er an Carmen gesehen hatte. Irgendwann war ihre Liebe zu ihm einfach vergangen, so hatte sie es ihm geschildert. Und eine neue Liebe war da, plötzlich, zu einem anderen. Wie ging das? Er konnte es sich nicht vorstellen.

»Kommen Sie, wir gehen über diesen kleinen Steg, die anderen sind da vorne, nicht weit von uns. Ich denke, sie werden irgendwann bemerken, dass wir fehlen, und warten.«

Lilo zog den Rucksack fester. Der Steg führte über ein kleines Rinnsal und machte keinen vertrauenserweckenden Eindruck. Er wirkte schnell hingezimmert, wie ein Projekt einer Grundschule. Vorsichtig bewegte sie sich darüber, fühlte sich viel zu schwer und dachte an Maik. Das Laufen war keine schlechte Idee. Sie könnte ein paar Kilo abnehmen. Bis zum Überqueren des Stegs war ihr das egal gewesen, aber falls sie jetzt öfter die Wunder der Natur sehen wollte, gab es womöglich auch öfter solche Hindernisse zu überwinden. Da wäre sie zu gern ein Fliegengewicht. Selbst Lutz Meinhard, der trotz aller Rücksicht bereits einige Meter Vorsprung hatte, war ihr Schneckentempo nicht mehr lange zuzumuten. Er winkte ihr zu, ohne sich umzudrehen. Gut, gut, Herr Meinhard, ich schalte mal einen Gang höher. Sie begann die Schritte zu zählen, wie beim Marschieren. Links, links, links zwo drei vier. Links, links, links zwo drei vier. So ging es. Es half beim Atmen. Das Tempo wollte sie beibehalten. Weiter: links, links, links zwo …

Plötzlich stieß sie gegen etwas Hartes, das dadurch ein Stück nach vorne rollte. Wanderschuhe sind genau das Richtige, dachte sie. Die halten was aus. Selbst Steine in der Größe. Als sie mit dem anderen Fuß gerade ausholte, um den vermeintlichen Stein wegzukicken, hielt sie erschrocken mitten in der Bewegung inne. Das, was vor ihr lag, war kein Stein. Es hatte sich am Fuß auch nicht so schwer angefühlt, fiel ihr jetzt ein. Es war anders geformt und irgendwie luftiger. Neugierig beugte sie sich nach unten, um das Ding genauer zu betrachten – und wich mit einem Schrei zurück.

Vor Lilo Glück lag ein menschlicher Schädel.

ZEHN

»Laut Untersuchungsergebnis sind das die Überreste einer Frau, nicht mehr ganz jung – was auch immer das heißen soll, kann die sich nicht mal deutlicher ausdrücken – und sie lag da schon um die 30 Jahre. Und es sieht nach einem gewaltsamen Tod aus. Deshalb haben wir den Fall auf dem Tisch. Sagen wir mal: Die Frau im besten Alter wurde am Ende der DDR-Ära umgebracht. Was heißt, wir brauchen alle Vermisstenfälle vor 89, sprich ab 85. Besser 80. Die Frau Doktor verschätzt sich ja auch manchmal.«

Hauptkommissar Jens Meinhard fiel seinem Kollegen ins Wort. »Danke für die Ausführung. Wir sollten auch die Vermisstenfälle ein paar Jahre nach der Wende berücksichtigen. Plusminus irgendwas ist immer drin. Lass die Frau Smetanowa ihre Arbeit machen, die sie immer einwandfrei erledigt. Und wir kümmern uns um unser Ding. Mordfall. In Neustrelitz. Das Jahr fängt interessant an.« Er stellte sich an das große Fenster, das auf den Töpferberg zeigte. Er war breitschultrig, wirkte sportlich, obwohl er nicht sehr viel für seine Kondition tat, und hatte aufmerksame tiefblaue Augen im braungebrannten Gesicht, die jedem sofort Respekt aufnötigten.

Kommissar Wilko Janssen verstand die Rüge sofort, er

konnte jedoch nicht anders. Diese Rechtsmedizinerin mit dem altmodischen Vornamen Barbara und dem merkwürdigen Nachnamen Smetanowa reizte ihn zunehmend. Sie behandelte ihn herablassend und verhielt sich ihm gegenüber immer spöttisch. Er meinte, sich auf diese Weise rächen zu können. Sein Chef, Jens Meinhard, der große Frauenversteher hingegen, machte da leider nicht mit. Wilko Janssen tat es trotzdem. Er wollte seinen Frust loswerden. Der jedoch nicht nur mit der Rechtsmedizinerin zu tun hatte. Er hatte sich vor einem guten Jahr aus Ostfriesland nach Mecklenburg versetzen lassen, weil seine Eltern sich in Waren ein Haus gekauft hatten, um dort ihren Ruhestand zu genießen. Er war durch und durch ein Familienmensch, wollte in der Nähe seiner Eltern sein und hatte sich für Waren beworben. Dort war jedoch keine Stelle frei gewesen, weshalb er in Neustrelitz gelandet war. Seine Eltern hatten sich darüber gefreut und ihm unmissverständlich zu verstehen gegeben, wie sehr sie es begrüßten, dass er in einer eigenen Wohnung und nicht in Fußnähe zu ihnen lebte. Er fühlte sich zwangsversetzt und unverstanden. Seit einem Jahr schon.

Wilko Janssen seufzte, spürte aber eine aufkommende Hoffnung. »Mord. Nun ja. Dann gibt es ordentlich zu tun für uns, um den Mörder zu finden, yes.« Er schlug mit der Hand auf den Tisch.

Jens drehte sich erstaunt um. »Du klingst fröhlich? Magst du es, wenn Menschen ermordet werden? Das wäre sehr merkwürdig und ich müsste mir ernsthaft Gedanken über dich machen.«

»Jetzt fang du nicht auch noch an wie die Frau Doktor und behandle mich wie in einem Ostfriesenwitz. Ich bin fröhlich, weil das meine Chance ist, aus diesem Kaff wegzukommen.«

»Kaff? Wegkommen? Du wolltest doch weg aus deinem Ostfriesland. Und was jetzt mehr Kaff ist, Aurich oder Neustrelitz, darüber brauchen wir uns nicht streiten.« Damit war für den Hauptkommissar die Sache erledigt. »Lass uns die Fakten sammeln, die wir haben und gib vorher die Order, die alten Vermisstenfälle ins System zu bringen. Zumindest alles, was elektronisch da ist, alles andere eben in Papierform.«

»Wir müssen sämtliche Zeugen einbestellen. Soll dein Bruder auch kommen? Die können ja eigentlich alle nichts dazu beitragen, wenn das schon 30 Jahre her ist.«

Jens nickte. »Tja, muss trotzdem sein. Der ganze Marktquartier-Verein. Gut, dass Phillip nicht dabei war, noch näher muss das alles nicht an mich herankommen.«

»Dein Phillip hat nichts damit zu tun, den habe ich in der Kirche gesehen. Wie nicht wenige andere auch. Schöne Worte zum trüben Januar hatte er. Meine Eltern finden ihn irgendwie toll und weil sie Toleranz zeigen wollen, kommen sie alle zwei Wochen nach Neustrelitz zum Gottesdienst.«

»Toleranz? Wofür? Für deinen Wohnort?« Jens tat absichtlich so, als würde er nicht verstehen, worum es ging. Er hatte es satt, Leute großmütig zu erleben mit Worten wie »Jedem das Seine« und derlei Dinge mehr. Er war schwul, seit er das erste Mal an Sex gedacht hatte. Zum Glück hatte er tolle Eltern, die das nie als etwas Besonderes gesehen hatten und es auch heute nicht taten. Im Gegenteil. Sie waren furzkonservativ, wie er es nannte. Phillip und er sollten ihrer Meinung nach endlich heiraten und auch Kinder adoptieren.

Wilko war sein Ausrutscher gar nicht bewusst und er verstand keineswegs, weshalb er nicht mit seinen toleranten Eltern angeben konnte. Die hatten ihm schließlich fast den Kopf abgerissen, als er anfangs bei ihnen einen Witz über seinen schwulen Kollegen und den ebenfalls schwulen evangelischen Pfarrer gemacht hatte. Einmal und nie wieder. Ihm war das egal. In Ostfriesland machte man auch keinen großen Aufstand darum: Elkeen na sien Möög.

»Du weißt, was ich meine. Ich habe es kapiert. Musst mich nicht verar…« Er brach im Wort ab. So hatte er früher mit den Kollegen in Aurich sprechen können, das waren seine Kumpels gewesen. Jens hingegen hielt trotz der engen Zusammenarbeit einen gewissen Abstand. Wilko war das nicht gewohnt. Zu Hause in Aurich ging man nach der Arbeit zusammen feiern. Den Frust loswerden, hatte sein früherer Hauptkommissar das genannt. Und privat kannten sich alle sehr gut. Wenn einer Geburtstag hatte, wurden alle eingeladen, samt Partner. Hier in Neustrelitz ging es etwas verstockter zu, wie Wilko es seinen Eltern erzählt hatte. Und besonders sein direkter Vorgesetzter, Jens, traf im Privaten anscheinend nicht gern auf Kollegen. »Also lass das. Und keine blöden Ostfriesenwitze. Die höre ich täglich von meinem Vermieter. Ein richtiger mecklenburgischer Witzbold.«

»Zum Thema. Wir müssen die Meute befragen, schnell und nacheinander. Ich glaube nicht, dass sie etwas wissen, dafür ist die Leiche zu alt. Das wäre ein dermaßen großer Zufall – aber nein, das glaube ich nicht.« Jens stellte sich an das Whiteboard und schrieb darauf: »unbekannte Frauenleiche«. Dazu das Funddatum »28.01.2018«, den Ort »Serrahner Buchenwald (Steg nahe Forsthaus)« sowie die Daten, die sie über die Frau wussten.

»Eine Lilo Glück hat mit dem Schädel Fußball gespielt. Die war zuerst an der Leiche.«

Jens überhörte den verbalen Ausfall, wie er vieles überhörte, was von seinem noch jungen Kollegen kam. Er empfand diese Worte als übergriffig, wollte und konnte jedoch nicht andauernd an Wilko herumnörgeln. »Was wissen wir noch?«

»Dein Bruder war der Nächste, danach ein Doktor Witzke und anschließend alle Wanderbrüder nacheinander. Unsere Jungs haben weitere Leichenteile gefunden.«

Jens atmete tief durch. »Wanderschwestern gab es sicher auch, oder? Und unsere Jungs von der Spurensicherung sind zum Glück nicht allein, die Frauen überwiegen sogar. Du solltest dir ein neues Frauenbild aneignen, sonst wirst du auf Dauer Probleme haben!« Sein Ton war streng, mit einem Schuss Drohung am Ende. Selbst ein flapsiger junger Ostfriese musste das verstehen.

Und es funktionierte: Wilko schwieg und drehte sich verlegen weg. Was er dachte, durfte sein Chef nicht sehen. Etwas wie »arrogantes Arschloch« war noch das Netteste dabei.

»Weiter. Vermisstenfälle müssen her. Zur Wende mag es da einige gegeben haben. Unmittelbar vor und nach der Wende waren plötzlich viele verschwunden. Die meisten tauchten in Westdeutschland auf und meldeten sich bei ihren Verwandten. Ich hoffe, wir finden eine Vermisste, auf die unser Fund passt. Wenn wir Glück haben, ist ein Zahnstatus möglich.«

»Es kann ja auch eine Nicht-DDRlerin sein. Eine Besucherin. Oder durfte niemand einreisen?« Wilko versuchte, nicht beleidigt zu klingen. Wenn er sich mit seinen privaten Ansichten schon dauernd der Lächerlichkeit preisgab und dafür wie ein Kind zurechtgewiesen wurde, wollte er als Polizist umso professioneller sein und sich wenigstens dabei keine Blöße geben.

»Ja, du hast recht. Sie kann von sonst woher stammen. Aus dem befreundeten Ostblock, oder sie war eine Besucherin aus dem Westen. Wir wissen noch rein gar nichts. Aus dem Grund müssen schnell die alten Vermisstenfälle auf den Tisch. Kümmere dich bitte darum. Nachdem die Zeugen vorgeladen sind.« Jens wartete weder auf eine Zustimmung noch auf sonst etwas. »Lilo Glück kannst du dir sparen. Da gehe ich gleich selbst vorbei und auch bei Doktor Witzke. Mit meinem Bruder solltest du reden, nicht dass uns später jemand einen Strick daraus dreht.« Er nahm sich die schwere Winterjacke von der Garderobe neben der Tür. »Wenn was ist, ruf mich an.«

Wilko Janssen war erleichtert, den Hauptkommissar durch die Tür verschwinden zu sehen. Er liebte das Büro sehr, wenn er es für sich allein haben konnte. Wie jetzt. Schalten und walten, wie er wollte. Allerdings war es nicht ganz so, wie er sich eingestand. Bisher musste er immer auf Anweisung arbeiten. Wie jetzt. Er loggte sich in den Computer ein und überlegte, wo er die alten Fälle finden konnte. In Aurich hatten sie ein anderes System gehabt. Er hatte eine Idee. Er war mit Computerprogrammen und -spielen quasi großgeworden. Und wie er etwas suchen, aber vor allem finden konnte, gehörte dazu. Die Fälle der letzten Monate waren fast ausschließlich Brandstiftungen und ein paar Einbrüche gewesen. Häusliche Gewalt mehrte sich im Dezember. Alles unschöne Delikte, bei denen er aber seine IT-Kenntnisse leider nur selten hatte einsetzen können. Mit dem neuen Fall bot sich ihm nun eine Möglichkeit. Endlich, dachte er.

Er krempelte seine Hemdsärmel ein paarmal um und begann, in den Tiefen des Systems nach vermissten Frauen vor etwa 30 Jahren zu suchen. Es war gar nicht so schwer. Er sammelte die Dateien in einem Extraordner und grinste innerlich vor Freude darüber, Jens Meinhard endlich mal beweisen zu können, was für ein guter Polizist er war. Bis ihm siedend heiß einfiel, was er vor lauter Eifer vergessen hatte. Er griff zum Telefon und rief die Personen auf der Zeugenliste nach und nach an. Zwei konnte er nicht erreichen, alle anderen stimmten beflissen seinen Terminvorschlägen zu. Eva Wöllert und ein Johannes Maaß hatten weder eine Mailbox geschaltet, noch gab es eine Alternativnummer. Er machte dicke Kreuze hinter deren Namen, darum wollte er sich später kümmern. Bis zum ersten Termin mit Lutz Meinhard um 14 Uhr hatte er noch gut zwei Stunden Zeit. Gern verzichtete er auf das Mittagessen in der Kantine und die damit verbundenen Ostfriesenneckereien.

ELF

Zum ersten Mal betrat er das Geschäft in der Strelitzer Straße nicht, um ein Buch zu kaufen. Er liebte diesen Laden und mochte die Menschen, die hier arbeiteten. Die neue Inhaberin, Lilo Glück, kannte er bisher nur sporadisch. Im Dezember hatte er verschiedene Weihnachtsgeschenke bei ihr gekauft und das Gefühl gehabt, sie wäre immer im Laden. Er wusste nicht viel von ihr. Er war Beamter und lebte in einer anderen Welt. Meistens. Und in der Welt von Phillip. Sein Bruder Lutz und dessen Welt waren ihm fremd. Sie standen sich nicht nahe, mochten sich aber. Einigermaßen. Schätzten sie sich? Vielleicht. Sahen sie sich oft? Eher weniger. Beide arbeiteten viel und beide hatten ihr eigenes Privatleben. Unabhängig voneinander.

»Was kann ich für Sie tun?«

Jens Meinhard sah sein Gegenüber irritiert an: »Frau Glück ist nicht da? Ähm, wo ist sie denn? Sie ist sonst immer da!«

»Sie kommt erst um eins. Kann ich nichts für Sie tun? Oder meine Kollegin?« Tom Köhler zeigte auf Beatrice Lange. »Bea, komm mal. Ein Kunde braucht spezielle Beratung!«

Jens fand die Situation ein bisschen komisch und

begann zu lachen. »Spezielle Beratung? Was meinen Sie damit, Herr …«, er beugte sich näher, um den Namenszug auf dem kleinen Schild zu erkennen, »… Köhler?« Er zog seinen Dienstausweis hervor und hielt ihn dem erstaunten Tom vor die Augen. »Hauptkommissar Meinhard. Ich muss Frau Glück aus dienstlichen Gründen sprechen. Wissen Sie, wo ich sie finde?« Das Lachen war mit dem Auftauchen des Ausweises verschwunden.

Beatrice Lange stellte sich neugierig zu ihnen. »Wer sind Sie? Polizei? Kripo? Was wollen Sie von Lilo?«

»Haben Sie nichts zu tun? Da steht eine ältere Dame und kommt anscheinend nicht an das obere Regal. Wollen Sie ihr nicht helfen?« Neugierde hin oder her, er konnte ihr nichts abgewinnen. Als Polizist erfuhr er oft viel mehr, als er wollte und von dem er lieber nie etwas gehört hätte. Auch aus dem Grund mochte er neugierige Menschen nicht besonders, vor allem, wenn sie, wie er glaubte, damit nur ihre Sensationslust stillen wollten.

»Ich möchte nicht, dass Sie Frau Glück den freien Vormittag verderben. Deshalb frage ich. Aus Sorge.«

Wer es glaubt, dachte Jens Meinhard und schwieg, bis Beatrice Lange achselzuckend zu der Dame ging, die tatsächlich ihre Hilfe brauchte.

»Also, wo ist Frau Glück heute?«

Tom zwinkerte ihm fröhlich zu. »Schöner Beruf. Da kann man die Leute in die Schranken weisen, ohne dass es Konsequenzen hat. Tolle Sache.«

»Tja, mag sein. Und ich bin nicht sehr geduldig, wenn mir eine Frage nicht beantwortet wird. Wenn Sie wollen, bestelle ich Sie am Nachmittag auf den Töpferberg. Ebenso ein Vorteil meines Berufes. Ich kann situationsabhängig tun und lassen, was ich für richtig halte.« Fast hätte Jens zurückgezwinkert, stattdessen trat er einen Schritt zurück. »Na, was ist nun?«

Tom ließ sich die gute Laune nicht verderben. »Herr Kommissar, immer mit der Ruhe. Die Lilo ist entweder zu Hause oder sonst wo. Sie hat frei und muss sich bei mir nicht abmelden. Sie ist meine Chefin.«

Dieser gut gelaunte Mensch ging Jens langsam auf den Geist. »Adresse!« Er hatte nicht vor, sich mit dem Typen mehr als notwendig zu unterhalten.

»Zu Befehl. Hohenzieritzer Straße.« Er gab ihm dazu die Hausnummer. »Das ist da, von wo aus man die wunderbarste Sicht über den Glammi hat. Frau Glück hatte eben richtig Glück.« Wieder ein Zwinkern.

Noch so ein Wortwitzler. Den einen gerade losgeworden, taucht der nächste auf. Bestimmt keiner von hier. Mecklenburger haben einen anderen Humor, meinte er. Ohne sich zu verabschieden, überlegte Jens, welches der kürzeste Weg zur Wohnung von Lilo Glück war. Die Gefahr, sie nicht anzutreffen, bestand auf jeden Fall, also wählte er die Nummer, die die Kollegen gestern im Nationalpark aufgenommen hatten.

»Frau Glück? Sind Sie zu Hause? Hier ist Hauptkommissar Jens Meinhard. Ich habe noch ein paar Fragen wegen des Fundes gestern in den Serrahner Buchen.« Er setzte extra seinen Vornamen dazu, er meinte, sie müsste wissen, wer er ist.

Sie hatte keine Ahnung. Und wunderte sich auch nicht über die Namensgleichheit des Hotelbesitzers und des Polizisten. »Das habe ich mir schon gedacht. Ich bin zu Hause. Noch bis eins. Fast.«

»Ich bin auf dem Weg zu Ihnen. Bis gleich.«

»Bis gleich« dauerte etwa eine Viertelstunde. Als er bei ihr ankam, schlugen die Kirchenglocken am Markt genau 12 Uhr. Sie bat ihn in die Küche und bot ihm mit nervöser Stimme Kaffee an. Sie sagte »Kaffe«, wie es die Leute hier aussprachen, mit einem kurzen »e«.

»Sie sind Neustrelitzerin?«

Lilo nickte.

»Ich habe gehört, Sie sind im letzten Jahr erst hergezogen. Waren Sie länger weg?«

Zuerst wollte sie antworten, empfand die Frage aber unpassend und hatte keine Lust, über sich zu sprechen. Nicht nach diesem furchtbaren Sonntag. »Ist das wichtig? Ob ich länger weg war? Geht es nicht um gestern, um diesen Totenkopf?«

Er nahm ihr die impulsive Antwort nicht übel. Sie wirkte trotzdem sehr freundlich und hatte große Augen, denen er ansah, dass sie vor Kurzem geweint hatte. »Sie haben recht. Es geht um den gestrigen Fund. Ich war etwas erstaunt, dass Sie keine Zugezogene sind. Aus dem Grund die Frage. Neugierig wollte ich nicht sein. Also, erzählen Sie mir bitte genau, was gestern geschehen ist.«

»Ich weiß, dass ich das muss, wahrscheinlich wieder und wieder. Aber wissen Sie, es ist nicht viel geschehen und ich habe nicht viel gesehen. Trotzdem ist es schrecklich. Nachdem mir klar war, dass das ein menschlicher Schädel ist, habe ich meine Schuhe ausgezogen, die ihn berührt haben.« Sie blickte Jens ins Gesicht, ohne die Augen zu streifen. Irgendwohin zwischen Nase und Mund.

Er kam sich unbehaglich dabei vor.

»Ich bin auf Socken zu meinem Auto zurückgegangen, egal, was die anderen gesagt haben. Die haben ja nichts davon berührt. Ich war das. Aber das wollen Sie gar nicht wissen, oder?« Sie nickte, als hätte sie die Frage an sich selbst gestellt. »Ich bin über den Schädel gestolpert, habe ihn dann weggestoßen, mit welchem Fuß, weiß ich nicht. Oder doch. Oder habe ich nicht gestoßen? Ich habe keine Ahnung, wenn ich ehrlich bin. Ich sehe diesen Schädel vor mir und dann kommt Lutz Meinhard und fragt, was los ist. Gleich darauf stehen auch die anderen da und irgendwer schreit: ›Ein Toter! Wir müssen die Polizei rufen!‹ Wer das war, weiß ich nicht, ich habe nur dieses Ding angeguckt und mich gefühlt, als wäre ich in einem merkwürdigen Traum gefangen.«

Jens räusperte sich und goss sich Milch in den Kaffee, den sie ihm während der letzten Sätze in eine große rote Tasse eingeschenkt hatte. »Frau Glück. Zu Ihrer Information: Lutz Meinhard ist mein Bruder, falls Sie es noch nicht wissen. Kennen Sie sich gut?«

Sie schob ihm den Zucker hinüber, den er ablehnte. »Ist das wichtig? Spielt das eine Rolle?« Sie dachte nach. »Jetzt sagen Sie bestimmt: ›Ob und was eine Rolle spielt, lassen Sie meine Sorgen sein.‹ Oder etwas in der Art. Stimmt's?«

»Lassen Sie mich wenigstens meinen Part sprechen, ich komme mir sonst ein bisschen überflüssig vor. Einigen wir uns darauf: Ich stelle Fragen und Sie antworten. Was nicht zum Fall gehört, kann ich erst später erkennen.«

»Also gut. Ich kenne Ihren Bruder von den Sitzungen des ›Neustrelitzer Marktquartiers‹. Noch nicht sehr lange. Ich wohne erst seit dem Sommer hier. Jetzt wissen Sie auch das. Woher ich komme, können Sie ermitteln. Mich wundert es, dass Sie nichts über mich wissen, der Rest der Stadt dafür umso mehr.«

»Meinen Sie mit ›Rest der Stadt‹ meinen Bruder?«

»Nein, nicht nur. Es ist kein Geheimnis, dass ich aus Stuttgart komme und zwei Kinder habe. Meine Eltern wohnen hier, wieder, und sie und der Buchladen sind der Grund meiner Rückkehr. Das muss reichen. Sie sehen Ihren Bruder wohl nicht oft?«

Er hob den Zeigefinger und bewegte ihn hin und her. »Das gehört ganz sicher nicht zu dem Fall. Ich verabschiede mich. Ihre Aussage müssen Sie bei uns protokollieren lassen und unterschreiben. Den Termin dafür bekommen Sie in den nächsten Tagen.« Er stand auf und schob den Stuhl an den großen Küchentisch. »Alles Gute Ihnen, wir sehen uns bei meinem nächsten Bucheinkauf.«

»Noch etwas Fallunrelevantes, Herr Hauptkommissar.« Sie versuchte zu lächeln. Was ihr schwerfiel. Jetzt gab es zwei Tote an diesem 28. Januar. Wie konnte sie da lächeln?

Jens Meinhard wusste nicht, was sie belastete, neben dem Schädel der toten Frau. Er wunderte sich etwas über ihre Dünnhäutigkeit, denn viel war von dem Opfer nicht zu sehen gewesen. Und sie kannte diese Tote doch nicht. Oder? »Wenn Ihnen etwas einfällt, melden Sie sich bitte in der Inspektion. Alles kann wichtig sein.«

Lilo schloss sorgsam die Tür hinter ihm. Hatte er sie am Ende misstrauisch angesehen? Hätte sie ihm sagen sollen, warum sie das alles so mitnahm? Aber was ging das einen ihr wildfremden Menschen an? Egal, ob Hauptkommissar oder Hotelier oder Kollege. Es war ihre Sache. Seit fünf Jahren war das ihre Sache und ihr eigenes Problem. Sie musste stark sein und konnte sich nicht gehen lassen. Schon allein der Kinder wegen lohnte es sich. Sollte dieser Bulle doch misstrauisch sein, dachte sie. Er befand sich auf dem Holzweg, nicht sie. Was dachte der denn, was sie damit zu tun haben sollte? Lange weg, Mord in der Kindheit, wer weiß. Und Mord oder ähnliches musste es sein, sonst würde sicher kein Hauptkommissar durch die Stadt ziehen und Leute befragen. Oder vernehmen? Was war das gewesen? Sie hasste es, wenn Fremde in ihr Privatleben eindrangen. Der tauchte bestimmt bald wieder bei ihr auf. Mit neuen Fragen. Sie hatte große Angst davor. Würde das niemals ein Ende haben?

Jens Meinhard stand noch einige Sekunden vor der Wohnungstür der Familie Glück, wie auf einem großen blauen Schild mit weißer geschwungener Schrift zu lesen war. Familie Glück. Wer war das? Lilo Glück und zwei Kinder. Von einem Mann hatte sie nichts gesagt. Geschieden wahrscheinlich. Oder nie verheiratet gewesen. War das wichtig? Fallrelevant? Eine interessante Frau. Er musste mehr über sie wissen. Sie reagierte übertrieben auf diesen Fund. Warum? Ob Nachbarn etwas über die Familie wussten? Sollte er auf die Klingel an der Wohnungstür gegenüber drücken und … Und was? Damit würde er Misstrauen gegenüber Frau Glück schaffen. Egal, was er als Grund für die Befragung angeben würde, die Nachbarn wären ab sofort misstrauisch. Kein schöner Einstand für eine Frau, die in ihre Heimat zurückgekehrt war. Er ließ es, hob sich solche Maßnahmen für später auf, falls es einen Anlass geben sollte. Zuerst musste Lutz ihm ein paar Fragen beantworten. Nach Doktor Witzke. Das war sein eigener Hausarzt. Absolut vertrauenswürdig. Ein alter ehrwürdiger Herr.

Jens sah auf die Uhr, wenn er sich beeilte, kam er noch vor der Mittagspause in die Praxis in der Seestraße. Pünktlich um 13 Uhr machte Witzke Mittag. Wer dann noch im Wartezimmer saß, musste nachmittags wiederkommen. Jens Meinhard fand das einerseits frech, vor allem als er selbst einmal betroffen gewesen war, andererseits aber konsequent. Dafür gab es abends keine wirklichen Schließzeiten. Wenn jemand krank war, richtig krank, konnte er auch zur Tagesschau bei dem Doktor klingeln, der mit seiner Frau und einem Dackel direkt über der Praxis lebte.

Jens zog den Reißverschluss auf dem Weg zum Marktberg hoch bis zum Kinn. Es war frisch geworden. Er fror nicht schnell, klarer Frost machte ihm wenig aus. Dafür Schmuddelwetter und ein Himmel, der nicht hell werden wollte. Für einen Montagmittag im Winter waren erstaunlich viele Menschen unterwegs. Der Verkehr nahm trotz Umgehungsstraße zu, was, so hoffte er, auf höhere Besucherzahlen auch im Winter deuten konnte. Allerdings hatten die meisten Fahrzeuge, die er in der Glambecker Straße und später auf dem Markt beobachtete, heimische Kennzeichen wie NZ, MSE, MST und was sonst alles inzwischen möglich geworden war. Er lebte im flächenmäßig größten Landkreis Deutschlands. Ein Wahnsinn, wie er fand. Die Ämter verstreut über unzählige Kilometer: das Bauamt in Waren, in Neubrandenburg das Finanzamt, in Demmin das Ordnungsamt und in Neustrelitz das Sozialamt. Wenigstens hatten sie einen ansprechenden Namen bekommen: Mecklenburgische Seenplatte. Wobei der auch verwirrend sein konnte, gab es doch ein Landschaftsgebiet Mecklenburgische Seenplatte, das sich in etwa von Rheinsberg bis nach Schwerin zog.

All das war im Augenblick weniger wichtig. Jens hatte einen Mord zu klären, von dem ihm nicht einmal der Name des Opfers bekannt war, geschweige denn das ungefähre Datum der Tat. Er lenkte sich zu sehr mit Dingen ab, die nicht zum Fall gehörten. Lilo Glück hatte lediglich das Pech gehabt, über den Schädel zu stolpern. Ein Wortspiel, wie es im Buche steht, dachte er. Glück, Pech, Buch und mittendrin mein Bruder. Das konnte nur ein dämlicher Zufall sein. Jens setzte gedanklich ein »Erledigt« hinter den Namen der Buchhändlerin und ging etwas schneller, der Doktor verstand keinen Spaß, wenn jemand seine Mittagspause störte.

Als Jens endlich in die Praxis seines Arztes trat, wurde er herzlich aufgenommen. Frau Witzke, »Frau Doktor«, wie sie von allen angesprochen wurde, wollte soeben nachschauen, ob ihr Mann pünktlich am Tisch sitzen würde. Spontan lud sie den Hauptkommissar, den sie bereits als Zehnjährigen gekannt hatte, zum Mittagessen ein.

»Kohlrouladen gibt es heute. Mit etwas Kümmel. Für die Verdauung. Und einen Kümmel vorneweg.« Sie flüsterte es ihm laut genug ins Ohr, damit die am Tresen stehende Sprechstundenhilfe Monika es auch hören konnte.

Die nickte. »Zur Verdauung.«

Frau Witzke schlug sich wie ertappt auf den Mund. »Ich geschwätzige Frau. Nicht, dass mein Mann noch in Verruf kommt.« Sie sprach mit einer hellen Stimme, die sicher bis ins Sprechzimmer durchdrang. »Komm, Jens. Wir gehen schon mal hoch. Monika schickt meinen Mann gleich nach. Ihr habt ja einiges zu besprechen. So furchtbar, was da im Serrahner Wald los ist.« Sie legte ihren Zeigefinger deutlich an die geschlossenen Lippen und senkte den Kopf.

Monika verstand. »Ich weiß von nichts, und den Patienten habe ich nichts gesagt. Ich schwöre, Herr Hauptkommissar.« Auch Monika gehörte schon lange zum Inventar der Praxis und duzte fast alle Patienten. Normalerweise auch Jens Meinhard. Jetzt allerdings setzte sie ein ernsthaftes Gesicht auf und nannte ihn »Herr Hauptkommissar«.

Jens kam sich ein wenig veralbert vor. Wenn Kohlrouladen nicht zu seinen ausgesprochenen Lieblingsgerichten gehören und er nicht die Aussage von seinem Arzt brauchen würde, wäre er ohne weitere Worte gegangen. Stattdessen ließ er sich von »Frau Doktor« in die gute Stube nach oben führen. Die Kohlrouladen dufteten verführerisch aus der Küche. Sein Magen knurrte und er ergab sich in sein Schicksal.

ZWÖLF

Lutz Meinhard ließ seinen Ärger selten an anderen Leuten aus. Es sei denn, sie hatten es verdient. Warum sein Bruder ihm diesen Wichtigtuer auf den Hals gehetzt hatte, konnte er nicht verstehen. Der tat gerade so, als hätte Lutz die Gruppe am gestrigen Tag absichtlich über diesen Schädel stolpern lassen.

»Nerven Sie mich nicht mit Ihren überflüssigen Fragen. Ich habe alles gesagt. Nun sind Sie an der Reihe: Sie haben doch sicherlich noch mehr gefunden. Ist es eine Frau oder ein Mann? Wie lange liegt das Skelett da? Ganz frisch sah der Schädel nicht aus. Und Sie würden nicht solch einen Affenzirkus veranstalten, wenn kein Verbrechen vorläge. Oder?« Lutz verschloss die Arme ineinander vor der Brust und nickte. »Macht es meinem Bruder Spaß, mich von seinem Handlanger verhören zu lassen? Wo ist er eigentlich? Wissen Sie was? Ich gehe. Wenn Jens zurück ist, sagen Sie ihm, er kann gern nachher bei mir im Hotel vorbeikommen. Wenn er was will. Ich muss mich jetzt um meine Gäste kümmern.« Er löste die Arme voneinander, klopfte einmal auf den Tisch und erhob sich.

»Das können Sie vergessen. Nur weil Sie der Bruder vom Chef sind, können Sie nicht einfach so gehen!«

Wilko Janssen war ebenfalls aufgestanden. »Und diesen Ton sollten Sie sich für Ihre Angestellten aufheben. Ich bin Kriminalkommissar!« Er stellte sich dicht vor Lutz auf.

»Das ist Ihr Problem. Ich habe alles gesagt, was ich weiß. Ich bin kein Beschuldigter. Leben Sie wohl!« Mit den letzten Worten schob er sich an dem größeren Mann vorbei.

»Hey, was erlauben Sie sich?« Wilko Janssen wusste, dass er keine Handhabe gegen den Bruder des Chefs hatte. Aber wenn der vielleicht ausfällig werden würde … »Sie dürfen nicht gehen. Ich kann Sie hier festhalten, solange ich es für richtig erachte.«

Lutz fing an zu lachen. »Sie sind ein Spaßvogel! Aus Ostfriesland, wie ich höre. Ein nettes, lustiges Volk.« Er tippte sich an einen imaginären Hut und ging ohne weitere Worte durch die Tür hinaus in den Flur. Kurz weilten seine Gedanken noch bei Wilko Janssen. Der war ganz sicher wütend und würde versuchen, ihn aufzuhalten, oder aber er dachte endlich darüber nach, was er für einen Blödsinn von sich gegeben hatte. Diese Art von Verhör hatte Jens bestimmt nicht veranlasst. Sie waren zwar nicht immer Freunde und schon gar nicht oft einer Meinung, aber Jens nahm seinen Beruf ernst und würde kaum merkwürdige persönliche Spielchen treiben. Es machte eher den Eindruck, als wäre der junge Kommissar übereifrig und ehrgeizig. Vielleicht hatte er Probleme mit Jens. Das mochte die Ursache für die merkwürdige Befragung sein, die einem Kreuzverhör geglichen hatte.

Lutz eilte zur Treppe und lief die Stufen hinab. Niemand war hinter ihm. Es sah aus, als hätte der Knabe es eingesehen. Er warf einen kurzen Blick auf seine Uhr und verließ den Töpferberg in Richtung Bahnhof. Er empfand den Drang, Lilo Glück zu besuchen. Der gestrige Sonntag hatte sehr schön begonnen. Sie hatte, wenn auch kurzfristig, der gemeinsamen Aktion zugestimmt und Lutz das Gefühl vermittelt, dass sie sich langsam wohlfühlte in der Stadt. Und dann das. Musste ausgerechnet gestern dieser Schädel aus dem Nichts auftauchen? Ob sie jetzt im Laden war? Sollte er anrufen? Er beschloss vorbeizugehen und so zu tun, als suche er ein bestimmtes Buch. Unverfänglich. Er zog sein Handy aus der Jackentasche und suchte die Liste mit Büchern, die er irgendwann einmal haben wollte. Er fuhr mit dem Zeigefinger über das Display. Ja, die Neuausgabe von Gogols »Toten Seelen« passte vielleicht zu all dem, was gestern geschehen war.

Die Elisabethstraße war stark befahren, dabei hätte er es gern noch etwas ruhiger gehabt, um über alles nachzudenken. Carmen hatte sich gemeldet, sie wollte ihre restlichen Sachen abholen. Er wollte ihr nicht begegnen, er war zu verletzt.

Lutz' Kopf begann zu pochen – der Verkehrslärm und die Gedanken an Carmen waren unerträglich. Mit Kopfschmerzen wollte er allerdings nicht bei Lilo auftauchen, weshalb er sich schnell eine Packung Paracetamol aus der Apotheke holte. Zurück auf der Straße riss er gleich zwei Tabletten aus der Schachtel und schluckte sie, ohne etwas zu trinken. Wenige Meter vor dem Buchladen vibrierte sein Handy in der Jackentasche. Lutz zog es heraus und las die Nachricht von seinem Bruder: »Ich muss dich sprechen. Komme ins Hotel. Bis gleich. Ist wichtig!« Ausrufezeichen am Ende. Reichte das Wort »wichtig« allein nicht mehr?

Lutz hasste es, seine Zeit nach den Plänen anderer zu richten. Außerdem wollte er ein Buch bestellen. Unbedingt. In Gedanken setzte er ein Ausrufezeichen hinter das letzte Wort. Das kann ich auch, mein Lieber. Er betrat durch die automatisch öffnenden Türen das Geschäft und sah sich um. Lilo Glück konnte er nicht sehen.

»Guten Tag, Frau Krüger. Ist Frau Glück da?« Die Frau hinter der Kasse kannte er schon sehr lange. Lutz war schließlich einer der treuesten Stammkunden, schon lange bevor Lilo Glück überhaupt daran gedacht hatte, nach Neustrelitz zurückzukehren.

»Tach, Herr Meinhard. Ich hole sie. Sie telefoniert gerade. Nehmen Sie sich doch einen Kaffee.« Sie zeigte auf die kleine Sitzecke im hinteren Teil.

»Ich habe nicht viel Zeit. Und es soll keine Umstände machen.« Lutz brummelte die zwei Sätze vor sich hin, in der Hoffnung, Frau Krüger würde sie ignorieren. Gern nahm er sich einen Kaffee und setzte sich in einen der lilafarbenen Sessel. Lila – wie war sie auf diese Farbe gekommen? Ob ihre Wohnung auch so bunt eingerichtet war?

»Herr Meinhard. Schön, dass Sie vorbeikommen. Ich nehme an, das hat einen bestimmten Grund?« Lilo war wenig überrascht, ihn zu sehen.

Er hatte sie gestern erlebt, wie sie, ähnlich einer Irren, die Schuhe von sich geworfen hatte und auf Socken neben ihm zum Parkplatz zurückgegangen war. Wie sie sich nicht hatte helfen lassen wollen, als Steine, Stöcke und was noch alles schmerzhaft durch ihre Socken hindurch ihre Füße malträtierten. Bevor sie auf Socken mit ihrem Auto davongebraust war, hatte sie ihn gebeten, die Wanderschuhe »wegzuschmeißen«. Genau das Wort hatte sie benutzt.

»Ich nehme an, Sie mussten wie ich zur Polizei. Zeugenbefragung. Unangenehme Sache. Wirklich. Es tut mir leid.« Er fühlte sich schuldig. Ihr gegenüber. Wegen seiner Einladung, wenn auch nicht konkret für diesen Termin, war sie mitgegangen.

»Sie können doch nichts dafür. Lassen Sie uns einen Augenblick nach hinten gehen.« Lilo sah zu Heike Krüger, nickte ihr kurz zu. »Heike kann den Laden ein paar Minuten alleine schmeißen.« Sie biss sich auf die Lippe. Dieses Wort. Es erinnerte sie daran, dass sie Lutz gebeten hatte, ihre Schuhe »wegzuschmeißen«. Sie kam sich dumm und lächerlich vor.

Als sie die Tür hinter sich und Lutz in der Kaffeeküche zugezogen hatte, sagte sie: »Setzen wir uns einen Augenblick. Ich habe nicht viel Zeit und Sie sicher auch nicht. Ich habe mich gestern unmöglich aufgeführt. Sie müssen denken, ich bin hysterisch.« War sie das nicht auch gewesen? Egal, dachte sie. Es hatte ja seinen Grund. Was sage ich ihm bloß? »Also, mir ging es gestern ohnehin schon nicht gut. Warum, erzähle ich Ihnen vielleicht irgendwann einmal. Heute kann ich es jedenfalls nicht.« Das musste genügen.

Lutz stellte die inzwischen leere Tasse, die er die ganze Zeit in der Hand gehalten hatte, auf den Tisch. »Sie müssen sich nicht rechtfertigen. Und Ihre Schuhe habe ich gesäubert, sie stehen bei mir. Wenn Sie sie wiederhaben wollen, sagen Sie mir Bescheid, ich kann sie Ihnen sofort bringen.«

»Ach, lassen Sie mich mit diesen bescheuerten Schuhen in Ruhe!« Das war ihr zu schnell herausgerutscht. Und zu laut.

Lutz stand auf, setzte sich dann aber wieder hin. »Tja,

dann kommen die Dinger eben in den Müll.« Er lächelte sie an. »Ihre Sache. Ich habe es verstanden.«

Sie war erstaunt über seine Reaktion. Bisher hatte er sich eher ungeschickt und wenig feinfühlig angestellt in ihrer Gegenwart. Entschuldigend reichte sie ihm ihre Hand. »Herr Meinhard. Ich weiß nicht, was ich sagen soll. Ich bin unhöflich, hysterisch und ja, ich glaube, ich habe Sie falsch beurteilt. Danke.« Sie zog ihre Hand zurück und fügte dann hinzu: »Ihr Bruder war bei mir. Zu Hause. Ich wusste nicht, dass Sie einen Kommissar in der Familie haben.«

»Wir haben uns bisher nicht sehr viel unterhalten, fürchte ich. Vielleicht können wir das demnächst einmal nachholen?« Er fragte ganz vorsichtig. Die gute Stimmung wollte er nutzen. Und dass sein Bruder bereits gesehen hat, wie sie lebt und er nicht, fand er einfach falsch.

»Ja. Das sollten wir. Und sprechen Sie bitte nie wieder von diesen idiotischen Schuhen! Ich will die nie wieder sehen, geschweige denn anziehen und damit durch den Wald laufen. Mir ist, als hätte ich etwas verbrochen.« Sie winkte ab. »Lassen Sie uns unsere Arbeit machen. Wir sehen uns nächste Woche zur Sitzung des Vereins. Danach könnte ich eventuell ein bisschen länger bleiben.« Sie sprach das vorsichtig und leise aus. Ganz so, als würde sie selbst ihren Worten nicht trauen.

Lutz hätte gern erfahren, ob Jens über ihn gesprochen hatte und wenn ja, was. Und warum er sie zu Hause besucht hatte. Noch bevor er selbst auf den Töpferberg gerufen worden war. »Sie haben recht, ich muss ohnehin los. Die Polizei wartet auf mich. Im Hotel«, setzte er schnell nach. »Eigentlich habe ich nichts beizusteuern.« Er sah Lilo an, als wartete er auf ein Wort von ihr. »Nun ja, bis nächste Woche. Da wissen wir mehr. Bestimmt!«

Lilo wollte gar nicht mehr wissen. Dieser Schädel ging sie nichts an und sie mochte sich nicht mehr mit Toten oder mit dem Tod beschäftigen. Die Lebenden brauchten sie. Und sie brauchte das Leben. »Um ehrlich zu sein, will ich diese Sache einfach schnell vergessen. Auf Wiedersehen.«

Lutz verabschiedete sich und als er die Strelitzer Straße bis zur Ecke »Königsmann« hinaufging, dachte er über Frauen im Allgemeinen nach. Im Besonderen aber über Lilo Glück. Sie schien seiner Meinung nach unter Stimmungsschwankungen zu leiden. Wie Carmen, besonders, wenn sie ihre Tage hatte. Oder war Frau Glück launisch? Irgendetwas war mit ihr nicht in Ordnung.

Als er vom Katersteig in die Tiergartenstraße einbog, öffnete André Kröger gerade die Tür seines Lokals »Musikklause«.

»Tach, André«, grüßte er den großen Mann, der das riesige Werbeschild neben die Treppe stellte.

»Tach, Lutz. Ihr macht ja Sachen. Kaum ist man mal nicht dabei, findet ihr eine Leiche. Ich habe gehört, die Glück ist drübergestolpert. Komische Sache.«

»Von wegen ›komische Sache. Ist nicht schön, so etwas in Wirklichkeit zu sehen. Nicht nur als Imitat in der Glotze, sondern direkt und in absoluter Realität vor den eigenen Füßen.« Lutz steigerte sich immer mehr hinein. Er war sauer. Auf seinen Bruder, der ihm zum wiederholten Male Nachrichten schickte und dabei mit jeder eine wüste Drohung versendete, auf den Fatzke von Ostfriesen, auf die launische Lilo Glück und am meisten auf sich selbst, weil er sich über all das und mehr schon wieder zu viele Gedanken machte.

»Beruhige dich. Mit komisch meinte ich gar nicht lustig, sondern eher seltsam. Ich finde das wirklich schlimm. Vor allem, wenn es Mord war. Hier bei uns. Wer bringt denn bei uns Leute um?« André Kröger schüttelte den Kopf. »Und du meinst, ich amüsiere mich darüber? Und dein Ton erst! Was ist dir denn über die Leber gelaufen?«

»Ach lass. Mord. Woher weißt du das schon wieder?«

»Also stimmt es? Habe ichs mir gedacht. Niemand geht einfach in den Wald und legt sich zum Sterben hin.«

»Oder fällt um. Kann doch sein? Herzinfarkt? Alles möglich. Die wissen noch gar nichts.«

»Dann müsste aber jemand vermisst werden beziehungsweise vor vielen Jahren vermisst worden sein, denn von dem Kopf war doch nur noch das Skelett übrig, oder? Was sagt denn dein Bruder?« André klang längst wieder versöhnt, er war nicht nachtragend und außerdem war Lutz einer seiner ältesten Kumpels.

Wie André hatte Lutz sich ebenfalls beruhigt. Die Neugierde war allzu menschlich und das Spekulieren bei einem ungewöhnlichen Ereignis genauso. »Komm schon. Du weißt, er darf mir nichts sagen. Und selbst wenn er es täte«, was Lutz im Stillen sehr hoffte, »würde ich nichts ausplaudern. Ich muss. Tschüss.«

Normalerweise ließ er sich nicht aufhalten, wenn er ins Hotel musste. Aber heute, nachdem Jens ihn erst auf den Töpferberg bestellt hatte und ihm nun eine Drohnachricht nach der anderen schickte, ließ er sich absichtlich Zeit. Er ging fast gemächlich den schmalen Verbindungsweg zur Tiergartenstraße hinunter, die direkt vor dem Schlosspark in die Straße »An der Promenade« führte, in der sein Hotel stand. Leider war der Weg zu kurz, um noch einmal über alles in Ruhe nachdenken zu können. Er widerstand dem Drang, sich weiter störrisch aufzuführen und nicht im Hotel zu erscheinen. Zudem wuchs auch bei ihm langsam die Neugierde um den gestrigen Schädelfund.

*

»Mensch. Wo bleibst du? Kannst du dir erlauben, den ganzen Tag blauzumachen? Du bist schon ewig von der Inspektion weg. Mein Kollege hat sich übrigens über dich beschwert. Du seiest nicht kooperativ, sagt er.« Jens war klar, dass eigentlich Lutz Grund zu einer Beschwerde hatte, nach dem zu urteilen, was er zwischen den Zeilen von Wilkos telefonischem Bericht herausgehört hatte. Das wollte er jedoch auf jeden Fall verhindern. Deshalb ließ er Lutz gar nicht erst zu Wort kommen. »Aber egal. Du sagst mir noch einmal alles, was gestern in den Serrahner Buchen los war, kommst morgen zur Unterschrift und fertig. Du weißt, dass es sich nach den jetzigen Erkenntnissen um ein Gewaltverbrechen handelt?« Er holte Luft. Sie saßen im kleinen Büro hinter dem Empfang. »Kann uns hier jemand zuhören?«

»Mach dich nicht so wichtig. Wer soll uns zuhören und warum? Agnes interessiert sich nur noch für ihren Enkel, seitdem sie Oma geworden ist. Wahrscheinlich zeigt sie gerade einem meiner Gäste ungefragt diese albernen Babyfotos, anstatt ihre Arbeit vernünftig zu machen.«

»Du scheinst Personalprobleme zu haben? Das ist dein Bier. Ich hoffe trotzdem, dass uns niemand zuhört. Es ist vertraulich, was wir miteinander besprechen. Neben deiner Aussage zu gestern muss ich dir Fragen stellen, die andere Zeugen betreffen.« Jens nickte Lutz zu, der ihn unglücklich ansah. »Ja, genau. Ich brauche dich als Polizeispitzel. – Ach was. Du kennst das. Jede Auffälligkeit kann wichtig sein.«

»Fragst du die anderen etwa auch über mich aus? So ein Unsinn. Wir haben den Schädel zufällig gefunden. Ein Tier hat das Ding ausgebuddelt. Zum falschen Zeitpunkt, wenn du mich fragst.«

»Wer das Ding ausgebuddelt hat, ist zweitrangig. Wer es eingebuddelt hat, ist in erster Linie zu ermitteln. Mich beunruhigt die übertriebene Reaktion unserer Buchhändlerin. Sie berührt den Schädel mit derben Wanderschuhen, zieht die Dinger dann mitten im Wald aus, wirft sie weg und geht auf Socken zurück zu ihrem Auto. Zumal wir Winter haben und sie kein Eisbär ist. Sehr merkwürdig. Oder?« Er beobachtete Lutz, der ihm in dem Moment ebenfalls merkwürdig vorkam. Nervös rieb Lutz sich die Hände und sah an Jens vorbei. »Sieh mich an, kleiner Bruder. Was macht dich nervös? Was ist los? Habt ihr was gesehen, ihr zwei? Der alte Witzke hat mir mit großem Vergnügen alles geschildert. Ihr seiet unzertrennlich gewesen während der gesamten Wanderung. Auch danach seiest du ihr nicht von der Seite gewichen. Und am Ende habe sie dich aus dem Auto angeschrien? Was war da los?«

Lutz antwortete nicht. Er fühlte sich ungerecht behandelt und zudem mochte er nicht über andere reden. Er hasste Getratsche.

»Sach mal, machst du hier einen auf stur? Das macht dich verdächtig. Und außerdem ist das unsinnig. Du musst aussagen.« Jens wurde langsam wütend.

»Ich muss gar nichts! Du hast einen Ton drauf, als wäre ich einer deiner Kriminellen! Wie früher schon. Alle sollen nach deiner Pfeife tanzen. Das kannst du vergessen. Du kannst mich mal.« Lutz war klar, dass er seine Aussage machen musste und wenn notwendig, immer wieder. Trotzdem wollte er nicht klein beigeben. Er hatte kein gutes Gefühl bei der Sache mit den Wanderschuhen von Lilo Glück. Sie war vollkommen ausgeflippt. Wer weiß, was Jens daraus machte. Deshalb wollte er unbedingt vermeiden, darüber zu sprechen. Oder hatte sie selbst etwas dazu gesagt?

»Tja. Das kann ich wohl. Dann wird mein Kollege die Befragung übernehmen. Er wird dich einmal befragen und noch einmal. Und noch einmal. Ich dachte, wir sparen uns das Theater.« Bei jedem anderen fand Jens die richtigen Worte. Lutz schien er, egal, was er sagte, auf die Palme zu bringen. Bringen zu wollen, gestand er sich ein. Wer ließ sich schon gern vom kleinen Bruder auf dem Kopf rumtanzen. »Lass uns vorn was trinken und dann erzählst du mir alles ganz privat. Was davon ins Protokoll kommt, sehen wir dann. Wenn du was mit der Glück hast, will ich das frische …« Er überlegte. Glück wäre das passende Wort, aber wenn die Dame schon so hieß, klang der Satz noch plumper, als er ohnehin war. Ihm fiel auf die Schnelle keine Alternative ein. »Egal. Das ist deine Privatsache und ich weiß ja nicht, wie sich das auf deine Scheidung auswirken würde. Wegen Schuld und so weiter.«

Lutz freute sich ein wenig. Jens hatte keine Ahnung. Er könnte jetzt glatt sagen, sie hätten einen Beziehungsstreit gehabt und fertig. Sie wäre aus dem Schneider. Niemand würde sich mehr für ihr Ausrasten interessieren.

Doch er wusste nicht, was Lilo ausgesagt hatte. Als er daran dachte, wie sie womöglich erneut ausflippen würde, wenn sie hörte, man hätte ihr eine Beziehung mit ihm angedichtet, war die Freude schnell verflogen. Er stand auf. »Gut. Trinken wir was. Mir wäre nach einem Bier. Aber dafür ist es zu früh und du bist im Dienst.«

Er ging voran, an dem Empfang und der telefonierenden Agnes vorbei in Richtung Bar. Um diese Zeit hielten sich dort selten Gäste auf. Ein Tisch am Fenster war von zwei Schauspielern des Theaters belegt. Sie hoben nicht einmal die Köpfe, als Jens sich auf einen Barhocker setzte und Lutz hinter der Bar die Kaffeemaschine bediente.

»Doppelter Espresso?«

»Klar. Was sonst.«

»Jetzt hör mal gut zu. Ich sage das nur einmal: Frau Glück hat mich angewiesen, ihre Wanderschuhe wegzuwerfen. Sie hat einen Ekel oder so etwas davor, nachdem sie damit den Schädel berührt hat. Sie hat aus dem Auto geschrien, ich solle die Dinger wegschmeißen. Es läuft nichts zwischen uns.« Er schob Jens die Tasse und den Zucker hinüber.

»Keinen Zucker. Danke.« Trotzdem rührte Jens im Espresso. »Ungewöhnliche Reaktion. Übertrieben auf jeden Fall.«

»Frauen reagieren anders. Davon hast du keine Ahnung.«

»Ach ja? Weil ich schwul bin, weiß ich nicht, wie das andere Geschlecht tickt? Idiot!«

»Selbst Idiot! Meinst du, aus der Ferne kannst du die Frauen beurteilen und dir mal eben eine Meinung bilden? Lass Lilo in Ruhe. Ihr Mann ist gestorben. Sie ist

Witwe. Hat zwei Kinder. Mit all dem hat sie genug um die Ohren.«

»Beruhige dich. Brauchst nicht den Beschützer zu spielen. Die kommt allein klar, zumindest hat sie diesen Eindruck vorhin bei mir erweckt.« Und sie hat Angst, dachte Jens weiter. Irgendetwas war komisch an ihr. »Witwe. Schon lange?«

»Es reicht. Das hat nun wirklich nichts mit gestern zu tun. Oder könnte dieser Schädel von ihrem Mann sein?« Lutz wollte eigentlich einen Scherz machen, doch erkannte er in diesem Moment, dass durchaus Ernst in der Frage steckte. Denn auch er fand Lilos Reaktion mehr als übertrieben. Außerdem gab es da noch etwas, was sie ihm nur angedeutet hatte. »Du bist und bleibst ein Idiot. Das ist niemals der Kopf von, nun ja. Schluss jetzt!« Er nahm ein sauberes Glas aus dem Regal, hielt es ins Licht und polierte es dann mit einem Geschirrhandtuch.

»Da bringst du mich auf was. Aber bevor du einen Herzinfarkt bekommst: Der Schädel stammt von einer Frau. Wir haben weitere Knochenfunde. Und ja, es handelt sich vermutlich um ein Verbrechen. Liegt aber schon länger zurück.« Er nahm Lutz das Handtuch aus der Hand. »Ist dir sonst etwas aufgefallen? Gestern?«

»Heißt das, Frau Glück ist aus dem Schneider?« Erleichtert zapfte Lutz ein Bier in das frisch polierte Glas und reichte es Jens. »Mach das nie wieder! Spanne mich nicht auf die Folter. Die Frau hat das nicht verdient. Und was auch immer sie bewogen hat, in der Art zu reagieren, ist ihre Privatsache.« Er nahm sich selbst auch ein Bier und sagte: »Prost!«

Sie tranken beide und nickten sich zu.

»Du hast nichts mit ihr? Wirklich? Warum spielst du dich dann so auf?« Jens wischte sich mit dem Handrücken den Schaum von den Lippen. Bevor Lutz antworten konnte, sagte er noch: »Lassen wir das für heute. Ist ja dein Privatkram. Ich muss weiter.«

Lutz war das sehr recht. Er wollte nicht über sich sprechen. Das war nicht seine Art. Und welche Gefühle er für wen auch immer empfand, würde er seinem Bruder als Letztem erzählen. »Ich hole deine Jacke aus dem Büro.«

Jens begleitete ihn. Als Lutz ihm die Jacke hinhielt, griff er zuerst nach der Mütze, die aus dem Ärmel herausschaute, und setzte sie auf. Dann zog er sich die Jacke über. »Machs gut. Ich schreibe dir, wann du wegen des Protokolls kommen sollst. Tschüss!«

DREIZEHN

»Treffer! Endlich! Dank Röntgenaufnahmen aus 1990 im Archiv der Zahnarztpraxis Schlegel in der damaligen Friedrich-Naumann-Straße, heute Kasernenstraße, haben wir die Identität der Toten. Doris Hamann, geboren in Neubrandenburg am 1. Mai 1959, zur Behandlungszeit wohnhaft in Neustrelitz, von Beruf Försterin. War bis zu ihrem Verschwinden Mitarbeiterin beim Bezirksforstamt Neubrandenburg.« Wilko Janssen sah seinen Vorgesetzten triumphierend an.

»Das wird ja auch höchste Eisenbahn. Wir hatten schließlich nur vier Frauen, die infrage kamen. Warum hat das dermaßen lange gedauert?« Jens Meinhard strich sich ungehalten über seine Stirn. Als seine Finger die Kopfhaut berührten, fühlte er Haarstoppel. Mistverdammter, ich habe vergessen, mich zu rasieren.

»Sie wissen, dass es nicht leicht war, die alten Unterlagen zu besorgen. Als würden die Archive absichtlich gegen uns arbeiten. Die Unterlagen des längst verstorbenen Zahnarztes lagen vollkommen verstaubt in einem privaten Keller. Und dann diese merkwürdige Suche im Umfeld dieser Buchhändlerin. Die mag zwar Dreck am Stecken haben, doch mit unserem Fall hat das nichts zu tun.« Wilko Janssen wollte längst seine Meinung zu der, wie er meinte, überflüssigen Recherche gesagt haben. »Was hat uns das Zeit gekostet, an alte Stasiunterlagen zu kommen. Und die Lilo Glück war damals noch ein Kind.«

»Ich habe meine Gründe dafür. Du kennst das alles nicht. Du weißt nicht, wie die Menschen hier ticken. Und wie sie früher getickt haben. Was hier los war.« Jens war seinem Kollegen nicht böse, er verstand ihn sogar. Mit der Recherche nach Lilo Glücks Vergangenheit hatte er nach einem Strohhalm gegriffen. Ihr seltsames Verhalten war zunächst der einzige Anhaltspunkt im Fall der gefundenen Frauenleiche gewesen. Dem nachzugehen war besser, als tatenlos zu bleiben. »Der Vater saß damals im Knast. Er sollte im Betrieb Geld unterschlagen haben. Die konnten ihm nicht wirklich etwas beweisen. Reine Indizien, nicht mehr. Dann der Prozess, dann die Einmischung des Westens. Merkwürdige Angelegenheit. Bis heute. Direkt scheint die Familie nichts mit dem Tod der Frau zu tun zu haben. Oder diese Leute, die ihr damals das Leben schwer gemacht haben. Familie Glück ging 1987 in den Westen. Doris Hamann starb 1990. Es gibt keinen Hinweis darauf, dass sie sich überhaupt kannten.« Jens dachte nach und vergaß dabei vollkommen seinen Kollegen.

»Wir müssen uns auf Doris Hamann konzentrieren. Genau.« Wilko Janssen mischte sich ein. »Das Umfeld, Familie, Kollegen und was alles dazugehört. Ich glaube nicht an den Stasikram.«

»Mensch, Wilko. Du bist auf dem Mond groß geworden, oder? Hattet ihr keinen Geschichtsunterricht in Ostfriesland? Oder gibt es da nur Ostfriesengeschichte? Stasi gab es nicht?« Jens braun gebranntes Gesicht färbte sich dunkel. »Ich glaub nicht an den Stasikram«, äffte er seinen Kollegen nach. »Mit sowas muss ich mich abgeben?«

Wilko verstand nicht, warum Jens ihn anschrie. »Hey, so habe ich das nicht gemeint. Ich glaube in diesem Fall nicht an einen Stasizusammenhang!« Er schrie zurück.

Der Hauptkommissar schaute seinen Kommissar ungläubig an. Dann grinste er. »Okay! Das klingt schon anders. Denk das nächste Mal nach, bevor du deine Lebensweisheiten von dir gibst. Einige Menschen hier zeigen in dem Zusammenhang weitaus weniger Verständnis gegenüber jugendlicher Unwissenheit als ich. Und diesen Ton verkneifst du dir in Zukunft.«

Wilko nickte. Schon als er seinen Chef angeschrien hatte, war ihm klar, dass das ein Fehler war. Der grinste zwar noch immer, aber die restliche Mimik samt der Worte waren ihm Anschiss genug. Er fühlte sich nicht wohl bei dem Gedanken, dass er sich von Jens hatte provozieren lassen. Wie er es für sich benannte.

»Gut. Machen wir weiter. Die Ermittlung läuft in alle möglichen Richtungen. Ist das klar?« Jens sah Wilko längst nicht mehr an. Für ihn war die Sache erledigt. Es war gut, wenn Wilko lernte, über die Art und Weise nachzudenken, wie er seinen Standpunkt vertrat. »Doris Hamann.« Jens rief die entsprechende Datei auf dem Computer auf. »Ihr Bruder Paul hat sie Anfang Juli 1990 vermisst gemeldet. Eltern gab es damals schon nicht mehr. Sie war unverheiratet, keine Kinder. Nach langer erfolgloser Fahndung gab man irgendwann auf und vermutete, dass sie in den Westen verschwunden war.«

Wilko hustete, um seine Verlegenheit aus der Stimme

zu vertreiben. »Von 1989 bis zum Herbst 1990 scheinen nicht wenige Menschen einfach verschwunden zu sein. Dabei konnten doch nach dem Mauerfall alle offiziell weg. Warum wurde angenommen, sie wäre in den Westen gegangen?«

»Tja, das müssen wir herausbekommen. Bezirksforstamt Neubrandenburg. Heute Forstamt Neubrandenburg. Schau mal, ob wir noch Leute aus der Zeit finden. Die können natürlich auch in anderen Ämtern gelandet sein nach der Wende. Du bist ja der Computerfreak, da wird es dir leichtfallen, ein paar Namen zu finden.« Jens musste ein wenig spotten, denn dass der jüngere Kollege meinte, die neuzeitliche Kommunikation besser zu verstehen als alle anderen seiner Kollegen, war ihm nicht entgangen, und auch diesen Zahn wollte er ihm ziehen. Überheblichkeit kam nicht sehr gut an.

Wilko reagierte nicht, sondern setzte sich ebenfalls an seinen Computer und machte sich an die Arbeit. Er hatte den Spott zwar gehört, aber nach der Auseinandersetzung gerade eben wollte er es sich nicht weiter mit dem Hauptkommissar verscherzen. Auch wenn er davon überzeugt war, dass die Neustrelitzer Polizei kaum Ahnung hatte von den Weiten und der Macht der Informationstechnologie. In einem Büro stand sogar noch eine Schreibmaschine. Kaff eben. Es gab Tage, dazu gehörte ganz sicher der heutige, an denen er es sehr bereute, seinen Eltern nach Mecklenburg gefolgt zu sein.

Beide gingen eine Weile stumm ihrer Arbeit nach.

Als Wilko seine Ergebnisse zusammengetragen hatte, gab er Jens Rückmeldung: »Es gibt eine Menge Forstämter in Mecklenburg-Vorpommern. Ich habe die Namen der damaligen Mitarbeiter durchlaufen lassen – leider nur wenige Übereinstimmungen. Ich habe alles in einer Datei gesammelt.«

Jens hörte aufmerksam zu. Im Recherchieren war der Ostfriese gar nicht so schlecht. Allerdings war das inzwischen keine Kunst mehr, denn das Internet gab heute vieles preis. Schwierig wurde es lediglich mit den Fakten. Da zeigten sich große Lücken und vor allem Nachholbedarf. »Gut. Wie gesagt: Wir müssen Leute finden, die 1990 mit Doris Hamann zusammengearbeitet haben. Nicht nur mögliche Übereinstimmungen. Ich brauche die Leute hier. Das ist deine Aufgabe. Meine Internetrecherche war einfach. Ein Paul Hamann ist Hausmeister im Rathaus, und den Namen gibt es in Neustrelitz nicht sehr häufig. Wir sehen uns nach dem Mittag. Sehr dumm, dass das mit der Identifizierung bis zum Frühlingsbeginn gedauert hat.«

»Jetzt hat die Frau jahrelang da gelegen, auf ein paar Wochen kommt es nun auch nicht mehr an.« Wilko war in seine gewohnte flapsige Art zurückgefallen.

»Das weißt du? Meinst du nicht, die Frau hat es verdient, dass sie endlich gefunden und das Verbrechen an ihr aufgeklärt wird?« Jens kratzte sich am kahlen Kopf. »Denken, habe ich zu dir gesagt. Nachdenken, vor dem Reden. Das verlange ich ab sofort von dir!« Er drehte sich demonstrativ zu seinem Schreibtisch und versuchte, den Ärger über den Kollegen hinunterzuschlucken. Bisher war es nie notwendig gewesen, jemanden, der erwachsen war, zu erziehen. Vielleicht wusste Phillip einen Rat. Der war bedeutend ruhiger und meistens verständnisvoller. Sonst könnte er seinen Beruf kaum ausüben.

Jens sah auf die Uhr. Gleich zehn. Er griff zum Handy

und wählte die Nummer des Vorzimmers vom Bürgermeister. Seine Nachbarin Herta Marie Klum war es nicht gewohnt, dass Jens sie im Büro anrief, und gab deshalb etwas widerwillig und spärlich Auskunft über Paul Hamann.

»Ja, er ist da. Ich sage ihm, dass du angerufen hast und dass du kommst.«

»Das wirst du nicht. Er hat nichts verbrochen. Ich muss ihm etwas mitteilen und aus dem Grund hast du Redeverbot. Fertig.« Er beendete das Gespräch und wusste, dass sie sich nicht daran halten würde. Umso wichtiger war es, dass er sich mit dem Besuch bei Hamann beeilte. Eigentlich hatte er jetzt sein Brot essen und einen Kaffee trinken wollen. Das ließ er jetzt sein und nahm sich die Jacke. Wilko war nicht mehr im Raum. Jens ärgerte sich, nicht bemerkt zu haben, wann sein Kollege verschwunden war.

*

Jens saß dem Bruder der Ermordeten gegenüber und spürte deutlich den immer wiederkehrenden Moment, in dem er seinen Beruf verabscheute. Was ihn nach dem Abitur bewogen hatte, zur Polizei zu gehen, wusste er. Aber ihm war damals nicht klar gewesen, dass er Menschen immer wieder das Schlimmste mitteilen musste, was ein Mensch überhaupt ertragen konnte.

Paul Hamann schüttelte unverwandt den Kopf. »Ich weiß es schon lange. Zu lange. Sie wäre niemals weggegangen, ohne sich von mir zu verabschieden. Trotzdem kann ich es nicht glauben. Nicht jetzt. Nicht heute. Nein. Nicht endgültig.« Er stand auf und lief in dem kleinen

Raum, der sonst für Personalgespräche genutzt wurde, auf und ab. »Sie wurde getötet? Sagen Sie, wissen Sie schon, wer das war?«

»Herr Hamann, wir wissen noch nicht sehr viel. Ich bräuchte in den nächsten Tagen einige Auskünfte von Ihnen. Soweit Sie sich erinnern können. Fühlen Sie sich dazu in der Lage?«

Endlich hörte Paul Hamann mit dem Kopfschütteln auf. Gleichzeitig blieb er stehen. »Aber natürlich! Ich habe damals der Polizei schon alles gesagt, doch die hat bereits nach kurzer Zeit aufgegeben. Deren Fazit lautete: unbekannt verzogen. Stellen Sie sich das mal vor! Ha! Unbekannt verzogen! Und jetzt nach knapp 30 Jahren wird sie gefunden. Hier in der Nähe. In ihrem Wald. Ich könnte kotzen!« Tatsächlich war er kreidebleich und öffnete das Fenster, lehnte sich hinaus und atmetet tief durch. »Sehen Sie.« Er zeigte auf den Marktplatz, auf dem für einen Mittwochvormittag außerhalb der Saison bereits viel los war. »Für die da draußen geht alles weiter. Normal. Und für mich?«

Jens nahm einen Schluck von dem Kaffee, den Herta ihnen gebracht hatte. »Ich kann mir vorstellen, wie es Ihnen geht. Sie hatten ein sehr gutes Verhältnis zu Ihrer Schwester?« Er beschloss, gleich einige Fragen zu stellen. Denn trotz aller Trauer, die Paul Hamann offensichtlich verspürte, war nicht auszuschließen, dass er etwas mit diesem Todesfall zu tun hatte.

»Ich wollte, dass weitergesucht wird! Ich wollte nicht, dass da steht: unbekannt verzogen! Natürlich hatten wir ein gutes Verhältnis. Das beste, das es gibt. Wir waren immer füreinander da.« Er schniefte, schloss das Fenster und setzte sich wieder an den Besprechungstisch. »*Kaffe*.

Die gute Herta. Sie denkt sich ihren Teil. Oder weiß sie schon etwas?«

»Nein. Selbstverständlich waren Sie der Erste, der informiert wurde. Laut der Akte war Ihre Schwester alleinstehend und kinderlos. Hatte sie einen Freund? Oder einen Geliebten?«

Paul Hamann klopfte ein paarmal auf den Tisch. »Ja, ich glaube schon. Das habe ich denen damals alles gesagt. Unser ABV, der olle Schmidt, war als Einziger wirklich daran interessiert, herauszubekommen, was mit Doris passiert ist.« Er schlug einmal kräftig auf die Tischplatte. »Mist. Passiert war. So muss es heißen, oder? Obwohl ich es wusste, habe ich nie in der Vergangenheitsform an sie gedacht. Sie war immer bei mir. Die ganzen Jahre.«

Jens Meinhard hatte seine Probleme mit Trauernden. Er war nicht in der Lage zu trösten, und sah es auch nicht als seine Aufgabe an. Man konnte aber auch nicht zu jedem Fall betreuende Psychologen hinzuziehen. Erstens wegen der Kosten und zweitens gab es viel zu wenige von ihnen. »Entschuldigen Sie, Herr Hamann. Es ist sehr wichtig, dass Sie mir Ihre Erinnerungen schildern. Gleichgültig, was Sie damals ausgesagt haben und was in den Unterlagen bereits steht. Den damaligen Abschnittsbevollmächtigten Schmidt befragen wir, wenn möglich, ebenfalls erneut. Aber Ihre sehr persönliche Erinnerung ist wichtig. Eventuell fällt Ihnen nach all der Zeit etwas ein, woran Sie damals überhaupt nicht gedacht haben.«

»Ich versuche es. Obwohl, vieles weiß ich nicht mehr. Die Zeit heilt zwar nicht alle Wunden, doch scheint sie das Gedächtnis nach und nach kleiner werden zu lassen. Also, Doris war leidenschaftliche Försterin. Auch als sie die Stelle im Amt bekam, war sie sehr viel draußen im

Wald unterwegs. Sie hat sich immer um die Außentermine gerissen. Büroluft hat sie krank gemacht. Was genau ihre Aufgaben waren, weiß ich nicht in allen Einzelheiten. Naturschutz war ihr Steckenpferd. Was sie nicht mochte, waren Menschen, denen die Natur egal war. Da konnte sie böse werden. Und ich glaube, da müssen Sie den«, er stockte kurz, »den Täter finden. Den, der ihr und mir das angetan hat.«

»Sie denken, sie hatte einen Freund?«

Paul Hamann nickte langsam. »Tja, sie hat mir nichts gesagt, was ungewöhnlich war. Eigentlich hat sie mir alles erzählt. Jedenfalls verhielt sie sich in den Monaten vor ihrem Verschwinden merkwürdig. Für Doris Verhältnisse zumindest. Sie ging regelmäßig zum Friseur und ließ sich Locken machen, vorher reichten die langen schönen Haare, sie war immer schön, auf ihre Art. Und die Augenbrauen hat sie sich zupfen lassen. Plötzlich.«

»Haben Sie sie nicht gefragt, warum sie das tut?«

»Na doch. Doris lächelte bloß und strahlte und sagte: Du erfährst es früh genug. Frauen müssen ein Geheimnis haben dürfen.« Er sah auf. »Hätte ich doch nur nachgebohrt. Ich wollte ihr das Geheimnis lassen. Und sie wirkte sehr glücklich.«

»Sie wissen demnach nicht, um welchen Mann es sich handelte? Oder könnte es eine Frau gewesen sein?«

Paul Hamann hob abwehrend die Hände. »Ach, Blödsinn. Sie meinen, Doris war lesbisch?«

»Ich muss alle Eventualitäten abklären. Wäre es denn so schlimm gewesen?«

»Nein. Natürlich nicht. Doch sie hatte immer mal wieder einen Freund, leider nicht für lange. Von Frauen weiß ich nichts.«

»Hatte sie keine Freundin? Eine, mit der sie alles besprach? In den Akten ist kein Name aufgeführt.«

»Wir hatten uns. Unser Leben lang. Unsere Eltern sind früh verstorben. Bei einem Unfall. Bitte, ich kann nicht mehr. Nicht jetzt. Ich muss nach Hause.«

»Sie sind verheiratet? Haben Sie Kinder?« Jens beobachtete sein Gegenüber inzwischen genauer. Etwas stimmte nicht mit ihm. Er war nervös und sprach hastig, als müsse er etwas verbergen. Und diese besondere Beziehung zwischen Bruder und Schwester empfand er als merkwürdig. Die Antwort bestätigte sein Gefühl.

»Ich bin geschieden. Ich habe Doris sehr lange gesucht, meine Frau hat gemeint, ich wäre verrückt. War ich verrückt, weil ich nicht glauben wollte, dass Doris einfach abgehauen ist? Sehen Sie, ihr ist etwas passiert. Ich hatte recht. Leider.«

»Herr Hamann, geben Sie mir bitte Ihre Adresse. Sie haben sicher noch Dinge von ihrer Schwester, nehme ich an. Ich komme morgen mit einem Kollegen zu Ihnen, sagen wir, um 10 Uhr.«

»Morgen? Bei mir zu Hause? Ich habe keinen Urlaub.«

»Es ist wichtig. Ich muss mir ein Bild von Ihrer Schwester machen. Bitte helfen Sie mir dabei. Damit wir schnellstmöglich den Täter finden.«

»Na gut. Ich nehme mir den Vormittag frei.« Er klopfte wieder auf den Tisch und fragte ganz leise: »Wann kann ich Doris beerdigen? Ich weiß nicht, ob ich das schaffe.«

Jens stand auf und streckte dem Bruder der Toten die Hand zum Abschied hin. »Ich hoffe, ich kann Ihnen morgen sagen, wann …« Jetzt zögerte er, weil ihm das Wort »Leiche« in dem noch fehlenden Satzteil »wann die Leiche freigegeben wird« in dem Augenblick zu roh vorkam. Stattdessen ergänzte er: »Wann Ihre Schwester überführt werden kann.«

»Kann ich Sie sehen?«

Auf diese Frage hatte der Hauptkommissar bereits gewartet. Gleichgültig, unter welchen Umständen Angehörige ums Leben kamen, ob durch schwere Krankheit, furchtbare Unfälle oder ob der Tod, wie in diesem Fall, viele Jahre zurücklag – die meisten Hinterbliebenen wollten sich verabschieden. »Es tut mir leid, Herr Hamann, das ist nicht empfehlenswert. Sie können sich vielleicht vorstellen, dass in diesem Falle rein gar nichts an Ihre Schwester erinnert.«

»Oh ja, natürlich. Da habe ich nicht … Entschuldigung. Natürlich.« Paul Hamann war noch blasser geworden. »Bis morgen dann. Er winkte kurz steif mit der rechten, kaum gehobenen Hand, was etwas albern aussah.

Doch Jens wusste: Der Mann musste allein sein. Damit er endlich weinen konnte. Damit er trauern konnte. Er verließ den Raum und ging den langen Flur entlang in das Büro seiner Nachbarin. Die beendete gerade ein Telefongespräch.

»Herta, ich muss dich sprechen. Sag nicht, du hast keine Zeit. Es ist dienstlich. Ist dein Chef da? Mit dem will ich mich demnächst auch unterhalten.«

»Was ist denn passiert? Der Paul sah aus, als ob ihm ein Geist begegnet ist.«

Ihm ist auch einer begegnet, aber leider kein eingebildeter, sondern einer aus der eigenen, ganz privaten Vergangenheit, dachte Jens. »Nun ja, seine Schwester ist verstorben und im Zuge der Ermittlungen gibt es einige offene Fragen.«

Herta blickte ihn ungläubig an. »Paul hat keine Schwester. Soweit ich weiß. Und tot? Musstest du ihm das hier sagen? Auf der Arbeit? Was ist denn passiert?« Sie schien nachzudenken, während sie all die Fragen stellte. Bis es ihr einfiel. »Ach du meine Güte. Die Frau aus dem Wald. Das ist sie. Oder? Komm, lass dir nicht alles aus der Nase ziehen. Der arme Paul.« Sie sprach schnell und ließ während der Sätze keine Pause. »Ich weiß gar nichts. Du merkst ja, ich bin vollkommen überrascht. Und bestürzt. Ach je, der arme Paul.«

Bevor sie weitersprechen konnte, schob Jens Meinhard ihr eine Flasche Wasser hin, die auf ihrem Schreibtisch stand. »Trink erst mal. Atme durch. Und wenn es dir möglich ist: Ich könnte einen Kaffee vertragen. Von dem eben habe ich nur einen Schluck getrunken.« Er hatte vor, weitestgehend Normalität herzustellen. Herta war keine Angehörige, sie kannte die Verstorbene, wie es aussah, überhaupt nicht. Sie hatte keinen Grund, sich aufzuregen. Mitleid hin oder her, er musste sie befragen und alle anderen ebenso, die mögliche Verdächtige kannten. Er gestand sich ein, den Bruder von Doris Hamann als äußerst verdächtig zu betrachten. Nicht allein, weil es sonst bisher niemand anderen gab.

Herta trank von dem Wasser, stellte es zurück und öffnete die Schublade. »Meine Geheimvorräte. Schokolade. Nervennahrung. Andere rauchen und ich brauche meine Schokolade.« Sie sagte es, als müsse sie sich gegen einen unausgesprochenen Vorwurf wehren. »Figur hin oder her.«

Jens war es herzlich egal, welche Figur Herta hatte. Wenn er ehrlich war, achtete er bei keinem Menschen auf diese Äußerlichkeiten. »Gib mir bitte ein Stück ab.

Zum *Kaffe*. Und etwas stärker, ich hatte keine Frühstückspause.«

Während der Kaffee durch die Maschine lief, deckte sie zwei kleine Teller zu den Tassen und holte eine Keksdose aus dem Regal. »Ich bekomme immer so etwas geschenkt. Die Leute sind dankbar für jede Kleinigkeit. Ist das schon Bestechung im Amt?«

Er lächelte. »Ach was. Kekse und Schokolade. Hätte ich auch gern immer mal geschenkt. Unsere Kundschaft wünscht uns eher die Pest an den Leib. Was ist mit Marc?« Er zeigte auf die Tür. Jens kannte den Bürgermeister Marc Fender schon lange. Marc war früher einmal Lehrer für Religion und Musik gewesen und Phillip hatte viel mit ihm zu tun gehabt.

»Der kommt erst am Nachmittag ins Haus. Theaterbegehung. Obwohl noch nicht einmal klar ist, wie es weitergeht, fallen neue Kosten an. Die Beleuchtungsanlage muss dringend aus sicherheitstechnischen Gründen erneuert werden. Das ist allen klar. Doch niemand will dafür Geld ausgeben. Du kennst ja unseren Haushalt. Neustrelitz geht es nicht ganz schlecht, doch solche Summen sind nicht mal schnell aufzutreiben.«

Jens stimmte zu. Geld war bekannterweise immer knapp und niemand gab gern Geld aus für etwas, das nicht wirtschaftlich arbeitete. Kultur, Bildung und was sonst dazugehörte. Sein Bruder kannte sich da besser aus und war an allen Aktionen beteiligt, bei denen es um die Förderung von Kunst und Kultur ging. Jens hielt sich gern raus. Er hatte seinen Job und weder Zeit noch Lust, irgendwelche Vereinsarbeit zu leisten. Im Grunde grauste es ihm vor Vereinen jeglicher Art.

Endlich setzte sich Herta mit dem Kaffee zu ihm. »Was

willst du wissen?« Sie hatte sich gefasst und ihre ruhige Art zurückgewonnen.

»Wie gut kennst du Paul Hamann? Wie lange kennt ihr euch? Verkehrt ihr privat?«

»Ganz gut, glaube ich. Seitdem er hier arbeitet. Ich muss mal nachschauen. Ich denke, seit mehr als sieben Jahren. Privat? Wie meinst du das? Mit gegenseitigen Besuchen? Das eher nicht. Hier eben. Wir plauschen ab und zu und er ist ein geschickter Handwerker. Auch mit der EDV kennt er sich gut aus.«

»Mhm. Also ist euer Verhältnis eher beruflicher Natur.«

»Verhältnis? Hast du angenommen, ich hab was mit ihm?« Sie lachte. »Also, ich habe meinen Jo! Weniger will ich nicht.« Sie zeigte ihre strahlend weißen Zähne und lachte weiter, bis ihr einfiel, warum sie dieses Gespräch führten. »Es tut mir leid. Wenn jetzt Paul draußen steht und mich lachen hört … Der arme Paul. Am liebsten würde ich zu ihm gehen und fragen, ob ich was helfen kann. In solchen Fällen gibt es ja genug zu tun. Ob er weiß, was alles?«

»Noch ein paar Minuten, dann kannst du tun, was du nicht lassen kannst. Hat er hier im Rathaus Kollegen, mit denen er besonders auskommt? Freunde eben? Und weißt du, ob er eine Beziehung hat oder hatte?« Jens war gespannt auf ihre Antwort.

Sie hob die Schultern. »Freunde? Weiß ich nicht. Müsste ich rumfragen. Und ob er eine feste Freundin hat, kann ich dir auch nicht sagen. Ich sehe ihn ja nur bei der Arbeit im Rathaus und hier war er noch nie in Begleitung einer Frau. Wie gesagt, ich kann mal die anderen fragen. Dass man so wenig über so einen tollen Kollegen weiß, ist ja furchtbar. Und jetzt ist er vielleicht ganz allein und muss mit dem Tod seiner Schwester fertigwerden. Der arme Paul.«

»Wir werden nach und nach die Kontakte befragen. Du brauchst dich nicht zu erkundigen. Und Vorwürfe musst du dir auch nicht machen. Wenn er etwas hätte erzählen wollen, wäre er sicher zuerst zu dir gekommen.« Jens war davon überzeugt, denn Herta war eine der warmherzigsten Frauen, die er kannte.

Als er eine Viertelstunde später das Rathaus verließ, kroch ihm der verlockende Duft von frischgebackenen Brötchen in die Nase. Er hatte zwar ein paar Süßigkeiten von Herta gegessen, doch sein Hunger war damit nicht gestillt worden. Er sah auf die Uhr – kurz vor dem Mittagessen, sagte er sich – und betrat mit großen Schritten das »Café Glambeck« in der gleichnamigen Straße. Statt eines Brötchens bestellte er sich das Tagesgericht und ließ sich im hinteren ruhigeren Bereich nieder. Als sein Pager blinkte, ärgerte er sich einmal mehr über die Selbstbedienung, zu der leider auch dieses Café umgestiegen war. Zurück am Tisch aß er mit Bedacht und überlegte, was es am Nachmittag zu tun geben würde. Dienstbesprechung, weitere Zeugenbefragung, wenn es denn überhaupt noch Zeugen gab aus 1990. Außerdem konnte die Erinnerung nach so langer Zeit trügen. Jens mochte diese alten Fälle nicht. Manchmal hatte er den Eindruck, dass die Kollegen zur Zeit der Wende nicht immer sorgfältig gearbeitet hatten. Doch dafür gab es keine wirklichen Belege, lediglich sein Bauchgefühl sagte das. Er wollte versuchen, den früheren ABVler Schmidt zu finden. Wenn er allerdings damals schon »oll« war, konnte es durchaus sein, dass der Mann gar nicht mehr lebte. Diesen Gedanken schob Jens weit von sich und aß den Teller leer. Er hob die Hand, um sich einen Kaffee zu bestellen.

Tatsächlich kam eine der Verkäuferinnen, die hinter der Theke arbeiteten. »Sie wissen doch, dass hier Selbstbedienung ist. Meinen Sie, wir können Ausnahmen machen?«

Jens kam sich dumm vor und versuchte, das zu verbergen. »Ich wollte nur einen Kaffee. Na ja. Dann tschüss.«

Er ging an ihr vorbei. Als er an der Tür war, rief sie laut hinter ihm her: »Hallo! Das Geschirr! Das räumt sich nicht von alleine weg.«

Erst wollte er einfach verschwinden, überlegte es sich aber doch anders. Das war schließlich nicht seine Art, sich aus dem Staub zu machen. Wortlos lief er zum Tisch zurück, an dem die Frau mit verschränkten Armen stand. Statt das Tablett abzuräumen, kramte er zwei Euro aus der Tasche, legte das Geld neben den Teller und verschwand. Dieses Mal rief ihm niemand nach und er verließ das Café in Richtung Markt zu einem Verdauungsspaziergang.

VIERZEHN

»Der Kommissar war wieder bei mir im Laden, um mich nach einer Frau namens Doris Hamann auszufragen.«

»War das die, die ihr Ende Januar gefunden habt? Kanntest du die Frau?«

Lilo Glück verneinte. Denise Wilke hatte sie ins »Diner« eingeladen. »Burger und Cocktails«, hatte sie geschrieben, »was braucht die Frau von heute mehr.«

»Mir sagt der Name nichts. Obwohl … Ich glaube, in der Tiergartenstraße haben früher Hamanns gewohnt. Spekulieren hilft aber bekanntlich nicht.«

»Wie es aussieht, war diese Frau seit 1990 verschwunden. Ich weiß gar nicht, was der dann von mir will. Wir lebten damals gefühlt am anderen Ende der Welt und ich für meinen Teil war froh, dort endlich Fuß gefasst zu haben. Weißt du, wann ich das erste Mal wieder in Neustrelitz war? Erst 1993. Ich habe mich lange geweigert, meine Heimatstadt zu besuchen, es hat zu sehr geschmerzt. Meine Eltern und Brüder haben das anders gesehen. Als Mutti dann nicht locker gelassen hat, bin ich den einen Sommer mit ihr gefahren. Für zwei Wochen. Und ich habe zwei Wochen lang fast nur geheult.«

Denise streichelte Lilo leicht über die Hand. »Was war so schlimm?«

»Ach, das ist nicht einfach. Ich hatte so lange Heimweh und immer hieß es, wir können niemals wieder zurück. Wir durften ja auch nicht einreisen. Und dann, als es ging, hatte ich Angst.«

»Warum hattest du Angst?«

Lilo sah den vorbeifahrenden Autos hinterher, die die Schloßstraße hinunterfuhren. »Das hier war einmal ein Tanzcafé? Und hier fuhren früher die Autos die Gutenbergstraße entlang. An der Post vorbei. In der heute das Kulturquartier zu finden ist. Ich hatte Angst, nichts mehr zu erkennen. Es waren Jahre vergangen und meine Sicht auf die alte Heimat war eine sehnsüchtige, die hoffte, alle wunderbaren Dinge aus meiner Kindheit wiederzufinden. Weil ich mich im Westen als Kind keine Stunde wohlgefühlt habe.«

»Warum hast du dich nicht bei mir oder den anderen gemeldet?«

Lilo hatte sich diese Frage selbst oft gestellt. »Ich weiß es nicht. Mag auch Angst gewesen sein, dass ihr mich vergessen habt. Wie ich euch. Ihr seid mit den Jahren in mir verblasst. Kennst du das nicht?« Lilo war es unangenehm, über diese Dinge zu sprechen. Bevor Denise antworten konnte, kehrte sie deshalb schnell zu ihrem anfänglichen Thema zurück. »Jedenfalls kannte ich diese Frau nicht. Der Kommissar schaut mich immer so komisch an. Eigentlich sind mir Männer mit Glatze sympathisch, bei ihm empfinde ich leider ganz anders. Und umgedreht scheint es genauso.«

»Ihn kenne ich gar nicht, aber seinen Partner. Der ist manchmal in der Schule. Hilft bei Problemfällen. Ja, wir sind offen geworden und lassen die Kirche ins Haus.«

»Kirche? Partner? Du weißt, ich habe einiges an Wissen aufzuholen. Erzähl.«

Nach dem zweiten Cocktail bestellten sie sich Burger und Pommes. Lilo hörte Denise die ganze Zeit über aufmerksam zu, bis sie wusste, wer was in der Stadt war, was er oder sie machte und wer mit wem etwas hatte. Denise schien ausgezeichnet informiert zu sein.

»Du weißt viel über diese Stadt.«

»Ich bin Lehrerin. Und ich mag Menschen. Außerdem gehe ich davon aus, dass du die Dinge, die ich dir hier erzähle, nicht weiterträgst.« Sie lächelte zwar, als sie das sagte, doch ihre Stimme klang ernst.

»Klar doch. Freundinnen und so weiter. Da verrät man nichts.«

»Du erinnerst dich doch? An uns.«

Lilo verstand die Frage nicht. »Woran soll ich mich erinnern?«

»Na, dass wir uns nie gegenseitig verraten wollten. Wir Mädels in der Klasse. Wir wussten, dass die dich auf dem Kieker hatten. Und den Sven, dessen Eltern am Theater gearbeitet haben, den auch.«

»Sven? Ach, ich glaube, ich komme zum nächsten Klassentreffen. Ich weiß gar nichts mehr. Fast nichts.« Lilo erzählte nicht, woran sie sich erinnerte. An die Schulfreunde in den Pionierblusen und mit dem roten Halstuch. Sie selbst hatte irgendwann keines mehr getragen. Ob freiwillig oder nicht, daran konnte sie sich nicht erinnern. Aber das Gefühl, nicht dazuzugehören, das saß fest in ihrer Erinnerung. »Lass uns nicht mehr über die Vergangenheit reden. Es ist vorbei. Heute ist alles anders. Wir und das Leben sind anders, wir sind deutlich älter und haben trotzdem noch einiges vor uns. Ich mag mein Leben momentan, wie es ist. Und du? Ein Leben als Lehrerin? Wie ist das so?«

»Meinetwegen. Ich bin dran. Dabei hast du nicht viel gesagt. Du hörst lieber zu, nicht wahr?«

»Ertappt. Und das Essen kommt. Wunderbar. Ich muss mal mit meinen Kindern herkommen.« Lilo nahm sich Ketchup für die Pommes und begann, diese mit den Fingern zu essen. Den großen Burger sah sie misstrauisch an, bevor sie versuchte von ihm abzubeißen. Dabei fiel einiges vom Belag auf den Tisch und ihre Hose. »Ich glaube, ich brauche doch Besteck.« Sie lachte laut.

»Und wir brauchen etwas zum Runterspülen.«

»Ich boxe seit ein paar Wochen.« Lilo wollte das eigentlich keinem erzählen, aber Denise, die ihr bei jedem Treffen vertrauter wurde und zu der sie sich hingezogen fühlte, sollte es wissen.

»Boxen? Toll! Bei wem? Bei Maik?«

Lilo nahm ihr das Überraschtsein nicht ab. »Ich hätte es wissen müssen. Du bist gar nicht erstaunt, du wusstest es längst. Habt ihr im Lehrerzimmer über mich geredet?« Sie hatte gehofft, ihr Trainer wäre weniger schwatzhaft.

»Unsinn. Maik macht so etwas nicht. Ich habe dich gesehen. Vor zwei Wochen abends. Du bist aus der Halle gekommen mit deinem Sohn und hast ziemlich verschwitzt ausgesehen. Ich habe auf den Hallenplan geschaut und darin war Boxen eingetragen.«

»Und weshalb hast du nichts gesagt?«

Denise gab ihr eine Serviette. »Hier. Du hast Ketchup auf der Bluse. Ich wollte nichts sagen. Du wirst deinen Grund gehabt haben, mir nichts zu erzählen. Ich will nichts erzwingen.«

»Die kommt nachher gleich in die Wäsche.« Lilo wischte sich den Fleck von der dunkelblauen Bluse.

Wenigstens so gut es ging. »Danke. Du bist bemerkenswert.«

»Ja, ne? Ich schwatze und schwatze und niemand nimmt an, wie verschwiegen ich sein kann.« Jetzt lachte sie laut. »Ich fürchte, noch ein Cocktail und ich singe unanständige Lieder. Was ich mir nicht erlauben kann. Wenn mich dabei ein gestrenges Elternteil meiner Schüler sehen würde … Nicht auszudenken!« Denise lachte noch immer und bestellte entgegen ihrer Worte eine dritte Runde.

»Interessiert es dich, was die alle von dir denken? Du wirkst eher wie jemand, dem keine Meinung etwas anhaben kann. Beneidenswert.«

»Wir haben wirklich aufzuholen, wir zwei. Was wissen wir schon voneinander?«

Die Getränke wurden gebracht und der junge Kellner fragte: »Ist mit dem Essen alles in Ordnung?«

Beide lachten auf einmal los und nickten heftig, da sie nicht sprechen konnten. Lilo fühlte sich wie ein junges Mädchen, das albern war und in jedem Wort, in jeder Geste etwas Belustigendes sah.

Es wurde ein langer Freitagabend. Lilo mochte nicht an den nächsten Tag denken, an dem sie ganz bestimmt nicht ohne Kopfschmerztabletten im Laden stehen konnte. Das erste Mal seit unzähligen Jahren war ihr das jedoch egal. Gegen 2 Uhr, sie waren die letzten Gäste, zahlten sie und verließen das amerikanische Restaurant. Vor der Tür am Markt stritten sie darüber, wer nun wen nach Hause bringen durfte. Irgendwann kam der Kellner aus dem Lokal und bot ihnen an, beide in seinem Auto nach Hause zu fahren. Lilo stieg gegenüber ihrem Haus aus und winkte dem Wagen mit der Freundin auf dem Beifahrersitz nach.

In dem Moment öffnete Marius die Haustür. »Da bist du ja endlich, Mama.«

Lilo überquerte im Laufschritt die Straße und nahm ihren Sohn in den Arm.

FÜNFZEHN

Martin Friedemann sah ungeduldig auf das Display seines Handys. Mensch, wo bleibt der bloß, dachte er. Er hasste Unpünktlichkeit. Zumal der frühe Morgen bereits weit fortgeschritten war und die beste Zeit zum Jagen damit vorüberstrich. Oder die Zeit für ihn, die er in Ruhe genießen konnte, die Zeit des Sitzens und Wartens auf dem Hochstand. Wenn der Nebel noch zu tief lag, um den Blick auf das Wild freizugeben, als würde er es verstecken und beschützen wollen. Bis zu dem Zeitpunkt, an dem er seine Kraft langsam einbüßte, die Schwaden schmal wurden und damit nach und nach alles zum Vorschein kam. Der Wald nordwestlich von Neustrelitz nahe Kratzeburg reizte ihn schon immer besonders. Die dicht stehenden Bäume, zumeist Kiefern und Birken, und mittendrin die leicht und klar plätschernde Havelquelle, die als kleines Rinnsal erst auf ihrem Weg durch die Seen ihre Schönheit entfachte.

Er tippte eilig eine Nachricht und schickte sie weg. Ins Nirwana, dachte er. Martin hatte schon oft überlegt, was mit den vielen Worten und Bildern geschah, die all die Leute täglich durch virtuelle Welten schickten.

»Gleich da«, war die lapidare Antwort.

Frank hatte ihn schon öfter mitgenommen. In dessen Revier. Wie andere sich an einen See setzten, um zu angeln, liebte Martin die vermeintliche Stille im dunklen Wald, aber auch die Atmosphäre des Auf-der-Lauer-Liegens. Gern hätte er auf das Töten verzichtet, das interessierte ihn nicht. Meist überließ er das Erlegen der Tiere Frank oder anderen, die dabei waren. Auch die Rituale danach wie das Aufbrechen und Versorgen des Wildes vermied er, wenn möglich.

Der Parkplatz lag still hinter ihm, längst hätte er die Fahrgeräusche des schweren Geländewagens hören müssen. Von wegen »gleich da«. Seit der spärlichen Textnachricht waren fast fünf Minuten vergangen. Ungeduldig schrieb er: »Willst du mich auf den Arm nehmen?«

Keine Antwort. Das konnte bedeuten, dass Frank endlich im Auto saß und auf dem Weg zu ihm war. Oder, dass er sich wieder hingelegt hatte. Das wäre allerdings nicht Franks Art, ihn einfach sitzen zu lassen, das hatte er noch nie getan.

Martin fror nicht schnell, doch nun, da er schon über eine halbe Stunde wartete und währenddessen seine Geduld verloren hatte, begann er unverhofft zu zittern. Er zog seine wattierte Jacke bis zum Hals zu, setzte die Kapuze auf den Kopf und ging ein paar Schritte hin und her. Ein Uhu rief und in den Baumwipfeln bewegte sich ganz leicht der Wind. Es roch nach feuchtem Waldboden, die Sicht war begrenzt bis auf wenige Meter. Es war ihm, als würde der Nebel dichter werden und sich zu einer breiten Wand formen. Vielleicht sollte er den Weg zum Ansitz allein zurücklegen, dort auf Frank warten und dabei seinen geliebten Kräutertee trinken. Und sie einsam genießen. Die Stunde vor dem Morgen. Dabei die Ungeduld abstreifen, die

Unpünktlichkeit seines Freundes vergessen und, wie sonst auch in solchen Nächten, seiner Mutter dafür danken, dass sie ihm in der Kindheit die Liebe zum Wald geschenkt hatte.

Er streifte den kleinen Rucksack über die linke Schulter – die Tasche mit dem Gewehr hing bereits über der rechten –, dann ging er den schmalen Weg hinunter. Der Hochsitz lag keine zehn Minuten entfernt und Martin ärgerte sich ein wenig, dass er nicht gleich nach seiner Ankunft diesen Entschluss gefasst hatte. Typisch, dachte er. Ich halte mich immer an alle Regeln und an alle Verabredungen. Warum die anderen nicht? Es gab schließlich nicht nur geschriebene Gesetze, sondern auch ungeschriebene, die wichtig im Umgang miteinander waren. So hielt er es, solange er denken konnte. Er hatte niemals Dinge nicht eingelöst, die er versprochen hatte. Eher war er vorsichtig mit Versprechungen. Aus dem Grund hatte er erst spät geheiratet. Drum prüfe, wer sich ewig bindet – das waren nie leere Worte für ihn gewesen. Auch das hatte er seiner Mutter zu verdanken. Seinem Vater hingegen außer seinem bloßen Leben rein gar nichts. Der hatte sie beide sitzen lassen. Schon sehr früh.

Martin wischte mit der Hand über die laufende Nase, bevor sich ein Tropfen lösen konnte. Er zog den Rest durch die Nase zurück und suchte ein Taschentuch. Dabei fiel ihm das Handy aus der Tasche. Verdammt. Er bückte sich, fand es aber nicht gleich und ließ sich auf die Knie fallen, um langsam den Umkreis um seine Füße abzusuchen. Endlich bekam er es zu fassen. Es fühlte sich schmutzig und nass an. Er stand auf und suchte erneut nach einem Taschentuch. Nichts. Verdammt, dachte er wieder. Die müssen in der Innentasche stecken. Kathrin steckt mir immer welche ein, wenn sie meine Lieblingsjacke gewaschen hat. Immer. Weil sie weiß, dass ich es vergesse. Und weil sie weiß, dass mir hier im Wald immer die Nase läuft. Und weil sie es hasst, wenn ich mir mit dem Handrücken den Schnodder abwische. Er grinste und sah sie vor sich. Schimpfend und dabei lächelnd. Und wie sie ihm einen zärtlichen Kuss gab, genau auf die Nase, die sie zuvor noch als Rotznase bezeichnet hatte. Er freute sich auf das späte Frühstück nachher mit ihr. Er freute sich auf jede Stunde mit ihr.

Sein Handy vibrierte in seiner Hand. »Wo bist du?«

Martin begann schon die Antwort zu tippen, als er die plötzliche Stille um sich wahrnahm. Kein Wind wehte, kein Ast bewegte sich, kein Tier gab einen Laut von sich. Er hob den Kopf, als könnte er dadurch den Nebel durchdringen. Der alles in sich aufnahm und festhielt. So schien es ihm.

Ein Knacken unterbrach diesen Moment und noch eines. Rechts neben ihm bewegte sich etwas. Er drehte sich in die Richtung, doch auch hier konnte er nicht weit sehen. Tiefe Dunkelheit und Nebelschwaden, was für ein wunderbarer Morgen, dachte er und spürte gleich darauf einen Schmerz. Im Arm oder in der Brust? Ein Schuss knallte an sein Ohr. Er wusste nicht, was zuerst dagewesen war, der Schuss oder der Schmerz. Der Schuss war längst verhallt, als der Schmerz ihn umriss. Jagdunfall, dachte er. Das kann doch nicht wahr sein. Er versuchte, mit der linken Hand das Telefon zu greifen, das er noch immer in der rechten hielt. Die ließ es nicht los. Er lag auf der schmerzenden Seite und kämpfte gegen die eigene Hand. Er hörte erst auf, als er einen Tritt bekam. Und noch einen. Er versuchte aufzusehen, doch ein letzter Tritt zertrümmerte sein Gesicht.

*

Frank Nowitzke stand neben dem Opel seines Freundes auf dem Parkplatz am Eingang zum Nationalpark unweit von Kratzeburg und sah sich um. Seine letzte Nachricht wartete noch immer auf eine Antwort. Eigentlich war Martin kein Spaßvogel, er würde sich hier kaum verstecken, um ihm einen Schrecken einzujagen. Wahrscheinlich ist er allein zum Hochstand aufgebrochen, dachte Frank. Nun gut.

Auch er nahm, wie zuvor sein Freund, Rucksack und Waffe und ging den gleichen Weg entlang. Er hatte immer eine Taschenlampe in der Jackentasche, benutzte sie aber selten, um die Tiere nicht aufzuschrecken. Und gegen den Nebel würde sie ohnehin kaum ankommen. Er ging mit weit ausholenden Schritten den dunklen Waldweg entlang, fand, auch ohne Licht, die Abzweigung und nahm die letzten etwa 100 Meter fast beschwingt. Die Leiter zum Hochsitz war frisch repariert, die Spuren des Winters damit beseitigt.

Während er die Sprossen hinaufstieg, flüsterte er nach oben: »Martin. Sorry. Ich habe verpennt.« Oben brauchte er sich nicht lange umzusehen, sein Freund war nicht da und schien auch noch nicht da gewesen zu sein. Alles sah vollkommen unberührt aus. Er griff sein Handy und wollte gerade Martins Nummer anrufen, als eine Nachricht aufblinkte: »Ich musste los. Dienstlich. Melde mich die Tage.«

Er schüttelte den Kopf. Erst einen solchen Aufstand wegen der paar Minuten Verspätung machen und dann einfach verschwinden. Frank fühlte sich seit dem gestrigen Tag nicht wohl, eine Erkältung schien im Anmarsch zu sein und das war auch der Grund, warum er verschlafen hatte. Erst konnte er wegen der Kopfschmerzen nicht einschlafen. Als dann der Wecker pünktlich Musik abspielte, war er noch unsagbar müde. Er hatte ihn einfach ausgedrückt und sich noch einmal umgedreht. Frank wusste, dass für Martin Zuverlässigkeit sehr wichtig war, deshalb hatte er ihm mitten in der Nacht nicht einfach absagen wollen. Und nun das. Die Aktion hätte er sich sparen können.

Jetzt, wo er sich schon aus dem Bett gequält hatte, überlegte er, ob er trotz der hämmernden Kopfschmerzen bleiben sollte. Er entschloss sich dagegen, nahm sich vor, zu Hause noch eine Aspirin zu schlucken und sich damit ein paar Stunden hinzulegen. Die Minuten des Rückwegs kamen ihm länger vor als der Hinweg. Außer dem Kopf schmerzte nun auch der Hals, die Tablette nach dem Aufstehen hatte ihre Wirkung inzwischen verloren. Er hatte einen schalen Geschmack im Mund und meinte, seine Zunge würde anschwellen.

Auf dem Parkplatz stand sein Geländewagen wie erwartet allein. Der Opel müsste bald wieder vor Martins kleinem Haus in Penzlin stehen. Wenn es Frank Nowitzke besser gegangen wäre, hätte er ihm vielleicht einen kurzen Besuch abgestattet, um ihm persönlich zu sagen, was er von dieser spärlichen Absage hielt. Doch wenn es ihm besser ginge, gestand er sich ein, säße er auf dem Ansitz, mit dem Fernglas vor Augen, um den passenden Moment abzuwarten. Er setzte sein Auto zurück und fuhr langsam in Richtung Kratzeburg. Zu allem Überfluss wurde ihm übel. Er musste anhalten und schaffte es gerade noch, die schwere Tür zu öffnen. Er beugte sich schnell hinaus und übergab sich. Als er sicher war, dass sein Magen sich beruhigt hatte, wischte er sich den Mund mit einem Papiertuch ab, das ihm aus der Hand fiel, als er die Tür wieder schließen wollte. Sein erster Gedanke war, es aufzuheben und zu Hause in den Müll zu werfen. Doch dazu musste er aussteigen, und jeder überflüssige Schritt machte ihm Sorge. Er fühlte sich kraftlos und wie ausgehöhlt, nachdem sein Magen nun vollkommen leer war. Er drückte die Start-Automatik, gab Gas und hielt erst unter seinem großen Carport an, der für zwei Wagen dieser Größe Platz bot. Mühsam bewegte er sich die wenigen Schritte zum Hintereingang und schlich die Treppe hinauf.

Im Bad spülte er sich den Mund aus und setzte sich auf die Toilette. Selbst das strengte ihn an. Er sah durch das kleine Fenster auf den Hof. Der Sonnenaufgang war zwar noch nicht in Sicht, aber der Nebel war hier längst nicht so dicht wie im Wald. Mist, dachte er. Es sollte ein schöner Start in den Tag werden. Und jetzt werde ich möglicherweise stundenlang beim Arzt sitzen müssen. Er erhob sich, ließ die dicke Leinenhose fallen und zog sich lediglich die Unterhose hoch. Ein Blick in den Spiegel sagte ihm, dass er genauso beschissen aussah, wie er sich fühlte. Er hob die Schultern, füllte den Zahnputzbecher mit kaltem Wasser und trank ihn leer. Später rufe ich Martin an, der kann sich was anhören, dachte er noch, bevor er ins Bett fiel und bis zum späten Nachmittag ohne Unterbrechung schlief.

SECHZEHN

Der Verein hatte sich entschlossen, trotz des desaströsen Ausgangs der Januarwanderung erneut einen Anlauf für eine Wanderung durch den Müritz-Nationalpark zu wagen und dazu am Palmsonntag einzuladen. Lilo Glück war gar nicht danach. Nicht nur, weil sie vor zwei Monaten die Überreste einer toten Frau entdeckt hatte. Nein. Sie wollte endlich mal wieder einen Sonntag für sich allein haben. Die Kinder hatten beide etwas vor und Lilos Eltern waren für ein paar Tage in Athen. Denise, mit der sie sich in letzter Zeit regelmäßig traf, musste Klausuren korrigieren. Lilo hatte deshalb auf die Einladung, die seit Tagen in ihrem Mailpostfach lag, gar nicht reagiert.

Lilo war gerade aufgestanden und freute sich auf einen Tag nur für sich, als das Telefon klingelte. Sie nahm ab, ohne auf die Nummer zu achten.

»Liebe Frau Glück. Gut, dass ich Sie noch erwische. Können Sie mich bitte mitnehmen? Sie kommen ja in der Schwentner-Straße vorbei, oder?« Eva Wöllert wartete erst gar nicht auf eine Antwort. »Sie wissen doch, wo ich wohne. Gleich rechts nach dem Friedhof. Ich stehe vor der Tür. Bis gleich.«

Lilo wollte gerade etwas erwidern, da hatte die Anruferin das Gespräch schon beendet. »Frechheit!

Was glaubt die, wer sie ist? Mich einfach herumschubsen? Nee!« Sie führte nicht selten Selbstgespräche und erst recht, wenn sie sich unbeobachtet glaubte. Lilo suchte nach der elektronischen Telefonliste der Vereinsmitglieder, denn ihr Telefon zeigte die Nummern der letzten Anrufe leider nicht an. Sie fand die Festnetznummer der Vereinsvorsitzenden und rief dort an. Vergebens. Nicht einmal ein Anrufbeantworter wollte ihre Meinung hören. Dann wählte sie Eva Wöllerts Mobilnummer. Nicht erreichbar, bekam sie zur Antwort. Sie ärgerte sich. Dass sie dieser Frau nicht einfach ins Wort gefallen war. Dass sie ihr nicht sofort ihre Meinung gesagt hatte. Sie überlegte, was sie unternehmen könnte. Eva Wöllert dort einfach stehen lassen? Nein, das kam nicht infrage. Sie abholen und zum Treffpunkt fahren und dann selbst wieder umkehren? Wie sähe das denn aus. Oder Lutz Meinhard anrufen und ihn bitten, Eva Wöllert mitzunehmen. Lutz Handynummer fand sich ebenso in der Liste. Ja, das war eine gute Idee! Lilo griff zum Telefon und wählte gleich die Nummer, es war schließlich fast schon 8 Uhr und Treffpunkt sollte um 8.30 Uhr sein.

Wie von Lilo angenommen, nahm er das Gespräch sofort entgegen. »Frau Glück. Wie schön. Soll ich Sie abholen? Dann müsste ich noch einmal umdrehen. Aber das wäre kein Problem. Ich wollte Sie gestern eigentlich deswegen fragen, aber im Hotel war der Teufel los.«

Sie hörte, dass er sich über ihren Anruf freute. Er schwatzte ein bisschen viel und zu schnell, er konnte seine Sympathie für sie nur schlecht verbergen. Sie fühlte sich geschmeichelt, aber nicht nur das. Seine Unsicherheit ihr gegenüber verbunden mit liebevoller Tapsigkeit berührte sie. Manchmal. Wenn es sie nicht nervte. Jetzt gerade war beides der Fall. Eigentlich wollte sie ihm sagen, dass er statt ihrer Eva Wöllert mitnehmen sollte. Und dass sie selbst nicht kommen wollte. Doch er freute sich so über ihren Anruf. Sie hätte absagen sollen. Gleich als die Mail gekommen war. Dann würde sie jetzt nicht überlegen, welche Notlüge die bessere und freundlichere wäre.

»Frau Glück? Hallo? Sind Sie noch dran? Ist was passiert?«

Das klang wie eine Brücke in ihren Ohren. Ja, es war etwas passiert. Aber was? Vielleicht etwas mit den Kindern? Nein, das ging gar nicht. Oder ein Haushaltsunfall? Oder eine Grippe? Sie war zwar nicht abergläubisch, doch trotzdem schwindelte sie solche Dinge nicht gern in die Welt.

»Ähm. Nein, ich wollte fragen, ob Sie schon unterwegs sind. Frau Wöllert braucht einen Fahrer und ich bin noch nicht fertig. Sie wartet schon vor ihrer Haustür.« Eine kleine verzeihliche Lüge, mit der sie sich nicht einmal vor diesem unsäglichen Ausflug drücken konnte. Sie ärgerte sich über ihre dumme Ehrlichkeit.

»Wenn es für Sie bequemer ist, hole ich erst Eva und anschließend Sie ab. Wir warten gern ein paar Minuten auf Sie.« Er meinte das absolut ernst. Nicht nur wegen Lilo. Er wollte ungern die ganze Fahrt allein mit der guten Eva im Auto verbringen, die schon länger ein Auge auf den frisch gebackenen Junggesellen geworfen hatte. »Ich muss gestehen, Eva ist, wie soll ich sagen, sie ist speziell.«

»Anstrengend, meinen Sie, oder?« Lilo lachte und Lutz lachte mit. »Gut, ich beeile mich. Wo sind Sie?

Habe ich noch Zeit, um mich für den Wald hübsch zu machen?« Oh, dachte sie. Jetzt glaubt er, ich fische nach Komplimenten.

Tatsächlich erwiderte er: »Das haben Sie doch gar nicht nötig. Ich denke, selbst im Schlafanzug und ungeduscht sind Sie für den Wald ein einziger Hauptgewinn.« Er schwatzte schon wieder.

Sie nahm sich an Eva Wöllert ein Beispiel und verabschiedete sich schnell: »Bis gleich. Ich komme runter. Sie brauchen nicht extra bei mir zu klingeln.« So schnell es ging, zog sie sich die alte Jeans und einen roten Pulli mit Rollkragen über. Ein bisschen Make-up, fertig. Als sie vor der Haustür stand, fiel ihr ein, dass sie mit der Hinfahrt auch ihre Heimkehr in fremder Menschen Hand gelegt hatte. Zu dumm, schalt sie sich. Heute ist wahrlich nicht mein klügster Tag. Vielleicht ist es ja gut, wenn ich mich nicht selbst ans Steuer setze.

Lutz Meinhard brachte mit einem eleganten kleinen Schlenker seinen alten Volvo neben der Einfahrt zum Stehen. Als er Anstalten machte, auszusteigen, um Lilo, wie sie befürchtete, ins Auto zu helfen, winkte sie ab und öffnete schnell selbst die Hintertür. »Danke, dass es geklappt hat, Herr Meinhard.« Ohne Begrüßung wandte sie sich an die Frau, die auf dem Beifahrersitz saß: »So geht es ja auch, Frau Wöllert. Hauptsache, wir kommen alle zum heutigen Wandertag.« Ihr war nicht bewusst, wie spöttisch sie das letzte Wort aussprach.

Eva Wöllert bemerkte es hingegen sofort. »Wenn Ihnen unsere Vereinsaktivitäten zu albern sind, müssen Sie ja nicht mitkommen. Was meinst du dazu, Lutz? Unser Verein hat wichtige Aufgaben vor sich und dafür ist eine intakte Gemeinschaft unerlässlich.« Sie versuchte nicht einmal, höflich zu klingen. Sie sprach schnell, deutlich und herrisch.

»Aber Eva, Frau Glück hat das doch gar nicht so gemeint. Sie hat extra eine Fahrgelegenheit für dich mitorganisiert.«

»Ich wollte mit ihr fahren. Allein!«

Eva Wöllerts Gesicht konnte Lilo nicht erkennen, aber sie wusste auch so, dass diese empört und mit zusammengezogenen Augen starr aus dem Fenster sah.

Lutz Meinhard befürchtete, dass der Streit Lilo Glück dazu bringen könnte, wieder auszusteigen. Aus dem Grund fuhr er ein kleines Stück vor, setzte danach rückwärts in die Einfahrt und fuhr los, rechts vorbei am Glambecker See, Richtung Umgehungsstraße. »Es ist kalt heute. Palmsonntag. Ähm, wissen die Damen, was dieser Tag bedeutet?« Auch er schien die Kunst zu verstehen, andere nicht zu Wort kommen zu lassen, und redete einfach weiter. »In der evangelisch-lutherischen Kirche wird die Karwoche auch Stille Woche genannt und sie beginnt mit eben diesem Palmsonntag. Es ist der letzte Sonntag vor Ostern. An diesem Tag wird an Jesus Einzug in Jerusalem gedacht. Soweit ich weiß, wird es in jeder Kirche anders gefeiert. Mein Schwager …«

Eva Wöllert fiel dem Hotelier ins Wort: »Wir wandern heute nicht, weil Palmsonntag ist und um an irgendwelchen Kirchenquatsch zu denken. Wir machen an jedem letzten Sonntag eines Monats etwas zusammen. Das weißt du genau. Lass mich mit diesem Unsinn in Ruhe. Und komme mir jetzt nicht mit tolerant gegenüber allen möglichen Glaubensrichtungen. Für alle Kirchen waren, sind und bleiben wir anderen doch Ungläubige, die in der Hölle schmoren oder am besten gleich tot umfallen sollen.«

Sie beißt um sich wie ein Hund, der zu lange an der Kette lag. Bei dem Gedanken wurde Lilo traurig und wollte etwas Nettes sagen: »Frau Wöllert, Sie haben eine wirklich schöne Mütze auf. Haben Sie sie selbst gestrickt?«

Eine kleine Weile war es still im Fond des Autos. Aber nur eine kleine Weile: »Sagen Sie mal, hören Sie eigentlich anderen Menschen zu? Wie beraten Sie Ihre Kunden? Geben Sie ihnen einfach was, ohne dass Sie zugehört haben? Tja, dann können wir gespannt sein, wie lange sich der Buchladen, der ja schon eine jahrzehntelange Tradition hat, unter Ihrer merkwürdigen Führung halten kann. Und bestimmt ist dann der Onlinehandel schuld.«

»Eva. Werde nicht ungerecht. Deine Mütze sieht wirklich gut aus.« Hilflos versuchte Lutz Meinhard die Situation zu entschärfen. Die Vereinsvorsitzende war schon immer schwierig gewesen und ihre direkte Art, die nicht zuließ, auf andere Menschen auch nur die kleinste Rücksicht zu nehmen, war zuweilen furchteinflößend. Es gab eigentlich niemanden, der sich traute, ihr die Stirn zu bieten.

»Wenn du meinst. Dann soll ich mich wohl entschuldigen, was? In unserem Land herrscht seit vielen Jahren Meinungsfreiheit. Und meine Meinung sage ich. Habe ich übrigens schon immer, selbst als der Staat damit nicht so freizügig umgegangen ist. Damit musst du und damit muss auch die gute Frau Glück zurechtkommen. Wie gesagt. Wer das alles nicht will, kann ja den Vereinstreffen fernbleiben. Und nun tritt endlich mal aufs Gas, sonst komme ich noch zu spät. Nicht auszudenken, was meine Neider über mich sagen könnten. Die klatschen sowieso den lieben langen Tag, wenn ich nicht dabei bin.«

Lutz Meinhard fuhr bereits an der Grenze der Vorschriften und missachtete deshalb die Anweisung von Eva Wöllert. »So, jetzt noch links rein und in fünf Minuten sind wir da.« Er verließ die Bundesstraße 193, musste seine Geschwindigkeit entsprechend anpassen und deutlich langsamer fahren.

Eva Wöllert warf ihm einen Blick zu, den Lilo als vernichtend empfand. Wie sie mich dann wohl erst anschaut, grübelte sie, wie es aussieht, bin ich ihr ein Dorn im Auge. Bisher hatte sie Eva Wöllert zwar als anstrengend empfunden, aber niemals als unhöflich erlebt. Das war neu an diesem Sonntag. Palmsonntag. Palmwedel. Urlaub unter Palmen. Ihre Gedanken drifteten zu ihren Eltern, die am Karfreitag von ihrem Urlaub zurückkehren wollten. Feiertage mit den Kindern und vor allem den Enkelkindern waren ihnen heilig.

Abrupt blieb der Volvo stehen. Die Einfahrt zum Nationalparkeingang war verstopft. Der Mini von Erika Grunert und der Passat von André Kröger waren anscheinend gleichzeitig in den schmalen Weg eingebogen und steckten nun fest.

»Auch das noch. Ich gehe den Rest zu Fuß.« Wütend schlug Eva Wöllert die Tür hinter sich zu und stapfte in ihren derben Wanderschuhen wortlos an den beiden Autos samt deren Insassen vorbei.

»Nette Frau.« Mehr fiel Lilo nicht ein.

»Tja, so kann man es auch sagen. Danke, dass Sie mitgefahren sind. Ich muss schon sagen, Sie haben eine Engelsgeduld.«

»Na ja, ich würde eher sagen, wir beide kneifen vor Auseinandersetzungen.« Sie lachte los.

»Wenn Sie wüssten, was diese Frau mich an Nerven kostet.«

Sie lachte noch mehr. »Na, dann wollen wir mal unsere aufgestauten Aggressionen in das Schieben von Personenkraftwagen einbringen. Ich bin nämlich so richtig wütend.«

»Wenn Ihre Wut Sie zum Lachen bringt, sollten wir Eva öfter auf die Palme bringen.«

»Palme, ja. Hören Sie bloß auf.« Sie konnte nicht mehr aufhören mit dem Lachen und steckte ihn an. Beide stiegen aus, kicherten immer wieder und versuchten, ernst zu werden, als sie durch die heruntergelassene Scheibe Ulrike Kröger begrüßten.

»Was war denn mit Eva los? Die hat uns überhaupt nicht beachtet. ›Danke, es ist nichts passiert‹, habe ich ihr eben noch hinterhergerufen.«

Lilo wie auch Lutz vermieden es, sich gegenseitig anzusehen. »Ich weiß nicht, was sie hat. Sie war schon während der Fahrt noch merkwürdiger als sonst.« Lutz versuchte, einen weiteren Lacher zu unterdrücken, was seiner Stimme einen höheren Klang gab.

»Sag mal, Lutz. Alles in Ordnung? Du klingst so komisch.«

André Kröger mischte sich ein. Doch wie es schien, wollte auch er keine Antwort auf die Frage. »Ich muss zurücksetzen. Unsere Spiegel haben sich ineinander verheddert.«

Lilo konnte nicht mehr an sich halten und drehte sich, den Bauch haltend, leise lachend weg.

»Ist irgendetwas komisch an unserer Situation?« Erika Grunert rief durch mehrere offene Autoscheiben.

»Macht jetzt was. Wir kommen alle zu spät und dann ist der Teufel los.«

Lutz nickte, den Mund dabei fast verkrampft verschlossen. Er hustete, um seine normale Stimme zurückzugewinnen, und sagte: »Ich stelle mich hinter dich, André, und zeige dir, wie weit du fahren kannst.«

Sie versuchten es mehrmals, bis der Spiegel des Minis abbrach und sie ohne weitere Schäden nacheinander in Richtung Parkplatz fahren konnten. Als letzte kamen Lilo und Lutz an, natürlich inzwischen um fast eine Viertelstunde verspätet. Johannes Maaß winkte ihnen fröhlich entgegen, während Eva Wöllert unbeirrt ihre Ansprache hielt. Kein Motorengeräusch und kein Türenschlagen konnte sie stören.

»Lasst uns mit der heutigen Wanderung unsere Verbindung weiter vertiefen. Lasst uns füreinander einstehen. Ein gutes Miteinander dient dem Zweck unseres Vereins: die Attraktivität von Neustrelitz zu erhöhen in den Bereichen Einzelhandel, Dienstleistung und Immobilien. Nur eine treue Gemeinschaft hat die Macht, Großes zu vollbringen. Hand in Hand sind wir bis hierhergekommen, Hand in Hand werden wir weitergehen.«

Lilo befürchtete schon, dass nun jeder seinen Nebenmann oder die Nebenfrau anfassen sollte. Sie trat sicherheitshalber gar nicht erst zu nah an den gebildeten Kreis aus Vereinsmitgliedern. Sie nahm an, gleich würde Eva Wöllert sich über Lilos Abseitsstehen auslassen, bis sie deren bösen Blick bemerkte, der weder ihr noch Lutz galt, sondern den Krögers, die noch immer im Auto saßen und ihnen allen mit einem Thermobecher zuprosteten.

»Gut, dann geht's endlich los. Verspätet. Würden Sie

sich freundlicherweise aus dem warmen Auto schälen und mitkommen? Oder gehen Ihnen Ihre Getränke jetzt schon ab?«

Lilo beobachtete das Ehepaar Kröger, das freundlich winkte und ausstieg. Entweder hatten sie den Angriff nicht gehört oder sie reagierten richtig, nämlich mit Ignoranz. Allein der Reaktion wegen mochte sie diese beiden Menschen. Vielleicht ergab diese Vereinsmeierei doch einen Sinn, sie konnte die Menschen der Stadt kennenlernen.

»Gehen Sie mit uns? Wir haben einen Kaffee dabei, ich sehe, Sie haben die Wegzehrung vergessen.« Ulrike Kröger lächelte sie an. »Wollen wir vielleicht Du zueinander sagen? Hier duzen sich fast alle. Das macht es manchmal einfacher.« Sie zeigte auf die vorwärts stürmende Eva Wöllert. »Nun ja, manchmal eben. In dem Falle hilft weder die förmliche noch die freundschaftliche Ansprache.«

»Gern. Ich heiße Lilo. Und du bist Ulrike.«

»André.« Ulrikes Mann hielt ihr die rechte Hand hin. »Ein bisschen frisches Blut kann unserer Stadt nicht schaden. Vor allem brauchen wir Menschen mit Träumen.«

»Ach, und was ist dein Traum?« Ulrike gab André einen zärtlichen Kuss auf die Wange. »Eva würde sagen, du willst das Wasser im Tausend-Seen-Land mit deinem Bier vermischen.«

»Wenn es gut ist – warum nicht?«

»Was höre ich da? Wer hat einen guten Tropfen dabei?« Lutz gesellte sich zu ihnen, nachdem er ein paar Worte mit einigen anderen aus der, für einen kalten Sonntagmorgen, großen Gruppe gewechselt hatte. »Und darf ich mich dem Du-Sagen anschließen? Lilo?«

Jetzt fühlte sie sich doch irgendwie überrumpelt. War das ein abgekartetes Spiel? Wollte sie da jemand verkuppeln? Allerdings konnte es auch reiner Zufall sein. Und ja, warum sollten sie und Lutz Meinhard sich nicht duzen. »Okay. Warum nicht. Nachdem wir nun einen gemeinsamen Feind haben, sollten wir uns verbünden.«

Das sollte spaßig klingen, kam aber doch ernst genug bei den anderen an, um nachzufragen. »Feind? Wen meinst du? Die Dame da vorne?« André grinste. »Na, damit wäre der Dame zu viel Ehre zuteil.«

»Ach, das war nur ein Scherz. Ich merke gerade, so etwas liegt mir nicht, ich sollte das sein lassen.«

»Also Du, und nicht mehr Herr und Frau, lassen wir es dabei, ob mit oder ohne Feinden.« Ulrike Kröger legte Lilo ihre Hand kurz auf den Arm und sagte leise: »Freunde wären doch ganz schön in dieser Stadt.«

»Gern. Danke. Kann ich brauchen, denke ich.« Sie gingen nah nebeneinander weiter, als wären sie sehr vertraut miteinander.

Lutz Meinhard hatte nicht verstanden, was die beiden Frauen gesprochen hatten, und fühlte sich ein wenig ausgegrenzt. Auch hatte er Sorge, dass Ulrike ihren Mund nicht halten würde. Er wollte nicht, dass Lilo Glück von seiner Schwärmerei erfuhr, und schon gar nicht durch Dritte.

»Hey, alter Knabe, lass uns den Damen folgen, ehe wir uns noch verlaufen. Meine Ulrike hat einen ziemlichen Schritt drauf, davor muss sogar Eva sich in Acht nehmen.«

»André, mischt euch nicht ein. Okay?« Er blieb stehen und bückte sich, um den Schuh fester zu binden.

»Keine Sorge. Außerdem bist du ja irgendwie noch

gebunden. Carmen ist zwar körperlich weg, aber wenn ich die Musik in deinem Hotel höre, sehe ich sie immer vor mir. Ihr Geist ist da. Im Hotel. Und in dir. Kein Wunder. Ihr wart ja ewig verheiratet. Lass dir Zeit. Und die Lilo läuft so schnell nicht wieder weg. Wenn wir ein Auge auf sie haben.«

»Lass das. Das ist meine Sache. Kein Auge auf Lilo und kein Auge auf mich. Klar?« Er war verärgert. War er so durchschaubar? Und war er dermaßen sentimental, dass er tatsächlich die Erinnerung an Carmen im Hotel und in sich wachhielt? Warum?

»Wie du willst.« André ging nun schneller, um seiner Frau den Arm um die Schultern legen zu können. »Wie viel Kilometer haben wir heute vor uns? Die gute Eva ist in Form. Die Wut treibt sie noch mehr an. Oder ist es die Ohnmacht, dabei zusehen zu müssen, wie andere glücklich miteinander sind?«

»Lass sie. Der Verein ist eine wichtige und gute Sache und wir müssen sie ja nicht ein zweites Mal zur Vorsitzenden wählen.«

Lutz nickte zu Ulrikes Worten. »Genau. Im Herbst sind wieder Wahlen, dann sollte es endlich einen neuen Vorstand geben.«

Lilo hörte den dreien interessiert zu, wie sie über mögliche Nachfolger von Eva Wöllert diskutierten. Doktor Witzke stand hoch im Kurs. Der aber wollte eigentlich seine Ruhe haben und würde kaum kandidieren. Es sei denn, sie könnten seine Frau dazu bringen, ihn zu überreden. Und er wäre der Einzige, der es wagen würde, gegen Eva Wöllert anzutreten. Außerdem: Die Herzen der meisten Vereinsmitglieder flogen ihm einfach so zu.

Lilo vergaß die verletzenden Worte auf der Hinfahrt und dachte ebenso wenig an die letzte Wanderung. Es ging ihr gut. Sie fühlte sich wohl und inmitten dieser Menschen auch gut aufgehoben. Ganz als würde sie dazugehören. Die drei sprachen angeregt weiter über den Verein und erzählten ihr von ihren Plänen. Anfangs hatte Lilo gefroren, das Thermometer hatte morgens auf dem Balkon nur zwei Grad angezeigt. Jetzt war ihr warm geworden – durch das zügige Gehen sowie durch die menschliche Wärme, die ihr großzügig entgegengebracht wurde.

Die scharfe Stimme von Eva Wöllert rief irgendetwas, was nicht bis zu ihnen drang. Sie waren zu weit entfernt. Dann hob sie einen Stiefel auf und zeigte auf ihn.

»Was will sie? Ob wir den verloren haben, will sie wissen?« Lutz dachte laut nach. »Es kann schon mal passieren, dass hier Stiefel herumliegen. Oder andere Dinge.«

»Kennt jemand den Stiefel? Größe 44. Teures Stück, wie es aussieht.«

Lilo verkniff sich den Kommentar, dass man einen Stiefel oder einen anderen Gegenstand höchstens *er*kennen kann, nicht kennen.

Alle schlossen zu Eva auf und umrundeten sie.

»Das sind Stiefel, wie sie viele tragen, die regelmäßig im Forst zu tun haben. Gib mal her.« Johannes Maaß nahm Eva den Stiefel aus der Hand. »Ist der linke. Was eigentlich gleichgültig ist. Wer läuft schon bei diesem Wetter mit einem Schuh herum?«

»Vielleicht liegt der schon länger.« Eva wollte das letzte Wort haben.

»Danach sieht es nicht aus. Gib mal her, da ist was dran.« Doktor Witzke fasste mit zwei Fingerspitzen die

Sohle und hob ihn zu den Augen der anderen. »Sieht wie Blut aus. Vielleicht liegt hier irgendwo jemand und ist verletzt?«

Lilo wurde übel. »Wie kann es sein, dass jemand, der verletzt ist, seinen mit Blut verschmierten Schuh verliert, der dann hier einfach herumliegt?« Ganz leise kamen die Worte aus ihrem Mund, sodass nur Ulrike und Lutz sie überhaupt hörten.

»Lilo. Das muss gar nichts bedeuten. Wirklich. Nur weil wir einmal eine Tote gefunden haben, heißt es nicht, dass jetzt immerfort Leichen unseren Weg pflastern.« Das sollte tröstlich klingen. Doch Lutz zweifelte selbst am meisten an seinen eigenen Worten. »Leichen den Weg pflastern« klang wie eine Bedrohung, wie eine sehr reale sogar.

»Ruf bitte deinen Bruder an. Ich glaube, er wird gebraucht.« Lilo zeigte auf zwei hohe Kiefern, zwischen denen kniehoher Farn etwas verbergen sollte. Etwas, was Lilo störte. Was sich, nachdem Lutz und André nachgeschaut hatten, als der zweite Stiefel, der rechte, herausstellte. Doch in diesem Stiefel steckte noch der passende Fuß, der zum restlichen, vollständig vorhandenen Körper gehörte. Lilo, aber auch alle anderen waren starr vor Schreck: schon wieder eine Leiche, diesmal die eines Mannes, dessen Gesicht durch Verletzungen nicht erkennbar war, kaum versteckt am Rand eines Pfades mitten im Müritz-Nationalpark.

SIEBZEHN

Sie fühlte sich von Maik beobachtet. Weit über die Maßen eines fürsorglichen Trainers hinaus. Sie streifte die Boxhandschuhe ab und winkte den anderen zum Abschied zu.

»Du hast heute mit Wut gekämpft. Deine Deckung dagegen hast du irgendwie vergessen.« Maik stellte sich neben Lilo. »Hängt das mit dem Toten zusammen? Ich finde es gut, dass du zum Training kommst, um dich abzulenken. Aber Boxen ist eine Sportart, zu der immer Disziplin gehört. Niemand soll verletzt werden. Nicht dein Gegner und du ebenso wenig. Aggressionen dieser Art müssen wir im Griff haben.«

Er ist ernsthaft besorgt, dachte Lilo. Mit anderen sprach er in solchen Fällen ganz anders. Sie hatte bereits erlebt, wie er einen Anfänger, der mehrfach seine Anweisungen ignorierte, einfach rausgeworfen hatte. Nach ihrem Auftritt heute müsste er sie erst recht vor die Tür setzen. Sie war sich darüber bewusst, dass sie während der letzten Stunde gegen alle möglichen Boxregeln verstoßen hatte. Doch von Maik war nur eine sachte Ermahnung gekommen, wenn überhaupt, und er hatte sie weitermachen lassen.

»Soll ich ein paar Strafrunden laufen? Oder 100 Liegestützen machen?« Lilo war zum Streiten aufgelegt. Er hatte recht. Sie war wütend. Sie war aggressiv. Wie die anderen sie angeschaut hatten, als sie den toten Mann entdeckt hatte. Eva Wöllert hatte sie sogar angeschrien und sie beschimpft. Sie würde dem Verein Unglück bringen, sie stolpere absichtlich über Tote.

»Diese dumme Person. Diese falsche Hexe«, brach es aus Lilo heraus. »Die meint, ich lege ihr absichtlich Leichen in den Weg. Ich könnte kotzen!«

Maik, gut einen Kopf größer als Lilo, zog sie am Arm hinaus. »Wollen wir reden? Irgendwo ein Bier trinken? Wer ist ›diese Person‹? Wer ist ›sie‹?«

Lilo machte sich von ihm los und schrie ihn an: »Lass mich in Ruhe. Ich komme nächste Woche wieder oder auch nicht. Reden. Ha! Geredet wird schon genug.« Sie lief zur Umkleidekabine und schlug krachend die Tür hinter sich zu.

Das laute Geräusch ließ Lilo aufschrecken. Sie hatte sich nicht im Griff. Nicht, als sie diese Leiche gefunden hatten, nicht, als sie deswegen befragt wurde, obwohl die Polizistin sehr nett zu ihr gewesen war. Und danach ebenso wenig. Mal wieder. Eigentlich hatte sie angenommen, diese Wut, diesen Jähzorn im Griff zu haben. Doch nun war alles wieder da. In ihr. Und sie spürte ein unbändiges Toben in sich, das hinauswollte. Ganz deutlich bahnte es sich seinen Weg heraus, aus dem Bauch kam es, stieg hinauf und ließ Lilo Dinge tun und sagen, die sie im Grunde verabscheute. Sie kannte das von früher. Manchmal war es so schlimm gewesen, dass sie vor einem ihrer Kinder stand, schrie und kurz davor war, es zu schlagen. Kurz davor, dachte sie. Jetzt bin ich mehr als kurz davor. Ich möchte um mich schlagen. Mich endlich wehren. Aber, dachte sie weiter, dann muss es die

Richtigen treffen. Die, die mir das angetan haben. Die mich zu dem gemacht haben, was ich bin. Sie setzte sich auf eine der Umkleidebänke. Wer soll das sein? Wer hat mir das angetan? Meine Eltern? Die Stasi? Die alte oder die neue Heimat? Die Mitschüler?

Das Toben ließ nach, denken half ihr immer. Alleinsein und nachdenken. Reden konnte sie über diese Dinge nicht. Nicht einmal mit Christoph hatte sie über all das sprechen können. Mit manchen Dingen war sie immer schon allein geblieben. Sie war nie in der Lage gewesen und war es auch heute nicht, über ihre Ängste aus der Kindheit zu sprechen. Die täglichen Schmähungen, denen sie ausgesetzt war, nie körperlich, nein, sie war eine Ausgestoßene gewesen und sehr oft kurz davor, daran zu zerbrechen. Auch aus dem Grund war sie Buchhändlerin geworden. Sie sprach mit den Figuren ihrer Lieblingsromane, von ihnen holte sie sich Trost und sie wusste, sie würden für sie da sein. Gleichgültig was kam. Sie schämte sich. Und blieb sitzen. Sie hoffte, keine der anderen würde jetzt in die Kabine kommen. Sie hatte sich gehen lassen. Hatte sich nicht im Griff gehabt. Am liebsten würde sie sich irgendwo verkriechen, für viele Tage. Niemanden sehen half ihr. Doch das ging nicht. Das Geschäft und die Kinder. Und wie sollte sie das ihren Eltern klar machen? Sie müsste mit ihnen über alles reden. Nein. Weitermachen.

Sie stand auf, griff ihre Tasche und verließ mit ruhigen Schritten den Raum. Im Flur traf sie auf die anderen. »Entschuldigt bitte. Das war alles ein bisschen viel in letzter Zeit. Ich muss wohl mal Pause machen.«

Anke, eine sehr große Frau, die am Markt in der Apotheke arbeitete, zwinkerte ihr zu. »Kein Problem. Wir haben alle gelegentlich schlechte Tage. Und zweimal über eine Leiche zu stolpern ist ja kein Zuckerschlecken.«

Lilo nickte kurz und verabschiedete sich. Zuckerschlecken. Wie man dieses Wort in einem Satz mit einem Toten verwenden konnte, begriff sie nicht. Anscheinend wusste schon die ganze Stadt davon, dass ausgerechnet sie innerhalb weniger Wochen wiederholt über Leichen stolperte. Diese Tatsache verwunderte sie jedoch nicht. Neustrelitz war doch nur ein Dorf, zumindest was die Buschtrommeln betraf, die hier sehr gut funktionierten. Neuigkeiten, vor allem negative, verbreiteten sich schneller und manchmal verheerender als ein Buschfeuer.

Ihr Telefon klingelte in der Tasche ihrer Jacke, die sie noch über dem Arm trug. Lilo zog sich die Jacke hastig über, ignorierte jedoch das Telefon, als sie die Straße zum Glammi überquerte. Sie wollte schnell nach Hause, die Kinder in den Arm nehmen, mit ihnen zu Abend essen und die Leichen und ihre Wut einfach vergessen. Sie nahm die Abkürzung am See, die letzten Schritte hinauf zum Aussichtsplatz rannte sie mit gesenktem Kopf, was sie immer tat, sobald sie lief. Ein bisschen Kondition hatte ihr das Boxtraining gebracht, stellte sie für sich fest. Ein kurzer Sprint brachte sie nicht mehr außer Atem.

Oben angekommen hob sie den Blick und erkannte das Auto des Kriminalhauptkommissars. Da niemand darin saß, vermutete sie ihn bereits an oder sogar in ihrer Wohnung. Spontan wollte sie umdrehen, um eine Begegnung zu vermeiden. Allerdings mochte sie es nicht, wenn er mit den Kindern sprach. Die sollten aus all dem herausgehalten werden. Was konnten sie dafür, wenn ihre Mutter neuerdings ständig mit der Polizei zu tun hatte. Sie überwand sich und sah auf ihr Handy. Mehrere

Nachrichten ließen sie wissen, dass die »Bulizei«, wie Sam geschrieben hatte, sie sprechen wollte. Zu Hause. Nun gut, dachte sie. Ich habe zwar bereits gestern alles ausgesagt, doch das scheint diesem Jens Meinhard mal wieder nicht zu genügen. Sie straffte sich und wartete den Verkehr ab, ehe sie mit langen Schritten auf die Haustür zueilte. Das Treppenhaus betrat sie langsam, in der Hoffnung, ihr würde einfallen, wie sie den Herrn aus der Wohnung jagen könnte. Das musste doch möglich sein.

*

»Frau Glück, es tut mir sehr leid. Aber ob Sie wollen oder nicht, ich muss Ihnen diese Fragen stellen. Der Mann, den Sie gestern gefunden haben – kannten Sie ihn?«

Sie schnaubte in ihr Taschentuch, um ihre Wut zu verbergen. »Das habe ich gestern schon der Beamtin gesagt.«

»Was haben Sie ihr gesagt? Dass Sie ihn nicht kannten? Nein, das haben Sie ihr nicht gesagt. Sie haben sie angeschrien, dann die anderen aus der Gruppe, dann meinen Bruder. Anschließend wollte der Arzt Ihnen etwas zur Beruhigung geben, was Sie veranlasst hat, auch ihn anzuschreien. Und obwohl Sie dermaßen unhöflich zu dem Mann waren, hat er dafür gesorgt, dass mein Bruder Sie nach Hause bringen durfte, ohne dass Sie irgendetwas Verwertbares gesagt haben.«

Ohne eine Antwort verließ Lilo die Küche. Jens Meinhard blieb an seinem Platz stehen und sah durch das große Fenster auf die Straße. Sie hatte ihm keinen Platz angeboten. Sie wollte nicht mit ihm sprechen. Ihre Augen hatten ihn wütend angesehen, als sie immer wieder den

Kopf schüttelte. Mit dieser Frau stimmte so einiges nicht. Es konnte ein Zufall sein, dass sie auf zwei Tote gestoßen war. Bei einer Wanderung. Aber es musste kein Zufall sein. Vielleicht war sie clever und wollte mit ihrem Theater alle in die Irre führen. Es gab eine Aussage, die Lilo Glück als Verdächtige darstellte. Allerdings war diese Aussage kaum ernst zu nehmen, warf sie der Buchhändlerin doch vor, Menschen zu töten, um den Verein »Neustrelitzer Marktquartier« zu sabotieren.

Jens hörte Schritte hinter sich, drehte sich um und hoffte, Lilo Glück wäre endlich bereit, mit ihm zu sprechen.

»Wollen Sie etwas trinken?« Marius öffnete den Kühlschrank. »Meine Mutter trinkt gern mal ein Bier, wir haben also welches hier. Möchten Sie vielleicht eins?«

Der Kriminalhauptkommissar lächelte. »Das ist nett. Aber ich glaube kaum, dass deine Mutter mit mir ein Bier trinken möchte.«

»Hier, nehmen Sie und gehen Sie damit auf den Balkon.« Marius reichte ihm zwei Flaschen. »Wäre schön, wenn meine Schwester und ich die Küche haben könnten. Es ist Abendbrotzeit.«

Jens Meinhard sah auf die Uhr. An so etwas hatte er nicht gedacht. Dass er hier eine Familie störte. In ihrem Leben. Selbst wenn die Mutter sich merkwürdig verhielt, sollten die Kinder nicht darunter leiden. »Entschuldige. Deckt für eure Mutter mit, ich bleibe nicht mehr lange.«

»Wollen Sie etwas mitessen? Wir haben genug da.«

»Oh nein. Das geht nicht. Aber danke.« Jens ging die wenigen Meter durch die Wohnstube und öffnete die große Glastür. Zuerst schob er die Flaschen hinaus, dann sich selbst. »Ihr Sohn meinte, wir sollten uns stärken.«

Lilo stand an der Brüstung und warf ihm einen kurzen Blick zu. »Geben Sie her. Haben Sie einen Flaschenöffner?«

Er hob die Schultern. »Soll ich einen holen?«

»Ach was. Damit geht es auch.« Mit dem Feuerzeug gelang es ihr, ihre Flasche zu öffnen. »Tauschen wir. Schließlich bin ich die Gastgeberin.«

»Danke. Woher wissen Sie, dass ich mit einem Feuerzeug lediglich eine Flamme entfachen kann?«

»Menschenkenntnis, Herr Kommissar. Prost.«

Sie tranken beide, ohne den anderen dabei zu beachten.

»Ihr Sohn ist sehr nett.« Jens kam sich ein wenig dumm vor, hier mit einer Frau Bier zu trinken, die er eigentlich befragen sollte.

»Sie meinen, er ist im Gegensatz zu mir sehr nett? Na, das ist kein Wunder. Er hat viel von seinem Vater. Christoph war charmant, fürsorglich und wusste stets, was gut und richtig war.« Sie nahm einen weiteren Schluck. »Wissen Sie, er hat mir viel abgenommen die ganzen Jahre. Vor allem meine Unsicherheit. Und meine Ängste.« Sie stieß ihr Bier gegen seines. »Sie sind hier, weil Sie wissen wollen, was ich gesehen habe. Und nicht, weil Sie etwas über meinen Mann erfahren sollen. Also lassen wir das.« Lilo atmete tief durch. »Ich bin anscheinend ausgeflippt, als ich den Mann sah. Den toten Mann. Wahrscheinlich gibt es eine Erklärung für mein Verhalten. Sehr wahrscheinlich sogar. Ich mag keine toten Menschen. Besser gesagt, ich mag den Tod nicht. Es graust mir vor ihm. Müsste nicht jeder ausflippen, wenn er einen Menschen findet, der viel zu früh gestorben ist?« Sie dachte laut darüber nach, warum sie sich so verhielt. »Jetzt müssten Sie sagen: ›Sie wissen doch gar nicht, ob die Toten, über die Sie fast gefallen sind, zu früh gestorben sind. Zumindest bei dem ersten Fund war das für Sie nicht ersichtlich.‹ ›Ja‹, würde ich sagen und Ihnen zustimmen. Ich wusste es nicht. Habe ich es geahnt? Ich weiß es nicht. Es war grausam. Und der Mann, voller Blut und mit offenen Augen, das war noch grausamer als der Schädel. Ich bin nicht nah genug herangegangen, das haben andere gemacht. Doktor Witzke und seine Frau, nehme ich an. Ich kann mich nicht erinnern, was danach geschah. Ich weiß nur, dass ich ihn gesehen habe.«

Jens wartete, ob sie weitersprechen wollte. Als sie mehrere Minuten schwieg, sagte er: »Demnach haben Sie ihn nicht genauer gesehen. Sie können also nicht sagen, ob Sie ihn kannten. Sein Name war Martin Friedemann. Er arbeitete in Hohenzieritz im Nationalparkamt und …«

Lilo unterbrach ihn. »Und er hatte im Mai Geburtstag, am 12. Mai. Er hatte eine Schwester. Er ist in Neustrelitz aufgewachsen, wohnte in der Tiergartenstraße.«

Jens Meinhard starrte sie an. »Sie kennen ihn? Näher?«

»Nein. Nicht näher. Damals gingen wir in eine Klasse. Und haben uns danach nie wieder gesehen. Ich bin ihm nicht mehr begegnet. Bis gestern.« Sie zeigte auf ihre leere Flasche. »Ich möchte noch eines. Sie auch?«

Ohne seine Antwort abzuwarten, ging sie hinein und kam nach sehr kurzer Zeit mit dem Bier zurück.

»Hier. Meine Tante hat immer gesagt: ›Auf einem Bein kann man nicht stehen.‹« Sie drückte Jens das Bier einfach in die freie Hand. »Das Leere geben Sie mir, ich stelle es in den Blumenübertopf.«

Er bemerkte, dass er seine Flasche tatsächlich auch schon ausgetrunken hatte. »Oh, ich hatte wohl mehr Durst als angenommen.« Er bückte sich und stellte die

Flasche in den Topf. Es war inzwischen dunkel geworden und Jens wusste, dass es vernünftiger wäre, zu gehen, nicht nur der fortgeschrittenen Stunde wegen. »Ihre Kinder warten auf Sie, denke ich. Deshalb sollte ich gehen und nichts mehr trinken.« Insgeheim wünschte er sich, sie würde ihn vom Gehen abhalten. Zu gern wüsste er, weshalb sie, trotz der offensichtlichen Überraschung und im Gegensatz zu ihren bisherigen Reaktionen, ruhig geblieben war in dem Moment, als er den Namen des Toten genannt und sie erfahren hatte, dass der Tote ein Bekannter war. Ein Mitschüler sogar.

»Herr Meinhard. Bitte. Sagen Sie mir, was es mit den Toten im Nationalpark auf sich hat. Warum mussten sie sterben? Wissen Sie, bei uns im Land der Tausend Seen sollte es so etwas nicht geben. ›Gewaltsame Todesfälle‹, heißt es doch. Und nun Martin Friedemann. Wissen Sie, wie lange ich den Namen nicht mehr gehört habe? Und auch nicht hören wollte? Er war damals kein nettes Kind.« Er hat andere getriezt, wollte sie sagen, doch sie bremste sich. Das ging die Polizei nun wirklich nichts an.

»Wie meinen Sie das: ›Er war kein nettes Kind‹? Was hat er getan?«

Sie winkte ab. »Das ist alles zu lange her. Ich kann mich nicht erinnern.« Und ich will es nicht. Das ist Vergangenheit und damit vorbei. Sie hätte nicht sagen sollen, dass Martin nicht nett war. Sie bereute es, mit Jens Meinhard ein vertrauliches Gespräch geführt und sich geöffnet zu haben. Ein Fehler. Jetzt würde er weiterfragen, anstatt Ruhe zu geben.

»Was ist damals passiert? Hat er Ihnen etwas getan?«

»Ich denke, Sie sollten gehen. Ich muss mich um meine

Kinder kümmern. Sie haben ja keine und kennen aus dem Grunde auch keinen Feierabend, nehme ich an.«

Was ist falsch gelaufen, grübelte Jens. Erst redet sie nicht mit mir, dann trinken wir zusammen Bier und sie erzählt von sich. Auch als sie erfährt, wer der Tote ist, bleibt sie zugänglich, bis sie etwas Negatives über ihn sagt. »Frau Glück. Wenn es darum geht, dass es Ihnen unangenehm ist, was Sie über Martin Friedemann gesagt haben, dann vergessen Sie das. Wir müssen sein Leben ohnehin durchleuchten, um zu erfahren, wer ihm dies angetan hat und warum.«

»Nein. Gehen Sie. Ich habe mehr gesagt, als ich hätte sagen sollen. Ich bitte Sie, meine persönlichen Dinge aus Ihren Ermittlungen herauszuhalten.« Lilo nahm ihm das Bier aus der Hand und ging voran in die Wohnung.

Jens blieb nichts anderes übrig, als ihr zu folgen. Vom Flur sah er kurz in die Küche, die beiden Kinder saßen am Tisch und aßen. »Tschüss, ihr zwei. Und Marius, danke.«

Lilo riss die Wohnungstür auf und sagte sehr laut: »Es reicht. Lassen Sie meine Kinder in Ruhe.« Sie spürte, wie die Wut zurückkam.

Er hielt ihr die Hand zum Abschied hin. »Auf Wiedersehen.«

Sie ignorierte das. Am liebsten hätte sie ihn hinausgeschoben. Grob und schnell und unwiderruflich. Vielleicht sollte sie ihn gleich die Treppe runterwerfen?

»Sie müssen morgen wegen des Protokolls in mein Büro kommen. Bitte um 10 Uhr.« Jens versuchte, höflich zu bleiben und sie nicht merken zu lassen, wie verwirrt ihn ihr Verhalten machte.

»Ich kann da nicht. Ich muss ins Geschäft.« Jedes Wort zu laut, sie wusste es und konnte doch nicht anders.

»Ich weiß nicht, warum Sie sich plötzlich wieder so merkwürdig verhalten. Trotzdem ist das morgen kein Kann-Termin. Sie kommen. Ansonsten lasse ich Sie mit dem Streifenwagen abholen.« Er hoffte, sie wusste, dass dafür keine Handhabe vorlag.

»Ich komme. Jetzt hauen Sie endlich ab!«

Sie schlug die Tür hinter ihm zu, gerade, als er den zweiten Fuß über die Schwelle gezogen hatte. Was war bloß mit dieser Frau los? Er blieb kurz im dunklen Hausflur stehen, lauschte auf ihre Stimme, die noch immer zu laut war und etwas sagte, was er nicht verstand. Aber bald hörte er nichts mehr. Wenigstens schien sie sich vor den Kindern nicht gehen zu lassen. Er suchte sich den Weg nach draußen im Dunkeln.

Oben auf dem Balkon hatte er die Kälte, die hier draußen herrschte, nicht wahrgenommen. Die Straßenlaternen strahlten ein warmes Licht hinüber zum See, als wollte es ihm Trost spenden. Er fand es schade, mit dem Auto gekommen zu sein. Gern wäre er ein paar Meter zu Fuß gegangen, um den Kopf frei zu bekommen. Doch er hatte noch einen Termin. Er wollte den Vorgesetzten von Martin Friedemann vom Bahnhof abholen. Am Telefon hatte der ihm seine Ankunftszeit mitgeteilt. Er brauchte nicht auf die Uhr zu schauen, um zu wissen, dass es knapp werden würde.

*

Lilo saß auf dem Sofa, Marius neben ihr. Sie hatten zwar den Fernseher angemacht, nahmen aber nichts von der Sendung wahr. Sam schlief endlich. Nach dem Abendessen hatte Lilo erzählt, was am Tag zuvor geschehen war. Zumindest die Tatsache, dass ein weiterer Toter die Sonntagswanderung unmöglich gemacht hatte. Marius hatte es längst gewusst, Sam hingegen war sichtlich überrascht gewesen und hatte ihrer Mutter ernst gesagt, sie solle nun lieber vorerst nicht mehr mit dieser Gruppe wandern gehen.

»Es ist Zufall, Mama. Lass die reden, was sie wollen. Dass ausgerechnet dein ehemaliger Schulkumpel tot ist, dafür kannst du nichts.«

»Was reden sie denn? Natürlich ist es Zufall. Was sonst? ›Schulkumpel‹ nennst du das. Bei uns hieß es Schulkamerad.« Beides traf nicht zu. Martin war weder ein Kumpel noch ein Kamerad gewesen, sondern ein ekelhafter Junge. Immer gemein. Immer dumme Sprüche. Lilo wünschte, Marius würde endlich ins Bett gehen. Aber er meinte es gut und wollte sie nicht allein lassen.

»So habe ich es nicht gemeint. Ernsthaft.«

»Ich weiß. Geh bitte ins Bett. Wir müssen früh raus und wenn ich mich nicht irre, schreibst du morgen eine Klausur. Mathe?«

Er schüttelte den Kopf. »Wir haben Ferien. Schon wieder vergessen? Die Klausur ist erst nach Ostern dran. Und das kriege ich hin. Keine Sorge.«

»Oh, ich werde alt. Trotzdem. Es ist spät. Und ich möchte hier ein wenig allein sitzen.«

»Du bist zu viel allein. Sagt Oma auch.«

»Ach, sagt Oma auch? Und was sagt Opa dazu?«

Beide grinsten sich an und zitierten Lilos Vater: »Lass das Kind doch!«

»Hör auf deinen Opa. Lass das Kind, also in dem Fall ausnahmsweise mal deine Mutter, so, wie sie ist.«

»Oma macht sich Sorgen. Und Mama, du bist zu lange schon allein.«

»Nicht jetzt das Thema auch noch. Ich bin nicht allein. Ich habe euch. Und dazu eure Großeltern und meine Kollegen und den Laden. Ich bin nie wirklich allein. Machen wir Schluss.« Sie tippte auf die Fernbedienung. Lediglich die kleine Tischlampe neben der Tür erhellte jetzt den Raum.

»Du weißt, was Oma meint.«

»Egal jetzt! Muss ich erst wieder lauter werden? Damit du ins Bett gehst? Gehe bitte! 'Nacht!«

»Mama, Sam schläft.«

»'tschuldigung. Ich habe dich sehr lieb. Schlaf gut.«

»Ich dich auch. Gute Nacht.« Marius gab seiner Mutter einen Kuss und nahm sie in den Arm.

Lilo hielt zärtlich seinen Kopf zwischen den Händen und sah ihn von unten herauf an. »Du bist nicht nur groß geworden. Du bist richtiggehend gewachsen. Danke.«

Später saß sie in ihrem Sessel neben dem Bett und hielt ein Buch fest. Ein altes, das ihr Vater ihr einmal geschenkt hatte. Eine Erstausgabe von Falladas »Wolf unter Wölfen«. War sie ein Wolf? Martin Friedemann, was mochte er getan haben in all den Jahren des neuen Lebens? Was tat ein Mitarbeiter des Nationalparkamts? War er geblieben, was er früher war? Denise würde vielleicht Antworten haben. Antworten auf Fragen, die sie eigentlich nicht stellen wollte. War sie nun gezwungen, sich mit all dem wieder befassen zu müssen? Konnte nicht alles bleiben, wie es war? Ohne einen schmerzhaften Rückblick? Denn schmerzhaft war für sie jeder Rückblick in die weitere Vergangenheit. Sie hatte sich nie gewünscht, dass damals etwas anders verlaufen wäre, dass Menschen anders gewesen wären. Dafür war sie zu sehr Realistin. Dieser Realismus in ihr hatte sie von Anfang an, gleich, nachdem Christoph verunglückt war, keinen Moment an dieser Tatsache zweifeln lassen. Sein Tod war Realität und konnte durch nichts rückgängig gemacht werden. Keine einzige dieser schmerzvollen Erfahrungen in ihrer Vergangenheit hatte sie stärker werden lassen. Im Gegenteil.

Die Toten nun, diese Frau und Martin Friedemann, ließen eine weitere Ohnmacht in ihr zurück. Sie fühlte sich schuldig. Brachte sie womöglich anderen Menschen tatsächlich Unglück? Wie Eva Wöllert behauptete. Und war sie selbst schuld daran, dass ihr diese Dinge passierten? Auch hier war sie Realistin und wusste, dass das Unsinn war. Trotzdem blieb ein Schuldgefühl in ihr, das sie nicht bekämpfen konnte.

ACHTZEHN

»Ich fürchte, diese Lilo Glück wird vom Pech verfolgt. Erst diese Frau, über deren Schädel sie stolpert, und jetzt ihr alter Schulfreund. Glaubst du, sie hat etwas mit den Mordfällen zu tun?«

»Erstens nützen Glaube und Vermutungen rein gar nichts und zweitens gibt es noch einige mehr, die dabei waren, als die Leichen gefunden wurden.«

Wilko Janssen war froh, dass sein Chef das zur Sprache brachte. Denn neben der Buchhändlerin gab es mehr als zwei Hände voll Vereinsleute, die zur selben Zeit am selben Ort gewesen waren. Unter ihnen auch Lutz Meinhard. Was langsam heikel wurde. Warum Jens so viel Narrenfreiheit hier genoss, obwohl sein Bruder in beiden Fällen eine Rolle spielte, verstand Wilko nicht. Er antwortete nur kurz und stellte eine Gegenfrage: »Das ist klar. Meinst du, jemand will der Glück eine Falle stellen? Also, sie in etwas reinziehen?« Und dein Bruder, warum ist der immer dabei, hätte er gerne noch hinzugefügt, traute sich aber nicht.

»Ein Ansatzpunkt. Ein möglicher zumindest. Wer außer diesem Wandertrupp wusste von dem Vorhaben dieser Wanderungen? Ich glaube zwar nicht an diese Richtung, trotzdem sollten wir das überprüfen. Du lässt dir sämtliche Namen von den Personen geben, die von den Ausflügen wussten und die nicht ohnehin auf unserer Befragungsliste stehen. Und schau nach, wer von denen mit den Toten in irgendeiner Verbindung stand. Was für eine auch immer. Jede kleinste Bekanntschaft kann eine Rolle spielen. Diese Eva Wöllert ist nicht gut auf Lilo Glück zu sprechen. Und auf viele andere auch nicht. Entweder ist da was dran oder sie ist von Natur aus unzufrieden. Ich schaue mir die Leute beim Nationalparkamt an, heute Mittag habe ich einen Termin dort. Die haben mir versprochen, dass ich alle Kollegen von Friedemann antreffe. Wenn du bis dahin durch bist, kommst du mit, ansonsten kommst du nach. Die Befragungen im Amt werden den ganzen Nachmittag dauern. Die Spurensicherung ist schon vor Ort und nimmt Friedemanns Schreibtisch auseinander. Die Kollegen unseres Opfers werden herumlaufen wie aufgeschreckte Hühner. Eventuell verrät sich eines der Hühner in der Aufregung.«

Jens' Handy klingelte. »Ja. Gut. Vorne in die Zwei bitte. Danke.« Er stand auf und steckte das Telefon in die Hosentasche. »Meine Zeugen sind da. Du kümmerst dich jetzt um Eva Wöllert. Bis nachher.«

Wilko Janssen wäre gern dabei gewesen. Lilo Glück, Lutz Meinhard und das Ehepaar Kröger sollten laut Terminplan am Vormittag befragt werden. Er selbst hätte sie gern verhört. Wenigstens bei zwei von ihnen bestand ein begründeter Verdacht, wie er fand. Stattdessen saßen jetzt alle zusammen ohne ihn in Zimmer zwei, das war die Teeküche, in der auch der Kaffeeautomat stand. Gemütlich. Vielleicht hatte die Buchhändlerin weitere Talente wie beispielsweise Kuchenbacken. Oder diese Ulrike Kröger. Eine würde schon backen können. Er war kurz davor, aufzuspringen und nachzuschauen. Doch er konnte nicht ohne Grund dort auftauchen.

Er suchte die Nummer von Eva Wöllert heraus und rief sie an. Sie versprach, ihm die Liste aller zum Wandern Eingeladenen zuzumailen, was bereits geschah, noch während sie ihm von ihrem Verdacht erzählte. Er bat sie, sich telefonisch zur Verfügung zu halten und legte auf. Diese Frau war eine Nervensäge, das musste er zugeben. Und ihre Beschuldigungen Lilo Glück gegenüber waren vollkommen haltlos. Auch das musste er zugeben. Über Lutz Meinhard hatte sie kaum etwas gesagt, außer, dass die Buchhändlerin ihn maßlos ausnutzen würde und damit seine Gutmütigkeit überstrapazierte. Wenigstens konnte er mit dieser Liste seinen Chef stören. Er war einfach zu neugierig, warum sie ausgerechnet in der Teeküche zusammensaßen.

Wilko druckte die Liste aus und ging forsch in den ersten Stock hinunter. Er klopfte nur kurz und drückte fast im selben Moment die Klinke hinunter. Der Hauptkommissar war nicht da und Lilo Glück ebenso wenig. Nur Lutz Meinhard saß am Tisch. Ein Blick über den Tisch – kein Kaffee, kein Kuchen. Nichts.

»Bin ich jetzt dran?« Lutz Meinhard sprang auf. »Wäre schön, wenn ich bald wieder ins Hotel könnte.«

»Setzen!« Der Kommissar schloss die Tür wieder und hoffte, dass ihn niemand beobachtet hatte. Was hatte er gewollt? War es jetzt so weit, dass er mit allen Mitteln einem Kollegen eins auswischen wollte? Ja, dachte er. Ich kann den Kerl nicht leiden. Der schwebt immer irgendwie. Über allem. Und alle haben Respekt. Und mich macht er nieder, wann er kann. Dieses Scheißkaff hier. Ich will wieder weg.

Verdrossen lief Wilko die Treppe hinauf und zurück in sein Büro. Dort machte er sich an die Arbeit und überprüfte, welche neuen Namen auf der Liste auftauchten. Es gab weit mehr Vereinsmitglieder als angenommen. Aber was machte das für einen Sinn? Warum sollten die sich Tote vor die Füße legen? Trotzdem glich er die Namen ab, sammelte sämtliche im Netz erhältliche Informationen über jeden einzelnen und speicherte all das in einer Datei. Nach über zwei Stunden akribischer Arbeit stellte er diese in den gemeinsam genutzten Ordner »Nationalparkmorde2018«. Am Mittag wollte der Chef nach Hohenzieritz fahren. Was hieß das eigentlich? 12 Uhr oder 13 Uhr? Konnte er sich erlauben, wenigstens schnell in die Kantine zu gehen, um eine Kleinigkeit zu essen? Die Jacke des Hauptkommissars hing noch an seinem Platz. Deshalb beschloss Wilko Janssen, nicht auf sein Mittagessen zu verzichten. Der Chef hatte gesagt, auf dem Nationalparkamt würden sie den ganzen Nachmittag verbringen, was hieß: kein pünktlicher Feierabend.

Als er aufstehen wollte, kam Jens Meinhard ins Büro zurück.

»Wir fahren gleich. Du bist fertig, wie ich gesehen habe. Scheinen schon mal ganz gut zu sein, deine gesammelten Daten.«

»Ich wollte gerade was essen gehen. Kommst du mit?« Der Höflichkeit halber fragte Wilko.

»Ich war schon. Gibt nichts Gutes heute. Wir halten kurz beim Bäcker, da kannst du dir schnell was holen.« Der Hauptkommissar griff nach seiner Jacke und ging voraus. Als Wilko Janssen ihm nicht sofort folgte, rief er: »Komm schon. Oder brauchst du eine schriftliche Einladung?«

Wie der Kommissar diesen Ton hasste. Alle auf dem Gang hatten gehört, wie er mal wieder wie ein Hiwi behandelt wurde. Er schnappte sich seine Sachen und ging absichtlich langsam hinterher. Es sollte nicht so aussehen, als würde er springen, wenn der Chef was sagte.

»Kommst du endlich? In Ostfriesland mag das Schleichen ja als normale Geschwindigkeit gelten. Bei uns nicht.« Jens Meinhard rannte inzwischen die Treppe hinunter, als müsse er ein Leben retten.

Wilko Janssen blieb nichts anderes übrig, er musste sich dem Tempo anpassen, damit nicht noch weitere Sprüche kämen und er damit vollends seine Würde verlieren würde.

NEUNZEHN

Jens Meinhard kannte und mochte Hohenzieritz. Er war schon oft im Park gewesen und auch das Schloss faszinierte ihn, das neben dem Nationalparkamt das Zuhause des Museums für Königin Luise geworden war. »Warst du schon mal dort? Wusstest du, dass der Kopf von Königin Luise verloren ging und unverhofft wiederauftauchte? Wer Luise war, wirst du ja wissen, oder?«

Wilko schüttelte den Kopf.

»Na ja, ein wenig Nachhilfe in Sachen Geschichte des Herzogtums von Mecklenburg-Strelitz kann selbst dir nicht schaden. Also, Königin Luise von Preußen war die Tochter von Herzog Carl zu Mecklenburg, das Schloss Hohenzieritz die herzogliche Sommerresidenz. Dort starb Luise im Jahr 1810 im Alter von 34 Jahren. Ihr Sterbezimmer wurde zur Gedenkstätte, die unter anderem einen Abguss ihres Sarkophags und das marmorne Kopfstück der Königin beherbergt. Dieser Kopf jedenfalls wurde der Überlieferung nach 1945 von Sowjetsoldaten aus dem Fenster geworfen. Und jemand muss ihn mitgenommen haben. Am 19. Juli 2000, am Tag der Wiedereröffnung der Gedenkstätte, lag das Marmorstück in Zeitungspapier eingewickelt vor der Tür. Der Finder und Bringer blieb zunächst unerkannt.«

Wilko Janssen saß neben seinem Chef im Auto und hörte nur mit halbem Ohr hin. Es interessierte ihn nicht und er war sauer. Er fühlte sich durchgängig schlecht behandelt. Verlorene Köpfe. Wahrscheinlich irgendwelche Märchen für Touristen. Die anscheinend diesen Flecken, für ihn völlig unverständlich, in Scharen bereisten und das auch noch freiwillig.

»So, jetzt hast du wieder was dazugelernt. Das kannst du deinen Eltern mal erzählen und damit angeben.«

»Die fahren schon genug rum. Einfach sitzen und schnacken, das können die gar nicht mehr.« Das war ihm so herausgefahren. Wie ein Rülpser oder, schlimmer noch, wie ein Furz, genauso peinlich.

»Na ja, die wollen eben noch was erleben.«

»Egal. Ich schau mir das Schloss irgendwann an, sobald der Dienst mir Luft lässt.«

Der Hauptkommissar erwiderte nichts darauf. So langsam fand er das pubertäre Gehabe seines Kollegen nicht mehr witzig. Er bog hinter Peckatel rechts ab und versuchte, sich nicht weiter darüber zu ärgern. Bisher gab es keine Anhaltspunkte, wer auf Martin Friedemann geschossen haben könnte. Und zudem gab es noch den alten Mord. Doris Hamann. Der Bruder galt weiterhin als verdächtig, aber eigentlich nur, weil es an weiteren Verdächtigen mangelte. Jens hoffte, dass beide Morde zusammenhingen. Der zweite Tote so kurz nach dem Auffinden der ersten Leiche. Die Vergangenheit von Friedemann musste durchleuchtet werden. Wenn es einen Zusammenhang gab, dann lag der 28 Jahre zurück.

In Hohenzieritz bog Jens links ab Richtung Prillwitz, bis zum Schild, das auf das Schloss hinwies. Auf den letzten Metern bis zum Parkplatz grübelte er, welches

Motiv für die Morde, wenn sie denn zusammenhingen, infrage käme. Der Parkplatz war nicht abgesperrt, wie er es sich gewünscht hätte. Da er bisher nicht endgültig wusste, ob die Schusswunde tatsächlich die Todesursache war, und der Fundort laut der Rechtsmedizinerin nicht dem Tatort entsprach, war es gut möglich, dass Friedemann an seinem Arbeitsplatz getötet worden war. Doch dann würden sie vermutlich kaum mehr fündig werden, denn inzwischen waren längst alle Spuren, wenn nicht komplett beseitigt, so doch auf jeden Fall verwischt. Die Rechtsmedizinerin Barbara Smetanowa wollte ganz sichergehen und jede andere Todesursache ausschließen. Sie hatte ihm für den Abend den abschließenden Bericht zugesagt.

»Der Fundort im Wald war nicht der Tatort. Der Tote ist bewegt worden. Wie weit, wissen wir noch nicht. Diese Wandergruppe hat einige Spuren ruiniert.« Jens musste laut denken. In der Vergangenheit hatte er Kollegen gehabt, mit denen er gemeinsam laut denken konnte. Mit dem Ostfriesen klappte das nicht. Noch nicht. Irgendwie musste er ihm das beibringen. »Wenn wir davon ausgehen, dass der Schuss den Mann umgebracht hat, konnte er nicht mehr selbst gehen, er musste also transportiert werden. Was meinst du, wie stark muss man sein, um jemanden dieser Größe und dieses Gewichts tragen zu können?«

»Wieso tragen? Man könnte ihn doch auch hinter sich herziehen oder auf einer Schubkarre transportieren oder was weiß ich.« Wilko Janssen hob ungeduldig die Augenbrauen.

»Auch eine Möglichkeit beziehungsweise gleich mehrere. Die wir aber ausschließen können. Derartige Spuren, die die Wandergruppe sicher nicht komplett hätte vernichten können, wurden im Umkreis der Leiche nicht gefunden.«

»Was soll das? Warum fragst du dann, wenn du selbst alles weißt?« Sie hatten längst vor dem Schloss gehalten und Wilko Janssen öffnete ungeduldig die Beifahrertür.

»Halt! Ich frage nicht. Ich denke laut. Und es wäre hilfreich, wenn du auch laut mitdenkst. Und Fragen stellst. Und Ideen einwirfst. Du bist keine 16 mehr, du bist schon eine Weile erwachsen. Du willst ein guter Polizist sein? Dann werde es endlich. Hör auf, anderen an etwas die Schuld zu geben. Du musstest nicht nach Mecklenburg kommen. Niemand hat dich gezwungen. Nicht deine Eltern und auch keine Dienststelle. Du bist aus freien Stücken gekommen. Wenn es dir nicht passt, dann solltest du es sagen und wieder gehen. Ich brauche keinen Kommissar an meiner Seite, der nur widerwillig das tut, was ich sage. Überleg es dir. Wenn du gehen willst, geh. Wenn du bleiben willst, bleib, aber dann komm endlich an bei uns und finde dich damit ab, dass ich dein Chef bin, dass man hier mehr Kaffee als Tee trinkt und dass deine Fähigkeiten nur wachsen, wenn du zu lernen bereit bist.«

Wilko Janssen hatte die Tür wieder geschlossen. Jens Meinhard war zwar nicht laut geworden, aber wer in den Wagen sah, wusste, dass der Hauptkommissar sich seinen Kommissar vorknöpfte.

»Und wenn ich nicht gehe und trotzdem nicht bereit bin, dein Diener zu sein?« Er wusste, es war falsch, so etwas zu sagen. Er konnte aber nicht anders.

»Dann bist du bekloppt. Denn dann werde ich für deine Versetzung sorgen.« Jens Meinhard war zornig, er musste sich zurücknehmen, um nicht gleich eine Abmahnung in die Wege zu leiten. Gründe genug hatte es immer wieder gegeben. Der Kommissar widersetzte sich seinen Anweisungen, der Kommissar verhörte Bürger ohne Grund und einige Dinge mehr. Bisher hatte er sich schützend vor ihn gestellt. Allein aus Nächstenliebe, hatte Phillip gesagt. Nein, deshalb hatte er es nicht getan. Was es aber war, das wusste er selbst nicht. »Jetzt raus hier. Wir gehen ins Amt, dort sage ich dir, was du tun sollst. Nichts anderes. Ist das klar?« Wenn Wilko meinte, er würde wie ein Diener behandelt werden, dann konnte er das haben.

Das Büro von Martin Friedemann befand sich zwischen zwei anderen Räumen. Einer davon war ein Besprechungszimmer, im anderen standen zwei Schreibtische, die derzeit unbesetzt waren. Im Besprechungszimmer hatten sich alle Mitarbeiter des Nationalparkamtes eingefunden. Als die beiden Polizisten eintraten und sich vorstellten, blickten ihnen betretene Gesichter entgegen. Ein sehr großer blonder Mann kam auf sie zu und stellte sich als Thomas Leggis vor.

»Nicht zu glauben. Wie schlimm für Kathrin. Und für das Kind. Wir werden natürlich für sie da sein.«

»Wir müssen mit jedem hier sprechen. Herr Leggis, entschuldigen Sie, dass ich gestern den Termin nicht einhalten konnte.«

Thomas Leggis wartete auf eine Erklärung. Als jedoch keine kam, sagte er: »Ich kann mir denken, dass Sie momentan viel Arbeit haben. Sicher gibt es Menschen, die dringender verhört werden müssen als ich, ich habe mit dieser Sache ja nichts zu tun. Und …«

»Befragt«, antwortete der Hauptkommissar.

»Wie bitte?« Thomas Leggis schüttelte verständnislos den Kopf. Er war es nicht gewohnt, unterbrochen zu werden.

»Sie und alle anderen, die in diesem Amt arbeiten, werden vorerst lediglich befragt.«

»Na gut. Umso besser. Wir haben schließlich nichts verbrochen.«

»Das wird sich herausstellen. Nach den Befragungen.« Wilko Janssen wollte auch endlich etwas sagen.

»Wie bitte?« Thomas Leggis baute sich vor dem Kommissar auf. »Wollen Sie damit sagen, dass einer von uns etwas mit Martins Tod zu tun haben könnte?«

»Herr Leggis. Wir sagen bisher rein gar nichts. Wir befragen und ermitteln, später sehen wir weiter.« Jens Meinhard empfand etwas mehr Sympathie für seinen Ostfriesen. Seine Reaktion war gar nicht schlecht gewesen. »Also, wo können wir in Ruhe sprechen? In Ihrem Büro vielleicht? Kommissar Janssen nimmt derweil die Personalien Ihrer Mannschaft auf.« Er drehte sich zu dem Kommissar und raunte ihm zu: »Sieh zu, dass du nebenher den allgemeinen Haustratsch erfährst. Wer mit wem und mit wem nicht und so weiter.«

Thomas Leggis wiederholte kurz darauf in seinem Büro die Namen, die er Jens schon am Telefon genannt hatte. Mit diesen Kollegen hatte Martin Friedemann seiner Meinung nach am häufigsten zusammengearbeitet und auch privat mehr als zu den anderen in Kontakt gestanden. Dörte Maurer und Andreas Wegner. »Mehr weiß ich leider nicht. Was er da im Wald suchte, keine Ahnung. Jedenfalls nichts, was unser Amt betrifft. Das wüsste ich. Glauben Sie mir. Wie gesagt, fragen Sie seine Frau oder eben seine Freunde, wenn Dörte oder Andreas nicht weiterhelfen können.«

»Seine Frau steht unter Schock und der Arzt hat jede Befragung untersagt. Sie teilte der Beamtin mit, dass er jagen gehen wollte. Mehr kam nicht, bevor sie in Ohnmacht fiel. Was wissen Sie darüber?«

»Ich sagte doch, ich weiß nichts. Jagen? Das mag sein. Er hat was darüber erzählt.«

»Was hat er erzählt? Herr Leggis, jeder kleine Hinweis kann helfen, den gewaltsamen Tod Ihres Mitarbeiters aufzuklären. Ich gehe davon aus, dass das sowohl in Ihrem als auch im Interesse des Nationalparktamtes liegt.«

»Wollen Sie mir unterstellen, dass ich nicht zur Kooperation bereit bin? Sagen Sie mal, geht's noch!« Der große blonde Mann ging aufgeregt hin und her. Immer vier Schritte. »Ich bin überzeugt, dass Martins Tod rein gar nichts mit seiner Arbeit oder gar seinen Kollegen zu tun hat. Glauben Sie, der Mörder könnte sich in aller Seelenruhe ›befragen‹ lassen, wie Sie es nennen?« Weitere vier Schritte, dann eine Kehrtwendung. »Muss ich das Land informieren? Der Minister wird nicht glücklich darüber sein.« Wieder vier Schritte.

»Nicht glücklich worüber? Über den Tod eines Mitarbeiters oder darüber, dass ich versuche, meine Arbeit zu machen? Oder was?« Der Hauptkommissar war es gewohnt, mit schwierigen und nicht kooperativen Menschen umzugehen. Im Moment aber war ihm die Zeit dafür zu schade. Ein Mörder oder sogar zwei liefen frei herum. »Glücklich bin ich momentan auch nicht. Sie etwa?«

»Sie erlauben sich einiges. Gehen Sie immer so mit Menschen um, die zufällig jemanden kennen, der ermordet worden ist? Dann sollten Sie unbedingt über Ihre Arbeitsweise nachdenken.«

Die Aufregung war ihm deutlich anzumerken, was Jens Meinhard etwas stutzig machte. »Ich befrage so, wie ich es für richtig halte. Wenn Sie sich falsch behandelt fühlen, tut es mir leid, doch das kann ich nicht ändern. Wir müssen mehr über Ihren Kollegen wissen. Ein paar nackte Fakten reichen nicht aus.« Er überlegte kurz, entschloss sich dann aber doch zu der Frage: »Kennen Sie eine Doris Hamann?«

»Was soll das jetzt? Hat die was mit Martin zu tun?«

»Beantworten Sie bitte meine Frage: Kennen Sie sie?«

»Nein. War das seine Geliebte?«

»Sie kennen sie also nicht. Sagt Ihnen der Name etwas?«

»Also jetzt reicht es. Woher soll ich sie kennen?«

»Das wüsste ich gern von Ihnen. Haben Sie eine Frau namens Doris Hamann gekannt?« Er holte sein Handy hervor und zeigte das Foto einer Frau. »Jetzt vielleicht?«

»Das ist ein altes Bild. Frisur wie in den 80ern.«

»Fast getroffen. Das ist von 1990. An ihrem Geburtstag. Aufgenommen von Paul Hamann.«

»Paul? Der Paul aus dem Rathaus?« Jetzt sah Thomas Leggis den Hauptkommissar erstaunt an. »Ist das Pauls Frau?«

»Sie wissen wirklich nicht, wer das ist, beziehungsweise wer das war? Die Schwester von Paul Hamann. Sie war Försterin im Bezirk Neubrandenburg.« Mehr wollte Jens zu dem Zeitpunkt nicht sagen. Er traute Thomas Leggis kein großes schauspielerisches Talent zu. Aber wer weiß, dachte er, es wäre nicht das erste Mal, dass ich mich täuschen ließe.

»Damals war ich noch sehr jung. Gerade beim Studium. Im Westen. Ich bin kein gebürtiger Mecklenburger.«

»Gut. Dann haben wir das geklärt. Halten Sie sich

bitte weiter zur Verfügung. Es werden Fragen auftauchen, viele, womöglich auch zum Arbeitsplatz von Martin Friedemann, und ich denke, Sie sind da der beste Ansprechpartner.« Noch ehe Leggis darüber nachdenken konnte, ob das etwas Gutes oder Schlechtes bedeutete, setze Jens nach: »Und kann ich für die weiteren Befragungen heute Ihr Büro benutzen? Danke.« Statt einer Antwort gab es einen Händedruck.

Die Einzelbefragungen aller Kollegen ergaben ein rundes und stimmiges Bild des Toten. Am Ende des Nachmittags holte Jens Meinhard Andreas Wegner und Dörte Maurer noch einmal zusammen in das Büro von Thomas Leggis, der das Haus längst verlassen hatte, ohne sich abzumelden.

Der Hauptkommissar schickte Wilko Janssen eine Nachricht: »Komm dazu.«

Als der eintrat, antwortete Dörte Maurer gerade: »Er war, soweit ich es einschätzen kann, ein liebevoller Ehemann und Vater. Er hatte keine andere Beziehung. Jagen, das war sein Hobby. Das habe ich alles längst gesagt.«

»Und Sie, Herr Wegner, hat er Ihnen als Freund vielleicht etwas anvertraut, was Sie bisher nicht sagen wollten? Ich muss Ihnen kaum sagen, wie wichtig jede Kleinigkeit sein kann.« Jens Meinhard setzte sich den beiden gegenüber.

Wilko nahm sich einen Stuhl und ließ sich neben ihm nieder.

»Nein, wir waren zwar Freunde, doch wir sprachen nicht über Frauenprobleme, wenn Sie das meinen. Er hatte keine Probleme und selbst wenn, hätte er mit mir nicht darüber gesprochen. Er hätte das als Verrat an Kathrin gesehen.«

»Denken Sie beide nach. In aller Ruhe. Ich gebe jedem von Ihnen eine Telefonnummer und eine E-Mail-Adresse. Jederzeit können Sie dort Nachrichten hinterlassen. Sie sagten, dass er einen besten Freund hatte.« Jens Meinhard blätterte in seinen Notizen, die er trotz aller digitalen Möglichkeiten noch immer machte. »Frank Nowitzke. Wohnhaft in Kratzeburg. Was können Sie über diesen Mann sagen?«

Dörte hob hilflos die Schultern. »Meinen Sie, er war es? Sein bester Freund?«

»Nein. Ich nehme an, dass Martin Friedemann sich mit Frank Nowitzke zum Jagen verabredet hat. Das ist eine Annahme und sagt ganz sicher nicht aus, dass dieser Mann etwas mit dem Mord zu tun haben muss. Was wissen Sie über Frank Nowitzke?«

»Sie kannten sich schon ewig. Waren wie Blutsbrüder oder so. Da kam man nicht zwischen.« Andreas Wegner klang eifersüchtig. »Wenn jemand außer Kathrin über Martin Bescheid weiß, dann er. Ich muss gestehen, ich mag ihn nicht besonders. Dörte hat da ihre Erfahrungen.«

»Das gehört nicht hierher.« Dörte Maurer war empört aufgesprungen. »Ich habe es dir anvertraut.«

»Vertrauen hin oder her, Frau Maurer. Worum geht es?«

Die Frau stellte sich mit verschränkten Armen neben die Tür. »Das ist privat. Ich sage nichts mehr.«

Jens sah ihr an, dass es etwas Peinliches sein musste. »Wenn sich herausstellt, dass es mit dem Fall nichts zu tun hat, werden wir es absolut privat behandeln. Keine Sorge.«

Dörte Maurer rührte sich nicht und hatte scheinbar beschlossen, ihre Ankündigung wahrzumachen und nichts mehr zu sagen.

»Ach, Dörte. Wenn der Typ was mit Martins Tod zu tun hat, dann kann es wichtig sein. Schließlich sagt das ja einiges über seinen Charakter aus.«

»Herr Wegner. Um was handelt es sich?«

Der schaute nickend zu seiner Kollegin. »Komm, sag es.«

»Na gut. Er hat mit mir geschlafen und mich dann morgens einfach aus seinem Haus geschmissen. So. Jetzt wissen Sie es.«

»Ist denn etwas vorgefallen? Warum hat er Sie, wie Sie sagen, einfach rausgeschmissen?«

»Siehst du, Andi, jetzt krieg ich noch die Schuld. Der behandelt Frauen wie Nutten und ich bin am Ende die Dumme.«

»Schon gut. Ich danke Ihnen für die Offenheit. Und ich werde es vertraulich behandeln. Machen Sie sich keine Sorgen. Sie können beide nach Hause fahren. Sagen Sie das auch den anderen.«

Andreas Wegner stand auf und wollte Dörte Maurer, die weinend die Tür aufgemacht hatte, in den Arm nehmen. Sie wehrte ihn ab und ließ ihn allein mit den Polizisten zurück.

»Das war richtig, sie wird es einsehen.« Ein bloßer Trost, nichts weiter, Jens Meinhard wusste, sie würde ihrem Freund das nicht so schnell verzeihen. »Schließen Sie die Tür hinter sich.«

Als sie allein waren, fasste er zusammen: »Beide sagen, er sei kollegial, hilfsbereit und genau gewesen, was seine Arbeit betraf. Er hielt sich an die Vorgaben und niemand glaubte, dass er seiner Arbeit wegen getötet worden war. Selbst abschlägige Bescheide vermittelte er anscheinend auf nette Art, sodass ihm niemand ernsthaft böse sein konnte. Er war treu, liebevoll zu seiner Familie und hegte langjährige Freundschaften. Wer kann das schon von sich behaupten. Ein Bilderbuchmensch.«

»Ich glaube nicht daran. Bisher hat keiner ein einziges schlechtes Wort über diesen Mann gesagt. Nicht mal so etwas wie: ›Er nahm immer den letzten Kaffee, ohne neuen aufzusetzen‹ oder ›Er hielt es nicht für nötig, mir die Tür aufzuhalten‹. Nein. Jemand, der immer alles richtig und für alle anderen zufriedenstellend macht, gibt es nicht. Es gibt keinen Menschen, der ausschließlich gut ist.«

»Tja, es ist zumindest ziemlich ungewöhnlich. Wir müssen mit seiner Frau und diesem Freund sprechen. Dringend. Schock hin oder her. Zuerst mit dem Jäger. Gleich jetzt. Morgen früh mit der Frau und dem Rest der Familie. Bis dahin liegen sämtliche Obduktionsergebnisse vor. Wissen wir, wo dieser Frank Nowitzke wohnt?«

Wilko Janssen tippte etwas in sein Smartphone. »Ja, jetzt schon. Kratzeburg stimmt. Am Rande. Ziemlich einsam. Jäger. Frauenverachter. Wer weiß, was noch?«

Jetzt gefiel der Ostfriese dem Hauptkommissar schon viel besser. Er arbeitete. Und er stellte sich gut an. Und er dachte mit. »Was diese Geschichte mit Dörte Maurer betrifft, die müssen wir auch von seiner Seite hören. Sie hat eher beleidigt reagiert. Wir werden sehen.«

Wilko Janssen versuchte nicht daran zu denken, dass er seinem Chef nicht viel Wissen um Frauen zutraute. Was kannte der schon für Frauen?

Sie sammelten ihre Unterlagen zusammen und verließen das stolze Schloss.

»Hier. Siehst du. Hier lag der Kopf. Komische Sache.«

»Ja, in der Tat.« Der Kommissar antwortete automatisch, ohne zu wissen, wovon Jens gesprochen hatte. Erst im Wagen auf dem Weg nach Kratzeburg fiel ihm die Geschichte um den verlorenen Kopf der Luise wieder ein.

ZWANZIG

»Ja, ich weiß es seit zwei Tagen. Von Kathrin. Sie hat am Sonntag andauernd angerufen, ich habe nichts gehört. War krank.« Frank Nowitzke war blass, er hatte dunkle Ringe unter den Augen und er schwitzte. »Ich Trottel bin nach Hause gefahren, statt ihn zu suchen. Hier seine letzten Nachrichten an mich.« Er schob das Handy in die Hand des Hauptkommissars. »Ich denke, das brauchen Sie. Ich will das sowieso nicht mehr lesen. Später vielleicht wieder. Zurzeit kann ich es nicht. Kathrin hat mich angeschrien. Sie hat recht. Wenn ich nicht verpennt hätte, wäre ich bei ihm gewesen. Dann wäre alles anders gekommen. Martin würde leben. Er hat eine Tochter und eine Frau, die er liebt. Sie ist wunderbar. Beide sind wunderbar. Und ich kann ihnen nie wieder unter die Augen treten.«

Sie ließen ihn reden. Ob es stimmte, was er sagte, würden sie ohnehin überprüfen.

»Er war der beste Freund, den sich ein Mensch wünschen kann. Ich hatte das Glück und habe es gar nicht verdient. Sehen Sie mich an, wie ich lebe.« Er machte mit den Armen weite Bewegungen durch die große Küche. »Einsam in einem riesigen Haus. Ohne Familie. Martin war der Mensch, der mir am nächsten stand. Vor meinen Eltern und vor meinen Geschwistern. Und auch vor meinen zwei Frauen, mit denen ich vor langer und zum Glück vergessener Zeit verheiratet war.«

»Herr Nowitzke, Sie sind doch passionierter Jäger. Haben Sie keinen Hund? Vielleicht kann der uns helfen, indem er die Fährte Ihres Freundes aufnimmt. Der Fundort war nicht der Tatort. Das wissen wir. Viel mehr leider bisher nicht.«

»Hund? Oh, ja, hatte ich. Harry hieß er. Den musste ich im Dezember einschläfern lassen. War alt und sehr krank. Er konnte nicht mehr.«

»Das ist bedauerlich. Es tut mir leid.« Jens Meinhard hatte Hoffnung in einen Hund gesetzt. Einen, der den Toten und diese Umgebung gekannt hatte. »Dann müssen wir jetzt einen Polizeihund einsetzen.«

»Wenn ich etwas tun kann, um das Schwein zu finden, sagen Sie es mir.« Der Mann hatte Tränen in den Augen und er ballte die Fäuste.

»Als Erstes brauchen wir Ihre Waffen. Alle. Zum Abgleich. Um ausschließen zu können, dass eine davon benutzt wurde. Geben Sie meinem Kollegen den Schlüssel zum Waffenschrank.«

»Ja, natürlich. Von meinen Waffen war es keine. Bestimmt nicht.«

»Davon gehen wir aus. Vorschrift. Leider haben Sie kein Alibi. Im Gegenteil. Sie waren in der Nähe, als es passierte. Darum hilft es Ihnen, wenn wir Ihre Waffen als Tatwaffe ausschließen können.«

»Nein. Das darf doch nicht wahr sein. Nicht nur, dass Kathrin mir zurecht vorwirft, Martin im Stich gelassen zu haben. Nun bin ich für Sie auch gleich noch der Mörder? Wie kommen Sie auf so einen Blödsinn?« Er schlug seine rechte Faust in die linke Innenhand. »Meinen Sie nicht, ich mache mir nicht schon genug Vorwürfe?«

»Beruhigen Sie sich. Wir wollen ausschließen. Wir untersuchen Ihre Waffen, um Sie zu entlasten. Momentan glaubt niemand an Ihre Schuld. Wir müssen Ihren Wagen ebenfalls spurentechnisch untersuchen lassen. Gestatten Sie das freiwillig?«

Ungläubig sah Frank Nowitzke den Hauptkommissar an. »Sie meinen das wirklich ernst, oder? Meine Gewehre, mein Auto. Brauchen Sie noch mehr von mir? Eine DNA-Probe gefällig? Können Sie alles haben. Sofort und hier. Freiwillig. Und dann verschwinden Sie von meinem Grundstück. Ich will Sie nie wiedersehen!« Den letzten Satz schrie er und endlich lösten sich die Tränen, die nur darauf gewartet hatten. Er sackte auf der Küchenbank in sich zusammen und weinte. »Warum hat man Martin umgebracht? Er war der beste Mensch der Welt. Immer fair. Zu allen. Gleichgültig, ob sie es verdient hatten oder nicht. Ja, für ihn waren alle Menschen gleich.« Er wischte sich über Augen und Nase. »Finden Sie den Kerl.«

*

»Wir fahren gleich nach Penzlin. Ich warte nicht bis morgen. Die Witwe ist ansprechbar, laut der Nachricht des Arztes. Und schließlich war auch die Spurensicherung schon am Sonntag dort im Haus. Nur wir haben bis heute ausschließlich Bilder der Wohnstätte des Opfers gesehen. Sieht ein bisschen wie ein größeres Hexenhäuschen aus. Von außen und innen gemütlich. Nah am Großen Stadtsee.

Kathrin Friedemann trug eine hellbraune Reisetasche zu ihrem Dacia, als Jens und Wilko in die Einfahrt des kleinen Hauses einbogen. »Sie kommen gerade rechtzeitig. Ich habe ein paar Sachen geholt für mich und Lisa. Wir wohnen derzeit bei meinen Eltern in Altstrelitz. Sie sind Polizisten, oder? Mein Arzt hat mich informiert, dass Sie kommen.« Sie sprach leise und hastig. Sie hatte es eilig, von hier wegzukommen.

»Ja, das ist Kommissar Janssen und ich bin Hauptkommissar Meinhard.«

»Ich kenne Sie, Herr Hauptkommissar. Sie sind der Mann unseres Pfarrers. Wir sind uns öfter im Gottesdienst begegnet.«

»Ja, jetzt wo Sie es sagen. Ich erinnere mich. Ihr Mann, habe ich ihn dort auch getroffen?«

»Nein, der hat es nicht mit der Kirche. Er ist Atheist. Er war.« Die letzten beiden Worte kamen fast flüsternd aus ihrem Mund.

»Wir möchten Ihnen zuerst unser herzlichstes Beileid aussprechen. Ihnen und Ihrer Tochter.« Jens Meinhard befürchtete eine mögliche private Verstrickung. Er musste nachher gleich Phillip fragen, ob der mehr mit der Familie Friedemann zu tun hatte. Es reichte schon, dass bei beiden Leichen der eigene Bruder im Spiel war. Immerhin gab es bisher keinen Beweis dafür, dass Lutz etwas mit einem der Fälle zu tun hatte.

»Ach, lassen Sie das. Was geht es Sie an? Was wissen Sie, wie es ist, wenn plötzlich der Mann stirbt? Der Mensch, der einem neben dem Kind am allerwichtigsten war? Was wissen Sie darüber? Hat einer von Ihnen beiden so etwas erlebt? Hah!« Ihre Stimme war schrill und lauter geworden.

»Frau Friedemann. Wir müssen Ihnen einige Fragen stellen und wir müssen uns persönlich ein Bild vom Leben Ihres Mannes machen.« Jens vermied es, die Worte ›tot‹ oder ›verstorben‹ zu benutzen. »Können wir ins Haus gehen?«

»Ach, machen Sie, was Sie wollen. Ich warte draußen. Ich kann und will nicht mehr da hinein.« Sie warf ihnen einen Schlüssel zu und setzte sich in ihr Auto.

»Geh schon mal vor, ich rede kurz mit ihr, wir fahren morgen zusammen zu ihren Eltern. Ich fürchte, heute und hier werde ich nicht viel herausbekommen.«

Wilko Janssen ging auf dem schmalen Steinweg inmitten des Vorgartens zum Eingang des Hauses. Er drehte den Schlüssel im Schloss und verschwand.

Der Hauptkommissar setzte sich neben Kathrin Friedemann. »Sie haben recht. Ich habe so etwas noch nicht erlebt. Ich fürchte mich davor. Weil ich weiß, wie es Menschen geht, wenn sie derartige Verluste erleiden.« Er schwieg.

Sie zündete sich eine Zigarette an. Obwohl er keinen Zigarettenrauch mochte, sagte er nichts.

»Ihr Mann ist ein toller Pfarrer. Er hält die Gemeinde zusammen. Das war das einzige, was Martin nicht mit mir teilte. Ich teile die Jagd nicht mit ihm. Kann man das überhaupt vergleichen? Tiere jagen und an Gott glauben?«

»Phillip und ich, wir sind nicht verheiratet.« Er glaubte, das klarstellen zu müssen.

»Ach nein? Phillip spricht von Ihnen immer als ›mein Mann‹. Vielleicht sollten Sie heiraten, bevor es zu spät ist. Bevor Sie bereuen, es nicht getan zu haben.« Sie sah ihn bei keinem der Worte an. Sie nahm Zug um Zug von der Zigarette und sprach weiter. »Ich bereue, nicht mehr Zeit mit Martin zu haben. Ich bereue, dass wir nicht mehr Kinder zusammen haben. Ich bereue jede Stunde, die Martin und ich getrennt voneinander waren. Verstehen Sie, was ich meine? Machen Sie, dass Sie nach Hause kommen. Sie haben Feierabend, oder? Martin ist tot. Daran ändern Sie nichts mehr.«

»Bitte, Frau Friedemann, ein paar Fragen heute, morgen komme ich dann zu Ihren Eltern. Heute nur das Wichtigste.«

»Wichtig? Was ist heute das Wichtigste? Für meine Schwester war heute das Wichtigste, die Beisetzung zu besprechen. Für Martins Eltern war das Wichtigste, dass er ein schönes Grab bekommt. Für den Bestatter war das Wichtigste, mir Fotos von Särgen und Traueranzeigen vor die Nase zu halten. Lassen Sie mich in Ruhe. Sie alle! Heute wenigstens noch. Ich fahre jetzt zu Lisa, sie ist das Wichtigste für mich. Behalten Sie den Schlüssel fürs Haus, bis Sie ihn nicht mehr brauchen.«

Als Jens Meinhard ausgestiegen war, fuhr Kathrin Friedemann los. Er sah dem roten Dacia nach, bis er um die Ecke gebogen war. Langsam ging er den gleichen Weg wie zuvor sein Ostfriese und betrat das niedrige Haus. Wieder eine fremde Welt, in der er herumschnüffeln musste. Musste er das? Und war es Phillip wichtig, dass er sein Mann war? Sein Ehemann? Freund, Gefährte – reichte ihm das nicht? Jens seufzte. Ein schmaler Flur öffnete sich geradeaus in einen großen Wohnraum. Viele Bücher, ein schwarzes Klavier, ein einladendes Sofa, bequem aussehende Sessel. Alles in einem erfrischenden Farbenmischmasch, der sämtliche unifarbenen Wohnungen, die er in den vielen Jahren berufsmäßig betreten hatte, wiedergutmachte. Hier wohnten Menschen, die gerne lebten, dachte er. Denen es gut ging miteinander. Der Buchhändlerin würde es auch gefallen, nicht allein der unzähligen Romane wegen, die die wandhohen Regale füllten. Er war kein nettes Kind damals, hatte sie gesagt. Damals. Log sie, wenn sie sagte, sie hätte ihn nicht wiedergesehen? Sie war bisher der einzige Mensch, der etwas gegen Martin Friedemann sagte, etwas, was nicht zu dem Bild passte, das er von allen anderen vermittelt bekommen hatte über den erwachsenen Martin Friedemann. Er nahm sich vor, die Befragungen weiträumiger zu veranlassen. Etwas stimmte mit diesem Kerl nicht. Er hatte, wie es schien, Lilo Glück als Kind das Leben schwer gemacht. So schwer, dass sie nicht einmal heute darüber sprechen wollte. Wenn das stimmte – konnte er sich dann dermaßen geändert haben? Gab es nicht gewisse Grundeigenschaften, die ein Mensch nicht ablegen konnte, selbst, wenn er wollte? »Da muss ein Psychologe her.«

»Was hast du gesagt? Ich bin oben fertig. Nichts Auffälliges. Keine kompromittierenden Unterlagen, sein Schreibtisch nicht zu aufgeräumt, was wahrscheinlich heißt, dass niemand sich daran zu schaffen gemacht hat, außer unsere Leute. Sein Computer ist in der KTU in Neubrandenburg, der dienstliche ebenso.«

»Danke. Ich werfe selbst noch einen Blick nach oben, dann gehen wir. Feierabend. Ich werde vielleicht einen Psychologen zu Rate ziehen. Lilo Glück sagte, der Tote wäre als Kind nicht nett gewesen.«

»Na und? Wer war das schon? Du vielleicht?« Wilko Janssen fasste sich ungestüm an den Kopf, bemerkte das und sagte: »Sorry. Damit habe ich nicht dich gemeint. Ist eine blöde Angewohnheit.«

»Schon gut. Nicht jede Kleinigkeit nehme ich dir übel. Ja, war ich nett? Ich glaube schon. Trotzdem könnte es den einen oder die andere gegeben haben, die mich nicht nett fanden.«

»Ich finde es eher normal, dass der Friedemann nicht nur gut war. Habe ich ja gesagt, so etwas gibt es nicht. Irgendeine dunkle Seite hat jeder an sich.« Wilko grinste. »Selbst ein Ostfriese.«

»Na, bei dir ist mir das klar, da muss keiner lange suchen.« Es sollte scherzhaft klingen.

»Danke. Bei dir …« Wilko verkniff sich die Worte, die folgen sollten. Die Ansage vorhin war mehr als deutlich gewesen. Er darf das, ich nicht, so ist das Leben, dachte der Kommissar.

»Was ›bei mir‹? Wolltest du was sagen?«

»Nein, nein. Ein Psychologe also?«

»Lass uns weiterschauen, ob wir etwas finden. Irgendeinen Anhaltspunkt. Ist sein Handy inzwischen aufgetaucht?« Das war eine rhetorische Frage, deshalb sprach Jens gleich weiter. »Die Verbindungsdaten von Festnetz und Mobil brauchen wir am besten gestern. Wem müssen wir Dampf machen?« Im Selbstgespräch gefangen passte er seine Schritte den schmalen Stufen der weiß gestrichenen Holztreppe an.

Im Obergeschoss befanden sich drei Zimmer und ein kleines Bad mit Dusche. Schlafzimmer, Kinderzimmer, Arbeitszimmer. Das Haus war wie geschaffen für eine kleine Familie. Nach Durchsicht der verbliebenen Aktenordner und Papiere, die sich nicht auf der Inspektion befanden, stimmte er Wilko Janssen bei. Nichts Auffälliges. Gepflegte Unterlagen, saubere Steuererklärungen. Angefertigt ohne Steuerberater.

Ihm fiel etwas ein und er lief die steile Treppe hinunter in den Wohnbereich: »Haben wir irgendwo alte Bilder gefunden? Aus seiner Schulzeit? Oder Briefe? Etwas, was uns von dem früheren Martin Friedemann erzählt?«

»Ich weiß es nicht. Hier habe ich nichts gesehen. Möglicherweise haben die Kollegen was mitgenommen? Ich frage eben nach.«

»Lass das. Das hat bis morgen Zeit. Seine Frau wird wissen, ob es solche Dinge gibt. Ich fahre dich auf den Töpferberg zu deinem Wagen. Schluss für heute.«

Auf der Rückfahrt trommelte Jens Meinhard im Takt der Musik auf das Lenkrad. Er dachte an Kathrin Friedemann und deren Vortrag über das Wichtigste, das für jeden etwas anderes bedeutete. In den wenigen Minuten bis zur Neustrelitzer Umgehungsstraße, die er Richtung Zentrum verließ, wurde ihm klar, was das Wichtigste für ihn selbst bedeutete, und für Phillip. Er rauschte, ohne darauf zu achten, am großen Friedhof vorbei und an dem Haus, in dem Lilo Glück lebte.

Am Markt vor der Stadtkirche hielt er kurz und ließ Wilko Janssen aussteigen. »Das Stück schaffst du zu Fuß. Ich muss weiter.« Ohne auf seinen Kollegen zu achten, der in der Dunkelheit, die mit jeder Minute zunahm, unglücklich zurückblieb, fuhr er mit überhöhter Geschwindigkeit um den Marktberg herum. Ihm war, als könnte jeder Augenblick, den er später nach Hause kam, Gefahr für ihre Beziehung bedeuten. Im Bürgerhorst angekommen, sparte er sich die Zeit, das Auto in die Garage zu fahren, sondern sprang heraus, kaum dass er den Motor abgestellt hatte. Ihm war egal, was Nachbarn denken mochten, er wollte nichts anderes, als Phillip in den Arm nehmen und ihm sagen, dass er das Wichtigste für ihn sei. Er riss am Griff der Tür und musste feststellen, dass sie abgeschlossen war. Phillip war nicht da. Ja natürlich. Dienstagabend. Er war beim Sport. Kurz überlegte er, ob er ihm folgen sollte, doch er ließ es bleiben. Stattdessen deckte er in der Küche den Tisch, zündete Kerzen an, öffnete eine Flasche Rotwein und wartete geduldig, bis Phillips Fahrradlampe ins Fenster leuchtete. Nervös stand er vom Stuhl auf. »Jetzt oder nie!«, sagte er zu den Kerzen.

EINUNDZWANZIG

Eine Mail war verschickt worden. Vor einer Stunde etwa. Von Eva Wöllert. Eine Mail an alle Mitglieder. Sie stellte darin den Antrag einer außerordentlichen Mitgliederversammlung, in der das Mitglied Lilo Glück ausgeschlossen werden sollte. Sie wusste, dass die Gründe vollkommen haltlos waren, geboren aus einer Mischung von Eifersucht und unverhohlener Abneigung. Eine große Prise Ohnmacht mochte ebenso eine Rolle spielen. Der Meinung von Eva Wöllert nach war Lilo eine Frau, die absichtlich den Verein in Verruf bringen wollte. Eine, die sich eingeschlichen hatte und die Männer des Vereins wie eine Spinne umgarnte. Eine Fremde, die nur darauf bedacht war, alles, was sie seit Jahren aufgebaut hatten, kaputt zu machen. Eigentlich war jedes Wort der Einladung lächerlich und es gab keinen echten Grund, sie auszuschließen. Was Eva Wöllert vollkommen ignorierte und am Ende ihres Antrags nicht nur damit drohte, ihren Vereinsvorsitz abzugeben, sollte dem Antrag nicht Folge geleistet werden, sondern auch in Aussicht stellte, den Verein gänzlich zu verlassen.

Als Lilo die Mail las, war ihr erster Gedanke, diese zu löschen. Sie zu ignorieren. So zu tun, als wäre sie nicht bei ihr gelandet. Vereinskram brauche ich nicht, da gibt es immer unnützen Ärger, hatte sie ihrer Mutter gesagt, die sie nach ihrer Rückkehr dazu überredet hatte, in diesen Verein einzutreten. Dass sie derart schnell Recht bekommen sollte, gefiel ihr nicht. Und diese Art der Vorsitzenden, der kleinen eifersüchtigen Frau, der ohnehin jede andere Frau ein Dorn im Auge war, konnte ihr womöglich das Leben in der Stadt schwer machen.

Kaum hatte sie die Mail zu Ende gelesen, kam eine weitere. Eine Sabine Michels stimmte dem Antrag der Vorsitzenden in vollstem Umfang zu und zählte unzählige Verdienste von Eva Wöllert auf. Lilo Glück löschte die Mails und setzte beide Mailadressen der Damen auf Spam. Sie saß im Büro der Buchhandlung und wollte eigentlich die Bestellungen aufgeben. Hätte sie bei dem Verein bloß eine andere Mailadresse angegeben.

Noch eine Nachricht mit dem Betreff »Antrag auf Ausschluss von Lilo Glück« füllte den Eingangsordner. Ungesehen landete auch diese im Ordner Papierkorb. Lilo erweiterte den Spamfilter um mehrere Stichwörter wie Marktquartier, Verein, Ausschluss.

Eine fremde Frau war gestorben, die sie gefunden hatte. Okay. Das war schlimm, löste aber noch keine persönlichen Angriffe aus. Dann schaffte es Martin Friedemann, der ihr als Kind das Leben zur Hölle gemacht hatte, mit seinem Tod, dass man sie wieder wie eine Aussätzige behandelte. Nein, nicht noch einmal. Sie war erwachsen. Sie war stark geworden. Sie war nicht bereit, erneut mit eingezogenem Kopf Straßen und Räume zu betreten. Und dazu gehörte, nicht den Schwanz einzuziehen. Diese Eva Wöllert war durchgeknallt und würde es nicht schaffen, ihr Angst zu machen. Lilo würde nicht freiwillig austreten, wie es am Ende der Mail von Sabine

Michels als Lösungsvorschlag gestanden hatte, um, wie sie es nannte, »dem Verein keinen weiteren Schaden zuzufügen«. Nein. Sie würde weiterleben. Ihre Bücher verkaufen. Und sie würde weiter boxen gehen. Und diese Frauen mit Nichtachtung strafen. Das ist ein guter Plan, dachte sie. Nächste Woche Donnerstag ist Vereinssitzung bei Lutz. Sie schrieb sich den Termin mit rotem Stift in ihren Kalender.

»Kommst du mal? Herbert Schneider möchte dich sprechen. Du weißt, der ältere Herr, der morgens seinen Nordkurier bei uns kauft.« Beatrice zwinkerte ihr zu. »Ich glaube, du hast einen Verehrer.«

»Danke, ich komme.« Lilo schloss das Mailprogramm und folgte ihrer Mitarbeiterin in den Verkaufsraum.

»Frau Glück. Entschuldigen Sie bitte, falls ich störe, aber es ist mir ein Bedürfnis, Ihnen dies zu geben.« Der alte Herr mit den weißen buschigen Augenbrauen reichte ihr einen Strauß gelber Rosen. »Rote wären zu aufdringlich, meinte Dora Schmidt vom Blumenladen. Und aufdringlich möchte ich wirklich nicht sein. Lediglich ein kleines Dankeschön sollen sie ausdrücken, die Rosen. Dafür, dass Sie hier sind. Zurück in Ihrer Heimat und bereit zu helfen. Sie sind genau richtig an dem Platz. Als wäre es schon immer Ihr Geschäft gewesen. Ich habe Ihre Vorgängerin weiß Gott geschätzt, sie hat den Laden gut geführt. Doch Sie, Frau Glück, Sie sind der Buchladen. Sie füllen ihn mit Ihrer Herzlichkeit aus, wie es selten ist. Bleiben Sie bitte.«

Lilo Glück sah ihn irritiert an. Sie verstand nicht, was er von ihr wollte. Die Geste freute sie, aber es schien mehr dahinterzustecken. Er sah verlegen aus. »Das ist lieb, Herr Schneider. Wobei ich nicht verstehe, womit ich das verdient habe. Und wer sagt, dass ich nicht bleiben werde?«

»Oh. Ja. Das wissen Sie nicht? Natürlich nicht. Hm. Entschuldigen Sie. Das ist mir mehr als unangenehm.« Er trat näher an sie heran und sagte ganz leise: »Eva Wöllert ist meine Cousine. Ein Biest, wie es im Buche steht. Ich muss mich für ihr Verhalten entschuldigen.« Er setzte ein zaghaftes Lächeln auf. »Wenn es denn überhaupt möglich ist. Sie war nicht immer so, würde ich gern sagen. Kann ich aber leider nicht. Sie war schon als Kind gemein und gönnte anderen nichts. Sie hat ihre Brüder sogar verdroschen, sobald ihre Eltern nicht da waren, und dann haben die natürlich die Schuld bekommen. Sie war manipulativ. Heute ist sie offensichtlich böse.«

»Ihre Cousine? Nein, darauf wäre ich nicht gekommen. Das ist furchtbar lieb von Ihnen, Herr Schneider. Möchten Sie einen Kaffee? Sippenhaft gibt es bei mir nicht.« Lilo lachte. Weil sie froh war, dass es Menschen wie Herbert Schneider gab. Dass sie nicht allein war. Sie würde bleiben und ihren Platz behaupten. Mit erhobenem Kopf. »Kommen Sie. Wir essen bei ›Pogoda‹ ein Törtchen.«

»Gern. Wenn es Ihre Zeit erlaubt. Ich lade Sie ein. Das bin ich Ihnen schuldig.«

Der Meinung war Lilo nicht, ließ sich aber gern einladen.

Als sie fast eine Stunde später in den Laden zurückkehrte, schaute Beatrice sie neugierig an. »Also doch ein Verehrer?«

»Ach, Bea, wenn es das wäre.« Mehr verriet sie nicht. Falls ihre Angestellten von den Unterstellungen erfahren sollten, würde sie entsprechend reagieren. Derzeit sah sie keinen Anlass, mit ihnen darüber zu reden. »Ich bin froh, wenn Ostern vorüber ist. Das sind Feiertage, mit denen ich nichts anfangen kann.«

»Aber seit einigen Jahren lohnt sich Ostern sogar für die Buchhändler. Bastelbücher, Kinderbücher und neuerdings Osterkrimis.«

»Das Geschäft meine ich nicht. Osterkrimis. Hm. Wir haben selbst genug Krimi im Städtchen. Das reicht mir persönlich.«

»Soll ich morgen deine Schicht übernehmen? Meine Nichte kommt erst am Karfreitag. Ich bräuchte nur ein Stündchen zum Einkaufen. Aber die Supermärkte haben lange genug auf.«

»Nein, nicht nötig. Ich arbeite gern. Sam ist am Wochenende wieder bei meinen Eltern, dann kann ich am Freitag die Buchhaltung machen.«

Beatrice wollte etwas erwidern, aber ein Mädchen sprach sie an und beide Frauen waren anschließend bis zum Feierabend um 18 Uhr ohne Unterbrechung mit Kunden beschäftigt.

Auf dem Nachhauseweg dachte Lilo an Martin Friedemann. Hatte er verdient, so zu sterben? Hatte es überhaupt jemand verdient, auf diese Art zu sterben? Sie verneinte es für sich, fand trotzdem den einen oder anderen tyrannischen Zeitgenossen, dem sie, wenn auch nicht den Tod, so doch wenigstens eine deutliche Strafe für all das wünschte, was er anderen Menschen antat. Sie sah Martin vor sich, wie er als Kind ausgesehen hatte. Leicht gelocktes Haar, dicht stehende Brauen. Er war damals größer als sie. Ein wenig pummelig. Nein, sie wollte nicht mehr an die Zeit denken. Das Jetzt interessierte sie. Musste sie sich überhaupt weiter mit Martin beschäftigen? Er war tot. Und Eva Wöllert mochte bösartig sein, aber selbst sie würde es nicht schaffen, ihr einen Mord in die Schuhe zu schieben. Oder etwa doch?

Ihr Handy vibrierte. Eine Nachricht von Marius: »Wir müssen einkaufen. Kühlschrank leer. Fahren wir zusammen? Mit Auto?«

Sie antworte mit »Ja« und verdrängte den Marktquartier-Verein, Eva Wöllert und Martin Friedemann aus ihren Gedanken. Ihr Alltag blieb ihr und sie freute sich auf den Großeinkauf mit ihren Kindern. Sie hatten genügend Zeit, zum Bethanien Center nach Neubrandenburg zu fahren. Sam brauchte eine neue Jeans und Marius wuchs langsam aus all seinen Shirts heraus. Sie beeilte sich.

Die beiden warteten schon im Auto und als sie Lilo sahen, drückte Sam, die vorne saß, auf die Hupe. Fast wäre Lilo, ohne auf den Verkehr zu achten, über die Straße gelaufen. Immer mit der Ruhe, schalt sie sich. Das würde den Herrschaften gerade recht kommen, wenn ich vor meiner Haustür überrollt werden würde. Sie wartete, bis die Lücke zu den nächsten Wagen groß genug war und rannte dann zu ihrem Auto.

ZWEIUNDZWANZIG

»Das Auto des Opfers hat eine Familie aus Baden-Württemberg entdeckt. Etwa zwei Kilometer vom Parkplatz entfernt. Eigentlich schon am Montag, aber als sie heute noch einmal durch den Wald gestreift sind und es immer noch dastand, an einer Stelle abseits der offiziellen Wege, die ungewöhnlich zum Parken war, haben sie die Polizei gerufen.«

»Warum haben unsere Leute das Auto nicht früher gefunden?« Jens Meinhard versuchte erst gar nicht, seine Verärgerung zu verbergen.

»Keine Ahnung. Vielleicht hatten wir zu wenig Leute darauf angesetzt oder sie meinten, der Wagen wäre längst über die polnische Grenze.«

»Oder sie hatten einfach keine Lust?« Der Hauptkommissar stellte sich breitbeinig vor Wilko Janssen. »Ich kann mich erinnern, dass du die Fahndung danach rausgegeben hast. Du solltest die Kollegen so lange triezen, bis es heißt: Jawoll, wir haben es. Zu wenig Leute sagst du? Wir haben zwei Morde und finden nicht einmal ein Auto? Was für ein trauriger Haufen! Keine Ahnung zu haben reicht definitiv nicht!« Er war ernsthaft sauer auf den Ostfriesen. Und auf sich selbst. Deshalb zügelte er sich im Ton. »Die Obduktion hat ergeben, dass der

Schuss allein schon zum Tod geführt hat, die schweren Kopfverletzungen waren lediglich ein Bonus. Warum geht jemand dermaßen brutal vor? War es ein Täter? Oder gab es mehrere Angreifer? Gemeinsam oder nacheinander? Klar ist, dass der Schuss zuerst abgefeuert wurde, anschließend kamen die Schläge und Tritte. Die Tritte wurden mit schweren Stiefeln ausgeübt. Es sieht nach Rache aus oder einer ungezügelten Wut.«

Wilko Janssen war froh, dass sein Chef mit der Beschimpfung aufgehört hatte, und stieg in den Gedankengang ein. »Was muss geschehen, um dermaßen wütend zu werden?«

»Eifersucht. Geld. Was verbinden den oder die Täter mit dem Opfer? Private Beziehungen? Berufliche Verflechtungen? Und hängen unsere beiden Morde zusammen? Wir müssen uns dringend das damalige Umfeld von Doris Hamann in Bezug auf das damalige Umfeld von Martin Friedemann anschauen. Friedemann war deutlich jünger. Eventuell kannten seine Eltern die Hamanns. Sie war Försterin im Bezirk, er studierter Biologe, der im Nationalparkamt gelandet ist. Kurz vor der Wiedervereinigung wurde der Müritz-Nationalpark gegründet. In Windeseile. Hat es damit etwas zu tun? Altlasten? Ganz sicher war es gut, dass es dazu gekommen ist. Wer weiß, ob man den Wald sonst nicht auch noch für einen Euro verschenkt hätte und ob er überhaupt noch stehen würde.«

Der Jüngere kannte sich wenig aus mit den Altlasten der DDR und noch weniger mit der unmittelbaren Wendezeit. Was richtig und falsch war, wollte er nicht einschätzen. Im Grunde interessierte es ihn nicht, seine Eltern hingegen schon. Wenn diese Mordfälle aber in einem geschichtlichen Zusammenhang standen, musste er sich wohl oder übel mit all dem beschäftigen. »Altlasten. Ähm, da brauche ich Geschichtsunterricht. Oder ich bekomme die Fälle, die im Diesseits spielen.«

»Das habe ich mir gedacht. Keine Ahnung. Von nichts. Ich war auch nicht im Krieg, interessiere mich aber für die Zeit. Kauf dir ein paar Bücher und lies. Oder geh ins Internet. Am besten beides und am besten sofort. Und sprich mit Leuten, die all das erlebt haben. Davon gibt es in Neustrelitz eine ganze Menge.« Der Kerl schafft es wirklich, mich ständig aus der Reserve zu locken, dachte Jens Meinhard. Macht der das absichtlich? Eine gewisse Bildung, vor allem aber auch Neugierde, setze ich bei meinen Kollegen voraus.

»Jetzt aber weiter. Mach das in deiner Freizeit. Das ist keine Bitte. Du kümmerst dich um mögliche Querverbindungen, bei Auffälligkeiten gibst du das an Walter Heintz durch. Ein guter Mann, ich hoffe, er bleibt uns nach den Fällen weiterhin zugeteilt. Übrigens ein astreiner Zeitzeuge, war schon vor 1990 Polizist in Mecklenburg. Das als kleiner Tipp – nun aber weiter im Programm: Die Familie der Witwe und die Eltern von Martin Friedemann wussten nichts, was uns weiterhelfen kann. Bei allen war er beliebt, selbst beim Schwiegervater, obwohl Kathrin Friedemann ein Einzelkind ist. Als meine Schwester geheiratet hat, gab es anfangs große Probleme zwischen Schwiegervater und Schwiegersohn. Also, alles wie gehabt. Bis auf die Aussage von Frau Glück, er sei kein nettes Kind gewesen, sprechen alle ausschließlich positiv über den Ermordeten. Laut seiner Frau hat er nicht viel über seine Schulzeit erzählt. Es war ihm scheinbar nicht wichtig. Ein paar Fotos gibt es noch und vor drei Jahren fand ein Klassentreffen statt. Die Kollegen werten aktuell den entsprechenden Mailverkehr aus und kontaktieren die Leute. Viele sind weggezogen, einige wenige sind geblieben. Den Bericht erwarte ich bis zum Abend.«

Es klopfte an der Tür.

Wilko Janssen nutzte die Situation, sagte »Herein« und hoffte, dass es jemand ist, der Jens Meinhard sprechen wollte. Er fühlte sich in dessen Gegenwart wie ein kleiner unmündiger Junge und hatte keine Lust, dieses Gefühl den ganzen Tag haben zu müssen.

»Was willst du?« Der Hauptkommissar schnauzte seinen Bruder an, der energisch das Büro betrat. »Ich habe keine Zeit.«

»Ich muss dich sprechen. Es geht um Frau Glück.«

»Nur wenn es unseren Fällen weiterhilft. Private Dinge gehören nicht hierher.«

Schon gestern hatte Lutz ihm immer wieder Nachrichten geschickt. Jens hatte sie in zwei Sätzen beantwortet: »Wir müssen unseren privaten Kontakt einschränken. Sonst gelte ich als befangen und die nehmen mir die Ermittlungsleitung ab.«

Auf diese Antwort verwies er jetzt: »Ich habe dir gestern geschrieben, das muss ausreichen.«

»Nein. Hier und jetzt. Würden Sie uns bitte allein lassen?« Lutz sah zum Kommissar, der erstaunt den Kopf schüttelte.

»Bitte. Ein paar Minuten.«

»Du hast meinem Kommissar gar nichts zu sagen. Der muss was tun. Los, such die Querverbindungen. Ich sehe mir inzwischen Friedemanns Wagen an. Und ich fahre nach Neubrandenburg und spreche mit Frau Doktor

Smetanowa. Ich glaube, da ist einiges zu holen.« Jens nickte dem Ostfriesen zu und wandte sich dann an seinen Bruder: »Du kannst mir auf dem Weg zum Parkplatz erzählen, was du auf dem Herzen hast. Mehr Zeit habe ich nicht.«

Am Parkplatz angekommen setzte sich Lutz, ohne zu fragen, auf den Beifahrersitz. »Ich bin nicht fertig. Und du hörst mir zu, mein Lieber. Du bist zwar ein Polizist, trotzdem aber auch mein Bruder. Und du glaubst doch nicht wirklich, dass ich in einem deiner Fälle verdächtig bin. Ich kenne dich. Dir ist das zu viel. Du hast Angst, dass ich mich wegen meiner Scheidung bei dir ausheule. Du magst es nicht, wenn dir andere zu nahe kommen. Ich bin froh, dass du es Phillip gestattest. Und versau es nicht, er ist einzigartig und viel zu gut für dich. Fahr los!«

Der große Wagen setzte sich in Bewegung, fuhr zuerst rückwärts und verließ den Töpferberg Richtung Markt.

»Wie kommst du zurück? Mit dem Bus?«

»Du kannst mich mal. Du nimmst mich mit, was sonst. Oder ich nehme ein Taxi und schicke dir die Rechnung. Du Armleuchter.« Das hatte er lange nicht mehr zu Jens gesagt. Als sie sehr jung waren, hatten sie immer über alles gesprochen und sich, wenn es zu rührselig wurde, gegenseitig beschimpft.

»Du trübe Tasse.« Jens lachte. »Du Wichser. Du Idiot.«

»Na siehst du, geht doch.« Lutz lachte erleichtert mit, anscheinend hatte er den richtigen Weg gewählt.

»Ich habe Phillip einen Heiratsantrag gemacht.«

»Du feiger Hund, hast es endlich gewagt? So offiziell mit Hinknien und roten Rosen und einem dicken Ring?« Lutz freute sich für seinen Bruder. Phillip hätte ihn nie gedrängt zu diesem Schritt, das wusste er, obwohl die Ehe für Phillip sehr wichtig war.

»Du lässt dich scheiden und ich heirate. Macht das Sinn?«

»Keine Ahnung. Ich finde schon. Außerdem lässt sie sich scheiden. Ich hätte es noch länger mit der Zicke ausgehalten.«

»Komm Ostern vorbei, dann können wir feiern – Scheidung und Verlobung. Anderes Thema. Was willst du?«

»So bist du. Genug Gefühle. Aber ich mache da weiter. Lilo Glück ist einer Hexenjagd ausgesetzt. Und du unterstützt das, indem du Eva Wöllert wirre Aussagen machen lässt und sie nicht bremst, sondern geradezu ermutigst.«

»Was? Wie kommst du darauf?«

»Eva hat gesagt, du wolltest alles über den Verein wissen und vor allem, ob es einen zeitlichen Zusammenhang geben könnte zwischen dem Eintritt von Lilo, den Wanderterminen und den beiden Todesfällen. Hast du nicht gemerkt, dass die Frau in mich verknallt ist? Eva stellt mir hinterher, seit ich ›verlassen wurde‹, wie sie es nennt. Sie ist aufdringlich und eifersüchtig.«

»Sie ist in dich verknallt? Späte Liebe?« Jens sah seinen Bruder spöttisch an. »Du hast Schlag bei den Frauen. Sogar bei den reiferen.«

»Das ist nicht witzig. Glaub mir. Diese Frau ist anstrengend. Sie nutzt jede Gelegenheit, um mir nahe zu sein. Ich habe das zuerst als freundliche Aufmerksamkeit und auch Mitleid empfunden, inzwischen ist es nicht auszuhalten. Zumal sie Lilo auf dem Kieker hat. Sie will ihr um jeden Preis schaden.« Lutz war aufgebracht und es tat ihm gut, das alles endlich einmal aussprechen zu können. Lilo blockte ab, sobald er sie um ein Treffen bat, um mit ihr über alles zu sprechen.

»Hat sie denn Grund? Also habt ihr zwei was miteinander, du und die Buchhändlerin?«

»Wie kommst du darauf? Die Scheidung ist noch nicht mal durch.«

»Als ob das eine Liebesbeziehung verhindern würde. Sag schon, magst du sie?«

»Lilo? Sie ist eine bemerkenswerte Frau.«

»Ich weiß.«

»Du? Ich glaube, wir finden unterschiedliche Dinge an ihr bemerkenswert.«

»Ach ja? Welche? Du siehst hoffentlich auch mehr in ihr, als nur das gut proportionierte alleinstehende Weib.«

»Sie hat Kinder.«

»Ja und? Aber keinen Partner. Soweit ich weiß, nicht mal einen Geliebten. Wobei man das nicht so genau sagen kann, wenn ich an …« Jens beendete absichtlich den angefangenen Satz.

»Wenn du an was? Sprich weiter. Hat sie jemanden?« Lutz fühlte einen Stich irgendwo in seinem Inneren. War sie vergeben? Hatte er versäumt, seine Chance, wenn es denn jemals eine gegeben hatte, zu nutzen? Sie waren sich näher gekommen. Und sie verstanden sich. Ein bisschen wie Freunde, aus denen mehr werden könnte. »Egal. Ich habe mir etwas eingebildet. Vielleicht. Wenn sie jemanden hat, ist es gut. Ich freue mich für sie.«

»Das habe ich nicht gesagt. Ich kann mir vorstellen, dass sich auch andere Männer für sie interessieren. Oder Frauen. Wer weiß.« Es machte Jens Spaß, Lutz zu ärgern. Er sah ihm an, dass er in die Buchhändlerin verliebt war.

Er hatte sich überraschend schnell vom Schock des Verlassenwerdens erholt.

»Außerdem geht es nicht um mich. Du Hilfsbulle. Glaubst du ernsthaft, Lilo hat etwas mit der Sache zu tun? Der Tote war in ihrer Klasse. Vor langer Zeit. Sie kannten sich nicht mehr.«

»Hat sie dir das gesagt?« Jens glaubte nicht, dass sie mit jemandem darüber gesprochen hatte. Dafür hatte sie am Montagabend viel zu abrupt das Gespräch beendet. »Dann scheinst du ihr Vertrauter zu sein?«

Fast hätte Lutz gelogen. Zu gern wäre er Lilos Vertrauter. Dann könnte er aber nicht fragen, was denn so Geheimes an dieser Auskunft war. »Nein, das pfeifen die Spatzen vom Dach. Wer mit der Verbreitung angefangen hat, weiß ich nicht. Jedenfalls hat es mir gestern mein Fleischer gesagt. Nebenbei, als er mir Steaks und Koteletts eingepackt hat.«

»Dann weißt du vielleicht auch, wer aus der damaligen Klasse in Neustrelitz lebt? Nicht, dass von denen jemand unbedingt mit der Tat etwas zu tun haben muss. Doch sie könnten mir mehr über den Charakter des Toten berichten. Alle, die ihn heute kannten, schildern ihn als Mann mit der weißesten Weste überhaupt.«

»Und du zweifelst daran?«

»Mehr darf ich dir nicht sagen. Frag deine Lilo. Und ja, diese Eva Wöllert ist wie jemand aus dem Mittelalter, der schon den Scheiterhaufen schürt. Ich spreche mit ihr.«

»Danke. Die Verlobung macht dich weich. Phillip tut dir gut.«

»Lass das. Sonst schmeiße ich dich mitten auf der Bundesstraße raus. Mir egal, wie du nach Hause kommst, falls dich nicht vorher ein Lkw erwischt.« Er zeigte auf die dicht befahrene Straße vor ihnen. »Hattest du hier nicht mal eine Freundin? Heidi oder Dori?«

Sie hatten gerade Usadel passiert. Lutz erinnerte sich. In der zehnten Klasse. »Bine war das. Eigentlich war sie in dich verschossen. Alle sind abgeblitzt und haben sich bei mir ausgeheult. Ich war der tröstende Ersatz.«

»Genug Privatkram. Wenn du mir schon den Tag versaust, erzähle mir alles, was du gehört hast. Über die beiden Toten, über deren Familien. Schließlich bist du Stammkunde beim Fleischer.«

Lutz starrte aus dem Fenster. »Ich höre nie genau hin. Du weißt, dass mir die Leute ständig etwas erzählen. Das bringt mein Beruf mit sich.«

»Ich wäre froh, wenn man mir alles freiwillig erzählen würde. Vielleicht solltest du meine Befragungen übernehmen und erst recht die Verhöre.«

»Das bringt eben dein Beruf mit sich. Niemand vertraut sich gern jemandem an, der ihn ohnehin verdächtigt.«

»Als ob ich alle verdächtigen würde. In diesen zwei Fällen gibt es nicht sehr viele, die ein Motiv haben. Im Gegenteil.« Er klang fast verzweifelt.

»Na gut. Ich sage dir einiges von dem, was ich weiß, dafür pfeifst du Oberfeldwebel Wöllert zurück.«

»Ich kann es versuchen.«

»Das reicht nicht. Du kannst ihr was androhen. In Haft nehmen. Sie in Handschellen abführen. Sie muss einen regelrechten Schrecken bekommen, sonst hört sie nie auf.«

Jens lachte erneut. »Die magst du wirklich nicht. So etwas habe ich noch nie von dir gehört. Okay.«

Dieses letzte Wort genügte Lutz. Es war ein Versprechen. »Du willst also wissen, was die Neustrelitzer tratschen. Ich krame mal in meinen Erinnerungen, ob da was schreit.«

DREIUNDZWANZIG

Er las die letzte Mail, antwortete mit wenigen zustimmenden Sätzen und grinste. Dass es so einfach werden würde, nach dem, was am Sonntag passiert war, hätte er nicht angenommen. Er hatte automatisch gehandelt, bis seine Wut im letzten wohltuenden Tritt verebbt war. Sie mussten die Kröte schlucken. Der Wagen, den sie erst drei Tage nach dem Mord an seinem Besitzer gefunden hatten, hatte ihm Zeit gegeben, eine Fährte zu legen. Eine, auf die ihn die Alte gebracht hatte. Dass er ihr einmal dankbar sein würde, hätte er niemals angenommen. Er saß in dem kleinen Erkerzimmer, dessen zweiflügeliges Fenster in den Wald zeigte. Seit seine Frau beschlossen hatte, sich mit dem Typen in weiter Ferne ein schönes Leben auf seine Kosten zu machen, hegte er diesen Plan. Nicht bis zum Letzten. Nein. Dazu hatte es gar nicht kommen sollen. Zuerst hatte er vorgehabt, selbst alles umzubauen. Wie es seit jeher sein Traum gewesen war. Nachdem er aber die Kosten überschlagen hatte, holte er sich einen Partner ins Haus. Wenn er daran dachte, an diesen denkwürdigen Abend im letzten Sommer, als die Brüder Tollen sich alles angesehen und ihm später das unglaubliche Angebot gemacht hatten, wurde ihm wieder klar, warum er diesen Kerl hatte sterben lassen. So viel Geld ließ man sich nicht durch die Finger gleiten.

Es kam eine weitere Mail. Er lachte. Wie einfach waren Menschen doch zu manipulieren. Er hatte das Wort Stasi fallen lassen und schon sprangen alle auf und schrien schreibend um die Wette. Jeder hatte eine Meinung dazu und ja, es gab einen Bösewicht unter ihnen. Das war allen recht. Wenn sie es nur selbst nicht waren. Jemand, der für alles herhalten sollte. Zuerst hatte er an den eingebildeten Hotelfritzen gedacht, doch den kannten zu viele und das schon sehr lange. Das wäre deutlich schwieriger geworden. Sie aber, diese Büchertante, die morgens vor ihrem Laden stand und aussah, als würde ihr die ganze Straße gehören, die war passend. Zumal die Alte irgendetwas gegen die hatte. Nicht nur das Übliche. Die Alte mochte fast niemanden. Selbst wenn sie jemanden mochte, stieß sie denjenigen, je nach Laune, ohne Vorwarnung vor den Kopf, sobald der nicht ihrer Meinung war. Brauchbar diese Frau.

Er lauschte. Es war ihm, als stiege jemand die Treppe hinauf. Phantomgeräusche? Seit er das Haus allein bewohnte, hörte er öfter Geräusche, die aus einer anderen Welt kamen. Aus einer, in der er gelebt hatte, als er glücklich war. Mit ihr. Die Schritte kamen näher. Das war neu. Sonst verebbten die Geräusche bald, nachdem er sie vernommen hatte. Sobald er versuchte, sie etwas Bestimmtem zuzuordnen, verschwanden sie. Schneller als sie gekommen waren.

Mit den Schritten verhielt es sich anders. Er versuchte anhand der Tritte eine passende Person zu assoziieren. Ein fester Schritt, zügig und ohne Zögern. Er trennte sich von seinem Laptop, stand auf und sah zur Tür, die lediglich angelehnt war. Noch bevor sich diese öffnete, wusste er, wer es war. War er zu forsch gewesen? Den anderen gegenüber. Seine Zustimmung zu eifrig? Zu offensichtlich? Wiederum war er nicht der Einzige, der jedes Wort aufgegriffen und es mit Füllwörtern zurückgeschmettert hatte. Ein normaler Besuch vielleicht. Ungewöhnlich. Warum nicht? Sie war nie bei ihm gewesen. Der Spalt zwischen dem Rahmen und der weiß gestrichenen Tür vergrößerte sich. Sie lächelte, ihre Augen aber blieben kalt. Das war weniger ungewöhnlich. Er hatte sie nie herzlich lächeln, geschweige denn lachen sehen. Er kannte hämische Blicke von ihr oder abweisende, ebenso wie jetzt eiskalt. Sie war kein netter Mensch.

»Ich hoffe, ich störe dich nicht bei etwas Wichtigem. Ich wollte dir danken. Für deine Unterstützung. Von einigen erwarte ich die auch, du hast mich hingegen damit überrascht.«

»Dafür hättest du nicht extra herkommen müssen. Aber gern geschehen. Wir kennen uns schon lange.«

Sie ließ das Lächeln verschwinden. »Ja, ich weiß. Ich weiß aber auch, dass du mich nicht magst, so wenig wie ich dich. Was hast du gegen die Glück? Hat sie dir etwas getan? Dir auch die Augen verdreht? Wie dem Lutz? Der Arme ist seitdem fast unzurechnungsfähig. Seit deine Frau, die dumme Conni, weg ist, bist du genauso notgeil wie die anderen Idioten.«

Daher weht der Wind, dachte er. Sie nimmt an, ich habe wie sie persönlich etwas gegen die Buchhändlerin. »Die ist mir egal. Sie ist nicht mein Typ. Außerdem habe ich für so etwas keine Zeit.« Er zeigte hinter sie in Richtung Treppe. »Möchtest du *Kaffe*?« Er wollte sie von seinem Schreibtisch weglotsen. Sie sollte die alten

Baupläne nicht sehen, von denen er sich nicht trennen konnte. Und wenn sie das Fax der Brüder Tollen in ihre dürren Hände bekam, könnte er gleich zur Polizei gehen. Denn dumm war die Alte nicht.

»*Kaffe*? Etwas Stärkeres vielleicht. Übrigens, schön hast du es. Warum war ich bisher nie bei dir?« Sie antwortete selbst: »Ich kann es dir sagen, vielleicht nicht wortwörtlich, doch inhaltlich wird es passen wie die Faust aufs Auge. Du hast mich nicht eingeladen. Deine Frau mochte mich nicht, du magst mich nicht. Und ich hatte nichts anzubieten, wovon ihr etwas gehabt hättet.«

Er suchte in jedem versteckten Winkel seines Gehirns nach einer plausiblen Erklärung. Es hat sich nicht ergeben, oder: Du hast den Eindruck erweckt, als würdest du es nicht wollen, oder: Wir hatten immer viel zu tun, oder: Ich habe selten Gäste. Er könnte aber auch seiner Ex die Schuld an allem geben. Das Letzte gefiel ihm. »Du kennst sie, sie ist ein Biest, Besuch konnte sie nicht ausstehen. Und was sie nicht wollte, das hat sie durchgesetzt. Ich selbst, es tut mir leid, hätte mich durchsetzen müssen.«

»Das ist alles? Fällt dir nichts ein, was wenigstens annähernd glaubwürdig ist? Vergiss nicht, ihr seid schon länger getrennt. Falls du keine Hosen anhattest, als sie noch bei dir war, dann dürfte das längst erledigt sein. Erzähl mir keinen Mist! Du bist kein Waschlappen und warst nie einer. Sonst hättest du mich eingeladen wie viele andere, die so tun, als würden sie etwas auf mich halten. Dabei haben sie Schiss, dass ich über sie herfalle und sie fertigmache. Was nicht meine Art ist. Nicht, wenn es keinen Grund gibt.« Sie machte eine Pause.

»*Kaffe*? Türkisch bitte. Nicht dieser neue Kram aus den Automaten, auf die man nur drücken muss und die Plörre läuft raus wie kranke Pisse.«

Er zuckte zusammen, als hätte sie ihn geohrfeigt. Er hatte niemals zuvor solch ein Wort aus ihrem Mund gehört. Sie ließ sich gehen und er bekam es mit der Angst, die, wie er hoffte, grundlos war. Denn, was sollte sie wissen? Es hatte keine Zeugen gegeben. Dessen war er sich sicher. Er nickte. »Türkisch. Dann muss ich den Kaffee erst mahlen. Mal sehen, wo die alte Mühle ist. Meine Maschine macht das selbst. Hast recht. Türkisch schmeckt viel besser.«

Er schwatzte und er hasste sich dafür. Weil er wusste, dass er sich damit noch mehr in die Scheiße ritt. Wo kommt die her, dachte er. Werde ich wahnsinnig? Irre? Er fühlte sich irre. Wenn es so etwas überhaupt gab. Nicht irre gut oder irre schlecht. Einfach nur irre. Ein Scheißgefühl, setzte er seinen Gedankengang fort. Pisse und Scheiße gehören irgendwie zusammen. Sie ist die Pisse und ich bin die Scheiße. Er schwitzte.

Sie stand unmittelbar vor ihm und beobachtete ihn. Wie ein Raubvogel, der eine Maus beobachtet, deren Leben lediglich seiner Sättigkeit dient. Sie stand still und regte sich nicht. Ihr Atem ging flach und sie wartete scheinbar auf den Augenblick, ihn zu packen.

»Lass uns in die Küche runtergehen. Wenn du willst, kann ich dir statt *Kaffe* ein Glas Wein anbieten?«

Sie rührte sich nicht.

»Wenn es doch lieber *Kaffe* sein soll, ich krieg das hin mit dem Aufbrühen. Haben meine Eltern immer so getrunken. Zwei Löffel *Kaffe*, kochendes Wasser und fertig.«

Sie machte aus ihm einen Narren und genoss es. Die Augen schauten fast freundlich und ihre sonst blassen runzligen Wangen blühten auf.

»Und fertig«, sagte sie und bewegte sich keinen Zentimeter. »Hol uns den *Kaffe*. Und ein Glas Rotwein. Ich warte genau hier.« Sätze geworfen wie Pflastersteine: unmissverständlich.

Er widerstand der Versuchung, zum Schreibtisch zurückzuschauen, um zu sehen, ob die Pläne nicht doch verschlossen in der Schublade lagen. Er wollte sich nicht noch verdächtiger und blödsinniger aufführen. Stattdessen fragte er: »Mit Milch und Zucker? Und was für einen Wein? Rot oder weiß? Willst du dazu was essen?« Gern hätte er sich auf den Mund gehauen. Er schwatzte wie ein Waschweib und konnte damit nicht mehr aufhören.

»Schwarzer *Kaffe*, was sonst. Weiß und trocken der Wein. Und nein, Appetit habe ich keinen. Du hast einiges gutzumachen. Wenn du dafür sorgst, dass ich Appetit bekomme, können wir immer noch deinen Kühlschrank plündern. Wobei …«, sie lächelte wie zu Beginn, »… der kaum etwas Vernünftiges enthält. Du kannst mich sonst gern ins Hotel Strelitz einladen. Nachher. Wenn wir durch sind.«

Womit durch, wollte er fragen. Mit der Alten essen gehen? Was kam noch? Was hat die an meinem Kühlschrank zu suchen? Und was in meinem Haus überhaupt? Er mochte nicht weiterdenken. Stattdessen ging er an ihr vorbei, die Treppe hinunter und lauschte auf jede Bewegung, die er von oben hören konnte. Er suchte in der Küche nach der Kaffeemühle und bekam Angst, als er sie nicht fand. Womöglich machte das die Alte noch unausstehlicher. Hatte Conni das Ding mitgenommen? Ich bringe sie um. Ich bringe sie wirklich um. Nachträglich. Für diese Situation. Sobald ich sie in die Finger bekomme, mache ich sie fertig. Er dachte sich derart in Rage, dass er vollkommen vergaß, darauf zu achten, was Eva Wöllert in seinem Arbeitszimmer machte. Er riss sämtliche Schränke in der Küche auf, kramte in der angrenzenden Speisekammer und wurde mit jeder Sekunde wütender. Seine anfängliche Furcht vor dem möglichen Wissen der Alten, wie er sie nannte, wich einer Wut, die er schon einmal gespürt hatte. Vor gut zwei Wochen. Als der Idiot Friedemann ihm gesagt hatte, dass alles nicht so ginge, wie er sich das vorstellte. Zu nah am Nationalpark. Außerdem würde wirtschaftliche Jagd befürchtet und was auch immer. Und dass er ihn eigentlich anzeigen müsste, wegen versuchter Bestechung. Und darüber auch nachdachte. Gleichgültig, wer mit wem einmal in der Schule war. Er hieb die Faust gegen das Regal mit den Vorräten und drehte sich um. Sie stand vor ihm. Mit ihrem Lächeln, das ihn frieren ließ. Trotz der Wut, die ihn aufgeheizt hatte.

»Was machst du? Ich habe nicht ewig Zeit.« Sie sah sich um. »Was für ein Sauladen. Du bist scheinbar auch zu Hause eine Null.«

Er fühlte jetzt beides: Angst und Furcht. Beides kroch durch ihn hindurch. Er versuchte, nicht dagegen anzugehen, und sagte mit zitternder Stimme: »*Kaffe* gibt's nicht. Du kannst dir deinen Türkischen in die Haare schmieren.«

Sie lachte laut. »Ach, soll das mutig sein? Spar dir das. Du kommst aus der Sache nicht mehr raus. Es sei denn, wir halten zusammen. Die Friedemann Kathrin kennst du ganz gut, oder? Ihr habt früher die Köpfe in der Schule zusammengesteckt. Weiß ich genau.«

»Unsinn. Und wenn, was soll das alles? Ich muss zu Kathrin und ihr mein Beileid aussprechen. Dazu bin ich bisher nicht gekommen.« Seine Stimme zitterte noch immer, aber er gewann etwas Sicherheit zurück. Vielleicht wusste sie nichts. Sie mochte etwas ahnen. Das wäre halb so schlimm.

»Ich weiß viel über die Leute in der Stadt. Sonst wäre ich nicht so weit gekommen. Und ich habe Einfluss.«

»Ach, lass den Quatsch. Ich weiß gar nicht, was du von mir willst.«

Sie lachte wieder. »Nein? Warum bist du hektisch vor mir weggelaufen? Und was ist mit deinen Hotelplanungen?« Sie öffnete ihre Handtasche, holte ihr Handy heraus, zeigte ihm die Fotos, die sie von den Plänen gemacht hatte, und tippte auf »senden«. »Und … verschickt. Du bist so armselig. Du bist ein hoffnungsloser Tropf. Deine Frau hat dich verlassen, Freunde hast du nicht und aus deinen Millionenplänen wird nichts. Dafür musst du büßen. Jeder muss für seinen Taten büßen.« Sie wurde ernst und steckte das Handy zurück. »Wenn ich anders wäre, würde ich dich vielleicht bemitleiden. Oder erpressen. Darüber habe ich tatsächlich nachgedacht. Geld und Zuneigung. Beides Dinge, die nicht unglücklich machen. Aber einen Mörder decken, das geht selbst für mich zu weit.«

»Was soll das dann? Warum bist du hier?« Seine Angst war vollkommen verschwunden. Lediglich die Wut brodelte und ließ seine Stimmbänder vibrieren.

»Mir haben Beweise gefehlt. Du Idiot hast alles offen auf deinem Schreibtisch liegen. Was für ein Jammerlappen.« Noch ein Lachen.

»Halt die Klappe. Halt endlich die Klappe, du verdammte alte hässliche Hexe!«

»Was willst du tun? Mich zum Schweigen bringen? Mich ermorden wie den Friedemann? Das bringt dir nichts. Die Beweise sind verschickt. Gerade werden sie gelesen. Und dann kommt der Hauptkommissar. Der schwule, du weißt schon. Und nimmt dich mit. In den Knast. Dahin, wo Leute wie du schon immer hingehören.« Sie spuckte ihn an. »Das werden alle machen. Dich anspucken und noch viel mehr. Du bist ein Schwächling. Du wirst im Knast untergehen. Wer weiß, was sie dort alles mit dir machen.« Sie schien es sich vorzustellen und nickte eifrig. »Männer, die Männer ficken. Viel Spaß dabei.« Sie lachte noch einmal. Kalt und laut.

Die Wut war währenddessen in all seine Gliedmaßen gekrochen und sie schaffte es, seine Hände in Windeseile um ihren Hals zu legen und zuzudrücken. Ihre Augen schauten ungläubig, zuerst, bis sie größer wurden und sie begriff, wie ernst er es meinte. Sie schüttelte den Kopf, öffnete den Mund, um zu schreien. Vergeblich. Nicht mal ein Krächzen brachte sie heraus. Ein dumpfes Stöhnen, nicht mehr. Was sein Drücken intensivierte. Sie versuchte sich zu wehren, kratzte ihn in die Unterarme, was er nicht spürte. Einzig seine Hände fühlte er, deren Kraft bei jeder Abwehr größer wurde. Ihre aufgerissenen Augen, der geöffnete Mund, Schnodder aus der Nase.

Er drückte noch immer zu, als sie längst jede Abwehr aufgegeben hatte und in seinen Händen zusammengesunken war. Bis er sie von sich stieß und fallen ließ. Auf Connis teures Küchenparkett. Das hat sie verdient. Das haben beide verdient. Die Alte und Conni, dachte er und holte Eva Wöllerts Handy aus ihrer schwarzen Handtasche. Es ist noch nicht vorbei.

VIERUNDZWANZIG

Lilo legte den Nordkurier neben sich auf die Couch und breitete ihn aus. Eigentlich las sie die Zeitung auf der Arbeit, wenn es ruhiger war, bei einer Tasse Kaffee. Dazu war sie den ganzen Tag nicht gekommen. Die Polizei hatte sie erneut befragt und Tom war wegen Zahnschmerzen ausgefallen. Im Grunde hatte sie gar keine Lust, schon wieder was über die Todesfälle zu lesen. Jeden Tag gab es neue Meldungen dazu. Jetzt, da sie unverhofft Ruhe hatte – Sam würde die ganzen Ferien bei ihren Großeltern übernachten –, überwand sie sich jedoch dazu. Sie schenkte sich ein Glas Wein ein, goss etwas Wasser hinzu und nahm es in die Hand. Gerade als sie den ersten Schluck trank, vibrierte ihr Handy. Weil Marius noch nicht zu Hause war, hatte sie es auf den Tisch gelegt. Und Sam schrieb ihr meist einen Gutenachtgruß.

Voller Sehnsucht nach ihren Kindern nahm sie das Telefon und öffnete die Nachricht. Es war ein Bild, nein, es waren mehrere Bilder. Und die Nummer gehörte ihrer aktuellen Erzfeindin. Warum schickte die ihr das? Wahrscheinlich irgendetwas, womit sie meinte, sie noch tiefer in den Schmutz ziehen zu können. Nach dem letzten Bild ein kurzer Satz: »Damit kannst du dich rächen.«

Lilo Glück überlegte, was das bedeuten könnte. Rächen? Die einzige, bei der sie einen möglichen Grund sah, sich zu rächen, war die Adressatin selbst. Hatte jemand anderer Eva Wöllerts Nummer benutzt, um ihr das zu senden? Doch weshalb unter dem Deckmantel von Eva Wöllert? Konnte Herbert Schneider das Handy seiner Cousine benutzt haben? Möglicherweise hatte er keines oder er musste schnell handeln? Aber diese Pläne, was hatten die mit Eva Wöllert zu tun?

Am liebsten hätte Lilo alles sofort gelöscht und aus ihrer Erinnerung verbannt. Der Ärger wegen der Leichenfunde, den sie aus Vereinsreihen seitdem hatte, hielt sie davon ab. Sie war zwar an einer Auseinandersetzung nicht interessiert und hatte bereits ihren Austritt aus dem Verein beschlossen, trotzdem hielt sie es für besser, diese Nachricht zu behalten. Sie druckte alles aus und legte die Blätter zusammengefaltet hinter eine Bücherreihe. Krimis. Das schien ihr sehr passend. Ein schlechter Krimi hatte sich in ihr Leben geschlichen, wie ihn nur das Leben selbst schreiben konnte. Und sie fürchtete, er würde kein gutes Ende nehmen. Im Gegenteil zu den Romanen: Für jede Geschichte, die sie las, erhoffte sie sich ein gutes Ende. Gleichgültig, wie schwer ein Leben war, wie arm jemand war oder wie unglücklich, am Ende musste es in Büchern immer einen Sinn ergeben. Sie seufzte innerlich, da sie wusste, es war nicht so. Trotzdem mochte sie sich damit nicht abfinden. Jeder Mensch musste die Möglichkeit auf sein eigenes Glück bekommen.

Sie nahm ihren Platz auf dem Sofa wieder ein, trank das Glas leer und versuchte weiterhin, die Schlagzeile zu ignorieren. Was schwer war. Die Worte »Tod« und »Nationalpark« verschlangen geradezu die Zeitung. Sie hatte Angst, in den Artikeln ihren Namen zu finden. Es nahm sie alles genug mit und sie wollte nicht, dass die Leute in ihren Buchladen stürzten, um ihre Klatschsucht zu befriedigen.

Sie beschloss, sich abzulenken, und rief bei ihren Eltern an. Sam nahm den Anruf entgegen und erzählte ihr in ihrer fröhlichen Art, was sie gerade auf YouTube schaute. Diese andere, für Lilo eher fremde Welt, für die sie bisher nicht viel Verständnis aufbrachte, half Sam, die eigenen Probleme fast zu vergessen. Eine Welt für sich, wie eine Parallelwelt. Sam zog sich gern in diese Welt zurück, sie tat ihr gut und sie ließ andere daran teilhaben. Lilo versprach, morgen zum Kaffee zu kommen, wünschte ihr eine gute Nacht und ließ sich ihre Mutter geben.

»Mutti, soll ich morgen was mitbringen? Ich habe Zeit. Am Freitag gehe ich ins Geschäft, bereite den langen Samstag vor und mache die Buchbestellung.« Sie kannte die Antwort. »Gut, ich weiß, dass du längst alles vorbereitet hast. Und ich weiß, dass du besser backst als ich.« Sie lachte. Es war schön zu wissen, dass es gute Gewohnheiten gab. Eine davon war der Ehrgeiz ihrer Mutter, die Familie an Feiertagen mit Selbstgebackenem zu mästen.

»Ich komme gegen 14 Uhr, in Ordnung? Sam sagte, sie will sich vormittags mit Jule treffen. Manchmal habe ich Angst, das Mädchen zieht zu euch, weil all ihre Freundinnen in eurer Nachbarschaft wohnen.« Sie lauschte der Antwort ihrer Mutter. »Das war Spaß. Alles gut. Und wenn Sam zu euch zieht, kommen Marius und ich einfach dazu. Eine große WG. Was hältst du davon?« Ehe ihre Mutter sich mit diesem Plan anfreunden konnte, sagte Lilo: »Mutti. Es ist gut, wie es ist. Wir sehen uns oft, ihr seht die Kinder, wir sind an den Feiertagen zusammen. Mir geht es gut so.« Unmissverständlich sollte das klingen.

Ihr leichtfertig dahingesagter Satz schien ihre Mutter jedoch nicht loszulassen. Sie unterhielten sich eine Weile über die Zimmerverteilung, einigten sich bald darauf, dass sie ernsthaft darüber sprechen wollten, wenn Lilo einmal Großmutter werden würde, und verabschiedeten sich. Lilo war ihrer Mutter dankbar, dass sie die Todesfälle mit keinem Wort erwähnt hatte. »Danke Mutti. Du bist die Beste!«

Es war spät geworden. Sie schrieb Marius und fragte, wann er käme.

Er wusste, dass sie nicht schlafen konnte, solange er unterwegs war. Er schrieb zurück: »Noch ein Stündchen. Mich klaut niemand.«

Irgendwelche Zeichen dahinter als Abschluss, die sie nicht zuordnen konnte. Sie war froh, dass er beim Boxen Menschen getroffen hatte, mit denen er gern zusammen war. Einsamkeit konnte krank machen. Sie wusste das zu gut. Und sie gönnte ihm Freundschaften. Sie wünschte sie ihm.

Lilo fühlte sich einsamer denn je. Und wählte die Nummer von Denise. Vergebens. Lediglich der Anrufbeantworter meldete sich mit ihrer fröhlichen Stimme. Lilo zögerte, ehe sie etwas darauf sprach: »Denise. Hier ist Lilo.« Sie zögerte erneut, gern hätte sie gesagt: Ich bin allein und einsam und es wäre großartig, wenn du Zeit für ein Glas Wein haben würdest. Stattdessen fragte sie nur: »Hast du heute noch Zeit für ein Glas Wein? Ich weiß, wir müssen morgen früh raus. Du kannst bei mir schlafen. Ich habe fast sturmfreie Bude. Ich bin wach.«

Das war mehr, als sie von sich hatte preisgeben wollen. Denise und sie waren sich näher gekommen. Ohne dass Lilo etwas dagegen tun konnte. Oder wollte. Sie hatte sich schnell an die fröhliche, offene und tatkräftige Frau gewöhnt. Die klug genug war, zu schweigen, wenn es darauf ankam.

Eine Weile wartete sie auf den Rückruf, bis ihr Lutz Meinhard einfiel, der sicher nichts gegen ein spätabendliches Treffen hätte. Wie einige andere aus dem Verein hatte auch er ihr Mails und Nachrichten geschickt. Die sie trösten sollten. Er fühlte sich, wie Herbert Schneider, schuldig an der Situation. Vielleicht war es an der Zeit, seine Freundschaft zu erwidern. Ihm zu zeigen, dass sie ihm dankbar war für all die Unterstützung. Sie konnte mit ihm lachen. Wenn er aber nun mehr wollte? Sie suchte seine Nummer in den Kontakten und legte den Zeigefinger auf »anrufen«.

Bevor aus dem roten Telefonzeichen ein grünes wurde, drückte sie die Nummer weg. Das ging nicht. Es fühlte sich fast so an wie fremdgehen, wenn sie ihn zu so später Stunde um einen Besuch bat. Christoph war ihr Mann. Sonst keiner. Und das sollte er bleiben. Für immer. Und außerdem würde Lutz sicher im Hotel zu tun haben. Sie wusste zwar, dass er für sie alles stehen und liegen lassen würde, aber das wollte sie nicht ausnutzen. Sie schob das Handy weg und goss sich Wein nach. Er war kühl und leicht herb und duftete nach reifen vollen Früchten. Sie hob das schimmernde Glas gegen die Stehlampe und drehte es hin und her. Leicht und elegant bewegte sich die Flüssigkeit, beinahe tanzend.

Lilo beobachtete dieses leuchtende Tanzen und es beruhigte sie. Marius würde bald kommen, er war ihr

Fels, er war verlässlich. Sam lag wohlbehütet in ihrem Bett bei den Großeltern und Denise würde sich melden, spätestens morgen, wenn sie die Nachricht abhörte. Alles war gut. Sie spürte ein Verlangen nach einer Zigarette. Bevor sie aufspringen konnte, um die Schachtel zu suchen, fiel ihr ein, dass keine mehr da war. Die letzte musste Marius mitgenommen haben, denn nach der Arbeit hatte sie in dem üblichen Fach nicht einmal Nikotinkrümel gefunden. Rauchen, Wein trinken, an nichts denken. Das hätte Lilo jetzt gefallen. Nun musste eben Wein trinken und an nichts denken ausreichen.

Sie schaltete das Licht aus und ging auf den Balkon. Als Erstes blies ihr der Wind entgegen. Ostwind, hörte sie ihre Mutter sagen. Kalt und oft unbarmherzig. Sie liebte den Ostwind, wenn es denn einer war. Sie liebte Wind in jeder Facette. Leicht hauchend oder kräftig wehend. Wind bedeutete Bewegung, er bedeutete Leben. Die Straße lag still unter ihr, der Glambecker See bewegte sich im Takt des Windes und glitzerte an verschiedenen Stellen geheimnisvoll bis zu ihr hinauf. Sie freute sich auf den Sommer, wenn sie gleich morgens nach dem Aufstehen schwimmen gehen konnte. Ihr Traum war es einmal gewesen, mit Christoph in einem kleinen Haus an einem der vielen Seen in der Seenplatte zu leben, auf dem Steg zu sitzen, gemeinsam zu träumen und schwimmen zu gehen, wann immer sie beide dazu Lust verspürten. Am ersten Tag, an dem es warm genug war, würde sie einen kleinen Rucksack packen, mit einigen wenigen Sachen von Christoph, und damit über die Straße gehen. Hinunter zum blauen Nass. Dort würde sie sich die erstbeste Stelle suchen und hineinspringen. Den Rucksack auf dem Rücken.

Ich wusste es, dachte Lilo, ohne Zigarette ist es viel schwieriger, nicht nachzudenken. Ob die Tankstelle oben am Friedhof aufhatte? Oder wo stand der nächste Automat? Halte ich es nicht mal mehr einen Abend allein zu Hause aus? Ich muss mich daran gewöhnen. Irgendwann. Die Kinder werden nicht ihr Leben lang bei mir wohnen. Lilo fiel das Gespräch mit ihrer Mutter wieder ein. Bei ihren Eltern hätte sie immer einen Platz und dort lebten Menschen, die ihr dabei halfen, wenigstens ein paar Minuten am Tag weniger einsam zu sein. Aber was, wenn sie starben? Ihr kamen die Tränen, für sie vollkommen überraschend. Vielleicht war das alles zu viel für sie gewesen in letzter Zeit. Diese Todesfälle, vor allem der von Martin Friedemann, machten sie dünnhäutig. Sie wollte das nicht. Sie hasste es, zu heulen. Ja, heulen nannte sie das. Das Heulen überfiel sie seit damals immer unverhofft und zog sie in diesen Momenten mehr in die Dunkelheit, als sie ertragen konnte. Sie wischte sich energisch die Tränen aus dem Gesicht, beschloss, heute auf Zigaretten zu verzichten und sich einen Film anzusehen. Oder eine Serie. Etwas Lustiges. Unterhaltendes. Was sie ablenkte.

Wie zum Abschied sah Lilo noch einmal über den See. Ihrem rechten Blickwinkel näherte sich in der Stille ein Auto. Langsam. Als suche es etwas. Es fuhr vorbei. Sie dachte nicht mehr darüber nach und verschwand im Wohnzimmer. Nachdem sie das Licht eingeschaltet hatte, suchte sie lange nach einem geeigneten Film, fand keinen, der ihr gefiel und griff sich, ohne hinzusehen, einen Roman aus dem Regal. Sie musste lächeln, als sie erkannte, welcher es war: »Krieg und Frieden«. Was für ein Thema an solch einem Abend. Sie stellte das Buch weg und zog ein anderes heraus. Die »Buddenbrooks« hatte sie seit ihrer Jugend oft gelesen und sie tauchte ein in die lang zurückliegende Welt, in die Sprache einer anderen Zeit, in die Geschichte für sie vertrauter Menschen. Bis es an der Wohnungstür klopfte.

FÜNFUNDZWANZIG

Hätte er es wissen müssen? War er zu unvorsichtig gewesen? Anscheinend. Er hatte die Alte unterschätzt. Und ihre Eitelkeit überschätzt. Es gab eine minimale Chance für ihn, aus diesem Desaster mit lediglich einem blauem Auge herauszukommen. Indem er die Buchhändlerin an der Weitergabe seiner Pläne hinderte. Irgendwie. Falls sie sich damit bereits an die Polizei gewandt hatte, war es zu spät. Allerdings konnte er sich keinen Grund vorstellen, weshalb sie das hätte tun sollen. Wahrscheinlich konnte sie mit den Plänen rein gar nichts anfangen, geschweige denn sie verstehen oder gar zuordnen. Die Alte hatte ausgerechnet ihr alles geschickt. Um sich zu rächen. Lächerlich. Dass sie es nur ihr geschickt hatte, konnte sein Glück gewesen sein. Als Neue ahnungslos in der Stadt mit Papieren in den Händen, die für sie keine Bedeutung hatten.

Nachdem er die Alte »entsorgt« hatte, wie er es bei sich nannte, weit weg von seinem Haus und trotzdem im Nationalpark, nahe dem Fundort der ersten Leiche, hatte er einen Plan geschmiedet. Wenn er geahnt hätte, dass ein Tod den nächsten nach sich zieht, vielleicht, ja vielleicht wäre es dann nie zu all dem gekommen. Doch nun war es eben geschehen. Und ein Zurück gab es nicht mehr. Das war ihm klar geworden in dem Moment, als die Alte vor ihm lag. Und ihn vorwurfsvoll anstarrte. Diese Augen hatten seine Wut erneut angestachelt und er hatte nicht anders gekonnt, als diese hässliche bösartige Visage so lange zu treten, bis von der Fratze nichts mehr übrig geblieben war. Er sollte seine Stiefel reinigen. Oder am besten entsorgen. Blut blieb nachweisbar, das wusste er. Diese Stiefel hatten ihren Dienst geleistet. Oder? Eventuell mussten sie noch ein letztes Mal zum Einsatz kommen. Wenn sich herausstellen sollte, dass die Buchhändlerin die Nachricht nicht nur geöffnet, sondern auch vorhatte, sie weiterzugeben. Oder darüber nachdachte. Das Handy der Alten hatte er ausgeschaltet, es sollte nicht ortbar sein. Er trug es in der Tasche mit sich, womöglich konnte er damit die Buchhändlerin auf eine andere Fährte locken.

Er fuhr langsam an dem Haus in der Hohenzieritzer Straße vorbei. Hier musste es sein. Ganz oben wohnte sie. Ob sie allein war? Schlief sie? Sie hatte Kinder, die würden sicher schlafen. Konnte er es riskieren, einfach reinzumarschieren, ihr Telefon zu suchen und die Nachricht zu löschen? Wenn alle schliefen, war das ein möglicher Weg. Es wäre der einfachste und beste und niemand würde weiter zu Schaden kommen müssen.

Er bog in die Fritz-Reuter-Straße und suchte sich einen Parkplatz. Hier schien es ihm unauffällig genug zu sein, zumal weder weitere Fahrzeuge noch Fußgänger oder Radfahrer unterwegs waren. Er stieg aus und lauschte. Nichts. Keine Stimmen aus den Häusern oder von irgendwelchen Wegen. Das Glück hielt ihm die Treue. Ein kräftiger Windzug streifte ihn, was ihm guttat. Er schwitzte sehr. Das mochte nicht nur an seiner

Aufregung, sondern auch an seinem Körpergewicht liegen. Er hatte in den letzten Jahren wenig auf seine Figur geachtet und einige Kilo zu viel am Leib. War auch das ein Grund für Conni gewesen, ihn zu verlassen? Blöde Kuh, dachte er. Die Kohle wird allein mir gehören. All die schönen Millionen. Du hattest deine Abfindung und fertig. Du wirst vor lauter Ärger an die Decke gehen, wenn du von all dem erfährst. Und dein toller Neuer wird genauso dumm aus der Wäsche gucken.

Er ging die wenigen Meter zurück in die Hohenzieritzer Straße. Nicht gebückt und schleichend. Aufrecht und stolz. Er war schließlich wer. Und falls ihn jemand aus den verkackten Mietshäusern sehen sollte, dann sollte er ihn nicht wie einen Dieb wahrnehmen, sondern wie jemanden, der hierhergehörte.

Als er vor ihrem Haus stand, senkte er doch den Kopf ein wenig. Die Haustür würde abgeschlossen sein. Ganz bestimmt. Sein Plan war nicht durchdacht. Die Alte hatte ihn gezwungen, zu improvisieren. Es musste alles schnell gehen. Sämtliche Ideen, die er hatte, um seine Haut zu retten, waren voller Fallen. Er widerstand der Versuchung, die Tür mit Gewalt aus den Angeln zu reißen. Aus zwei Gründen: Er glaubte kaum, dies mit bloßen Händen zu schaffen. Außerdem würde es zu viel Lärm machen. Auf die Aufmerksamkeit konnte er gut verzichten. Er suchte einen Weg in den Garten. Es musste einen Kellereingang geben. Er war Hans im Glück und nichts konnte ihm geschehen.

Tatsächlich zog sich ein Pfad um das Haus herum zu einer Treppe, die nach unten führte. Bingo, oder was sagt man, wenn man einen Volltreffer landet? Er lächelte sich selbst zu. Er sah sich nicht um, das würden Einbrecher tun. Er war keiner. Er gehörte hierher. Er hatte ein Recht, in dieses Haus zu kommen, die Treppen bis ins Obergeschoss zu benutzen und der Buchhändlerin seine Pläne zu entreißen. Er streifte die Lederhandschuhe über, Fingerabdrücke musste er vermeiden, obwohl er nicht glaubte, dass der Bulle sich für ihn interessierte. Vorsicht ist die Mutter der Porzellankiste, hatte seine Tante, schon als er ein kleiner Junge war, oft zu ihm gesagt. Sie hatte recht. Sie war eine kluge Frau gewesen und er hatte viel von ihr gelernt. Selbst jetzt – sie war bereits fast acht Jahre tot – wollte er sie nicht enttäuschen.

Er drückte den Türgriff nach unten und war wenig überrascht, als die breite alte Tür nachgab. Er hätte wetten können, dass diese dusselige Büchertante vergessen hatte, abzuschließen. Bücherleute waren seiner Meinung nach wirr und behielten nichts als ihre staubigen Geschichten im Kopf. Seine Tante hatte auch gern gelesen, aber sie war die Ausnahme unter den anderen. Sie hatte immer gewusst, was um sie herum vor sich ging. Das hatte er von ihr gelernt, wie vieles andere auch. Bei der Alten hatte er versagt. Das durfte nicht wieder geschehen.

Im Innern der Waschküche setzte er langsam einen Schritt vor den anderen. Hier herrschte vollkommene Dunkelheit. Er wollte nicht versehentlich etwas umstoßen, das dann Krach verursachte und die Bewohner ins Treppenhaus lockte. Er hatte nicht vor, jemanden aufzuschrecken. Er vermutete die nächste Tür geradeaus, direkt in den Kellergang. Eine andere Richtung wäre ihm unlogisch erschienen. Eine kleine Hürde gab es: Wenn diese Tür verschlossen war, was dann? Er wollte sich von der Möglichkeit nicht entmutigen lassen und drückte den Griff nach unten. Nichts. Verschlossen. War das das Ende? Er rüttelte vorsichtig. Die Tür war dünn und er spürte, dass ein kräftiger Ruck ausreichen würde, um sie aus den Angeln zu heben. Die Leute sparten immer an der falschen Stelle. Was ihn freute. Hans im Glück eben. Ohne weiter nachzudenken, ob es zu laut sein könnte oder nicht, riss er mit beiden Händen an dem Griff. Die Tür brach mit wenig Widerstand ächzend aus der oberen Zarge. Sie hing ihm nun schief entgegen, ein einziger weiterer Ruck von ihm und er könnte hindurch.

Er hörte in das Haus hinein. Nichts. Kein Hund, der bellte, kein Mensch, der meckerte, nicht mal ein Miauen einer Katze. Er fand die Leute in dem Haus sympathisch. Sie schienen ihm zugeneigt zu sein. Er nahm sich vor, wenn möglich, keinem von ihnen ein Haar zu krümmen. Wenn es sich vermeiden ließ. Er hielt den rechten Fuß gegen die Tür, fasste mit der linken Hand in den offenen Spalt und legte die Finger um die Kante, die rechte Hand hielt den Griff. Er holte tief Luft und gerade, als er erneut kräftig ziehen wollte, drangen Stimmen zu ihm.

»Da wird sich Mama freuen.«

»Meinst du? Ich habe meinen Schlafanzug dabei. Sie hat gesagt, Sams Bett ist frei für mich.«

Sam – war das nicht der Name der Tochter? Gott! Was sollte das? Wer war die Tussi? Und der Junge? Das muss ihr Balg sein. Er schalt sich, dass er zu spät gekommen war. Die Alte hätte er anschließend entsorgen können. Er hatte die Prioritäten falsch gesetzt. Machte es Sinn, trotzdem in die Wohnung zu kommen, das Handy zu stehlen und zu verschwinden? War das jetzt überhaupt noch möglich? Und würde die Buchtante der Tussi mit dem Schlafanzug von der Nachricht erzählen? Es klang vertraut, das mit dem Schlafanzug. Wie Pyjamaparty bei Teenagern. Da erzählte man sich alles. Bestimmt.

Fieberhaft überlegte er, was er als Nächstes unternehmen könnte. Plan B. Plan A war in die Hose gegangen. Plan B musste funktionieren. Die hatte ihren Mann verloren. Die war depressiv. Die war weder aus dem Osten noch aus dem Westen. Die war allein. So einer platzte irgendwann der Kragen. Er kannte das selbst zu gut. Die vielen Jahre, in denen er genickt und alles für Conni getan, sie auf Händen getragen hatte. Und dann? Fickte sie einen anderen. Ließ sich ficken. Schlampe. Ein Wunder, dass er ihr nicht den Hals umgedreht hatte. Die Buchtante war bestimmt depressiv. Allein mit zwei Kindern, ein Geschäft, keine Freunde, Vereinskollegen, die sie loswerden wollten. Gute Voraussetzung, um auszurasten und um sich zu treten. Sie war wie geschaffen für seinen Plan B. Und Plan B hatte weitere positive Seiten. Niemand würde je darauf kommen, dass er etwas mit allem zu tun haben könnte. Er wäre ein weiteres Opfer dieser Irren, sonst nichts.

Zufrieden nahm er die Hände von der Tür und ging vorsichtig und ebenso langsam den Weg zurück, den er gekommen war. Erst vor dem Haus richtete er sich vollends auf, lief zügig, aber nicht zu schnell nach rechts und bog in die Louisenstraße, die er, wiederum rechts abbiegend, in die Mühlenstraße verließ. Etwas sagte ihm, dass er diesen Umweg zu seinem Auto machen sollte. Es war fast Mitternacht und manche Menschen hatten einen unruhigen Schlaf.

In der Reuter-Straße stieg er in seinen Wagen und fuhr Richtung Userin. Er parkte am Eingang zum Nationalpark, lief in den Wald hinein und kam bereits nach wenigen Minuten zurück. Er zog die Handschuhe aus, wechselte die Stiefel gegen Straßenschuhe und stopfte alles in einen Sack. Auf dem Heimweg hielt er kurz am Pränklanksee, suchte ein paar Steine und dann eine geeignete Stelle zwischen den tiefhängenden Bäumen, steckte die Steine in den Sack und band ihn zu. Vom Ufer aus warf er ihn in das Wasser. Er versank, ohne die geringste Spur zu hinterlassen. Fast hätte er sich die Hände gerieben. Zum Freuen war es jedoch noch zu früh. Erst musste die Alte gefunden werden und mit ihr die Fährte, die er gelegt hatte.

Zu Hause angekommen warf er einen Blick in die Küche. Nichts erinnerte mehr an das, was wenige Stunden zuvor geschehen war. Eine einfache Durchsuchung würde nichts ergeben, es sei denn, die würden mit allem technischen Kram kommen. Doch dazu müsste es einen begründeten Verdacht gegen ihn geben. Den aber gab es ab morgen früh gegen eine andere Person. Gegen die unerwünschte, fremde Buchhändlerin. Er hoffte, dass die Presse schnell Wind davon bekam. Notfalls musste er nachhelfen.

SECHSUNDZWANZIG

Paul Hamann verstand die Welt nicht mehr. Tatsächlich verdächtigte man ihn nicht nur, seine eigene Schwester ermordet zu haben, sondern auch Martin Friedemann. Weil sie sich kannten. Gekannt haben oder hatten, musste es wohl heißen. Mensch, klar kannte er Martin. Sie waren sich immer mal wieder über den Weg gelaufen. Und früher hatten sie alle in der Tiergartenstraße gewohnt. Die Familie Hamann und die Friedemanns. Hamanns im zweiten Stock, Friedemanns schräg drüber. Martin war viel jünger gewesen als er. Sie hatten nichts zusammen unternommen damals und später auch nicht. Sie kannten sich. Das war alles.

»Herr Hamann. Es gibt einen Zeugen, der aussagt, sie beide zusammen gesehen zu haben. An einem der Tage vor Martin Friedemanns Tod. Sie sollen sich absichtlich nicht angeschaut haben. Was sagen Sie dazu?«

»Nichts. Ich habe Martin länger nicht gesehen. Er war ab und zu im Rathaus, dann haben wir ein Wörtchen gewechselt. Sonst nichts. Wo sollen wir uns denn absichtlich nicht angeschaut haben? Idioten!« Wen er damit meinte, ließ er offen.

Wilko Janssen sah seinen Chef an. Der musste nachsetzen. Weiterfragen. Schließlich war das endlich mal ein Verhör statt der bisherigen Befragungen. Die Zeugin hatte sich gemeldet, als sie von den beiden Ermordeten hörte.

Jens Meinhard schüttelte den Kopf. »Herr Hamann. Sie müssen uns haarklein erklären, was Sie mit Herrn Friedemann verband, wann Sie sich das letzte Mal gesehen haben und worüber Sie gesprochen haben. Außerdem ist Ihr Alibi im Grunde keines. Es gibt niemanden, der bezeugen kann, dass Sie in der Nacht bis zum Morgen des 25. März tatsächlich zu Hause waren.« Jedes Wort sprach der Hauptkommissar deutlich aus. Nicht, weil er annahm, sein Gegenüber wäre schwer von Begriff, sondern weil er nicht glaubte, dass Paul Hamann mit dem Tod von Martin Friedemann etwas zu tun hatte. Das ergab keinen Sinn. Das einzige Motiv, auf dem sein Ostfriese herumritt, basierte auf einer Vermutung: dass Martin Friedemann etwas über den gewaltsamen Tod von Doris Hamann gewusst und dies zum Anlass genommen hatte, Paul Hamann damit unter Druck zu setzen. Was bedeuten würde, dass der Bruder seine Schwester auf dem Gewissen hatte. Inzwischen glaubte Jens Meinhard nicht einmal mehr das. Auch wenn er dringend einen Verdächtigen brauchte, wenigstens für einen der Morde.

Wilko Janssen widerstand dem Drang, selbst einzugreifen, obwohl er sich sehnlichst wünschte, Paul Hamann einmal richtig in die Mangel zu nehmen. Wie es sich gehörte. Diese lasche und fast freundliche Art seines Chefs ging ihm gehörig auf den Geist.

»Ich kann nur sagen, ich war zu Hause. Allein. Natürlich gibt es dafür keine Zeugen. Wenn ich gewusst hätte, dass ich für diese Zeit ein Alibi brauche, säße ich nicht hier.« Paul Hamann wurde laut.

»Also, werden Sie mal nicht frech. Sie stehen unter Verdacht, zwei Morde begangen zu haben. An Ihrer Stelle wäre ich ganz leise.«

Oh Janssen, und an deiner Stelle würde ich schnell die Klappe halten. Du bist gerade dabei, alles zu versauen, dachte der Hauptkommissar und schüttelte kurz den Kopf. Er fuhr sich über den Schädel und fühlte Stoppeln, die ihn störten. »Was mein Kollege meint, ist«, Jens stand auf, »dass Sie kooperativ sein sollten. Niemand möchte einen Unschuldigen hinter Gittern sehen. Diese Zeugenaussage belastet Sie, weil Sie verschwiegen haben, Martin Friedemann in der Woche vor seinem Tod getroffen zu haben.«

»Ich habe ihn nicht getroffen. Ich habe ihn nicht mal gesehen. Soll ich schwören? Einen Eid ablegen? Was soll ich machen, damit Sie mir glauben? Mich auf den Boden schmeißen und beten?« Paul Hamann verlor seine Fassung, er schrie und sprang auf. »Warum soll ich diesen Menschen umgebracht haben und warum meine Schwester?«

»Setzen! Paul Hamann, setzen Sie sich. Sonst legen wir Ihnen Handschellen an.« Der Kommissar hoffte, dass es dazu kommen würde. Er mochte den aufgeblasenen Heini nicht, der, obwohl nur Hausmeister, Tausende Bücher zu Hause hatte.

»Na und? Was ändert das? Ich war es nicht. Ich hatte keinen Grund. Kein Motiv, wie Sie das wohl nennen.« Er setzte sich und starrte Wilko Janssen an. »Wissen Sie, für mich war meine Schwester das Wichtigste auf dieser Welt. Seit ich von ihrem Tod weiß, gibt es nichts, was mich hält. Meinen Sie, jemand könnte mich erpressen? Wozu? Mir ist alles egal. Das Einzige, was ich wissen will, ist, wer meiner Schwester das angetan hat. Martin war das bestimmt nicht. Der hatte mit Doris und mir damals rein gar nichts zu tun. Unsere Eltern kannten seine Eltern, das war alles. Jetzt sollten Sie mich gehen lassen oder mich einsperren. Wenn Sie meinen. Mir ist das egal.«

»Was ich Ihnen nicht glaube!« Jens klopfte auf den Tisch, der ihn und den Ostfriesen von Paul Hamann trennte.

»Ich habe Ihnen gesagt, mir ist alles egal, seit ich weiß, dass Doris tot ist.« Erstaunt hob er den Blick zum Hauptkommissar.

»Nein. Ihnen ist dann alles egal, wenn wir den Täter haben. Den Mörder Ihrer Schwester. Dann meinen Sie, alles hinter sich lassen zu können. Richtig?« Was für ein Mist. Der war es keinesfalls. Zu all dem eine Suizidankündigung wie aus dem Bilderbuch. »Wissen Sie, es gibt Menschen, die schätzen Sie. Eine Frau wie Herta steht draußen und will Sie notfalls mit Gewalt aus meinen Klauen befreien. Obwohl sie weiß, dass ich nur meine Arbeit erledige. Es gibt Menschen, denen Sie wichtig sind. Also lassen Sie den Scheiß!«

Wilko Janssen hatte, seinem Gesicht nach zu urteilen, den Faden verloren. Er wollte etwas sagen, sah zum Glück das kurze Abwinken Jens Meinhards und ließ es. Er war nicht damit einverstanden, wie das Ganze ablief. Eine Gegenüberstellung mit der Zeugin wäre sein nächster Zug gewesen. Das hätte den Heini umgehauen.

»Herta? Vielleicht. Und es mag geklungen haben, als wollte ich …« Paul Hamann mochte es nicht aussprechen. »Jedenfalls habe ich das nicht vor. Ich wollte nur sagen, dass mir so schnell niemand Angst machen kann. Und dass es keinen Grund dafür gibt, mich erpressen zu wollen. Das meinen Sie doch. Dass der Martin etwas gegen mich in der Hand hatte. Ich weiß nicht viel über ihn. Er hat seine Arbeit gut gemacht, das weiß ich. Mir fällt nichts Schlechtes ein. Möglicherweise kannte ich ihn zu wenig.« Er hob die Schultern. »Er war ein netter Kerl. Nie bösartig oder so.«

»Nicht falsch. Immer fair. Liebevoll. Ehrlich. Unbestechlich.« Die Aufzählung des Hauptkommissars klang grimmig.

»Ja, ist das ein Verbrechen?« Paul Hamann verstand nicht, worauf der Hauptkommissar hinauswollte.

Wilko Janssen dagegen fasste sich an den Kopf. Wie nach einer Erleuchtung.

»Na, Kollege, es passt einfach nicht. Ob wir es wollen oder nicht. Sie können gehen, Herr Hamann. Danke.«

*

Nachdem Jens Meinhard seiner Nachbarin zum Abschied die Hand geschüttelt hatte, ging er ins Büro und setzte sich Wilko Janssen gegenüber. »Martin Friedemann war kein Erpresser. Es muss ein anderes Motiv für seine Ermordung geben. Und wenn ich das nächste Mal jemandem Fragen stelle, hältst du deinen Mund. Verstanden?«

»Mensch, ich habe da nun mal was anderes gelernt, wie man Verhöre leitet.« Der Kommissar war sauer. Er wusste, dass sein Chef recht hatte und er wusste auch, dass Paul Hamann zumindest als Mörder von Martin Friedemann ausschied. Gerade deshalb mochte er sich nicht länger beherrschen. »Es kann nicht sein, dass uns die Leute auf der Nase rumtanzen! Was glauben die eigentlich, wen sie vor sich haben!« Seine blasse Gesichtshaut färbte sich dunkelrot. Sonst war ihm das peinlich, in dem Moment bemerkte er es nicht. Er war wütend und fühlte sich wieder einmal ungerecht behandelt.

»Die Leute können und dürfen tanzen, es ist ihre Sache. Hörst du? Du bist nicht in der Lage, einzuschätzen, wann welche Fragen und welcher Ton angebracht sind. Und auch für uns gilt die Unschuldsvermutung gegenüber jedem Menschen, der vor uns sitzt. Merk dir das. Du versaust dir sonst nicht nur die Karriere bei uns, sondern dein komplettes Leben.« Jens Meinhard blieb für seine Verhältnisse ruhig. Möglicherweise brauchte der Ostfriese bedeutend mehr Zeit, sich einzugewöhnen, als er es sich vorgestellt hatte. Und Zeit dafür, sich der herrschenden Hierarchie anzupassen. »Viele Chancen hast du nicht mehr. Du verdankst den laufenden Ermittlungen eine weitere Chance. Fang endlich an, deinen Job zu erledigen. Als Kommissar. Nicht als Möchtegernbulle.«

Wilko Janssen schüttelte den Kopf, wollte etwas erwidern, wischte sich stattdessen aber über die Nase. Der Hauptkommissar hatte diese Bewegung schon öfter bei ihm beobachtet. Immer dann, wenn er nervös war oder ungehalten.

Jens machte ihm ein Friedensangebot. Schließlich war er der Vorgesetzte und in gewisser Weise für den Ostfriesen verantwortlich. »Ich brauche ein Bier. Kommst du mit? Mein Bruder hat hoffentlich Informationen, die uns weiterhelfen. Und ein Feierabendbier haben wir, soweit ich mich erinnere, bisher nicht zusammen getrunken.« Er erhob sich, nahm die Jacke von der Lehne, zog den Autoschlüssel vom Tisch und ging Richtung Ausgang. »Das ist ein Befehl. Kneifen gilt nicht.«

Immer noch beleidigt stand Wilko Janssen auf und folgte Jens Meinhard, bis ihm seine Jacke einfiel, die er im Büro vergessen hatte. Er drehte um, rannte zurück und schnappte sie sich. Dann zögerte er. Ein Bier trinken mit einem Mann, der in beide Fälle verwickelt ist? Sollte er das? Endlich ließ er die Bedenken fallen und lief den Flur entlang. An der Treppe wartete der Hauptkommissar, worüber er sich wunderte. Das hatte der noch nie gemacht.

»Wir nehmen mein Auto und später ein Taxi. Lutz wartet. Wenn er gute Laune hat, gibt es ein anständiges Abendbrot.«

Sie fuhren vom Töpferberg links ab und bogen in die Elisabethstraße. Nicht einmal fünf Minuten brauchten sie bis zum Hotel, dafür dauerte die Parkplatzsuche etwas länger. Die Saison begann in der Regel mit Ostern beziehungsweise schon in der Karwoche, und der Anzahl der parkenden Autos nach war das Hotel Strelitz sehr beliebt. Das Restaurant war geöffnet, sie nahmen den Straßeneingang, der direkt hineinführte. Auf den ersten Blick erkannte Jens Meinhard niemanden, was ein gutes Zeichen für den Abend war. Denn er vermied es gern, außerhalb der Polizeiinspektion mit besorgten Bürgern über ihre Ängste zu sprechen, es sei denn, er sprach sie darauf an. Ali, der Kellner, winkte ihn durch zur Rezeption. Wilko Janssen ging hinterher.

Lutz Meinhard saß mit gesenktem Kopf hinter der Anmeldung und tippte etwas in den Computer. Ab und zu schüttelte er den Kopf, energisch, begleitet von einem Empörungslaut, der wie ein Grunzen klang. Er schien trotzdem die Anwesenheit von Menschen wahrzunehmen, denn bald schon drückte er die Entertaste und schob die Maus beiseite. »Was kann ich für Sie tun?« Erst nach der Frage hob er seinen Kopf. »Ach ihr seid es. Zu früh. Ein bisschen. Es ist ein Drama, ich sage es euch. Was die mit der armen Frau treiben, geht auf keine Kuhhaut. Gut, dass ihr da seid. Ihr müsst der verdammten Hexe Einhalt gebieten!«

Lutz war sauer. So richtig. Etwas hatte ihn dermaßen auf die Palme gebracht, dass er sogar in seinem guten Hotel die Beherrschung verlor, was Jens bisher eher selten bis überhaupt nicht erlebt hatte.

»Steht nicht rum. Kommt rüber ins Büro. Nein, besser wir gehen nach unten. Da ist keiner. Erst am Samstag und Sonntag habe ich dort eine Veranstaltung. Heute nicht. Geht schon mal runter. Gleich vorne der Tisch im Salon. Ich sage Ali, was er uns bringen soll. Bier? Ich würde sagen, alkoholfrei. Womöglich habt ihr später noch einen Einsatz. Wenn wir fertig miteinander sind. Was essen, nehme ich an?« Er wartete das Nicken der beiden nicht ab. »Steak? Herr Janssen, Sie sind sicher kein Vegetarier, oder? Also Steak für alle. Medium oder durch? Polizisten, die blutig mögen, wären mir suspekt.«

Wilko Janssen mochte blutig, beließ es aber dabei und nickte, um in den Augen des Bruders seines Chefs nicht als suspekt zu gelten. Medium und alkoholfrei. Doller Feierabend.

Als Lutz in die Küche verschwand, boxte Jens Wilko in die Seite. »Gehen wir in den berühmten Kultursalon meines Bruders. Sein Herzstück. Er hat was übrig für Kunst und Kultur. Und für gutes Essen. Selbst medium gebraten dürfte das Steak eine Delikatesse sein. Glaub mir.«

Derart aufgeräumt hatte Wilko den Hauptkommissar bisher nicht erlebt. Fast privat und kumpelhaft. Ähnlich wie er es aus Aurich vom Revier her kannte. Gern hätte er gefragt, was mit Jens los sei, doch das traute er sich nicht. Kumpelhaft hin oder her.

Jens fasste das Schweigen anders auf. »Einen Schnaps wird es schon geben vor und nach dem Essen. Keine Sorge. Wir sind privat hier und essen was. Von wegen Einsatz. Was der nur hat? Zum Glück fallen bei uns die Toten dann doch nicht wie die Äpfel von den Bäumen.« Er klopfte dreimal an die zweiflügelige Holztür zum Salon. Es sollte wie ein Spaß aussehen, insgeheim fürchtete er aber doch, durch solche Witze dem Schicksal einen Wink zu geben. Aberglaube gehörte nicht zu seinen Eigenschaften, doch herausfordern wollte er nichts. »Hier sind wir. Der Lichtschalter ist rechts. Dreh mal dran.«

Wilko fand den Schalter.

»Danke. Tisch, Licht, jetzt fehlt nur noch das Bier.«

»Kommt schon. Setzt euch.« Lutz brachte auf einem Tablett die zwei Biere und für sich einen Rotwein. »Das Essen dauert. Wir haben das Haus voll. Ostern steht vor der Tür.« Dass er damit nichts Neues sagte, sah er an den Gesichtern der Polizisten.

»Wenigstens einen Schnaps? Wir haben Feierabend und sind privat hier. Du weißt, ich verabscheue alkoholfreie Biere.«

Wilko nahm einen großen Schluck, obwohl er wie sein Chef keine Sympathie für Pseudoalkohol hegte. Er hatte Durst. Er sah das Glas an, dann Lutz und Jens. »Alkoholfrei? Wahnsinn.« Und trank das halbe Glas leer.

»Langsam, Kommissar. Das ist nicht alkoholfrei. Das könnte ich meinem Herrn Bruder nie antun.«

Jens lehnte sich entspannt mit dem Bierglas zurück. »Du weißt, was ein Bulle nach dem Dienst braucht.

Danke.« Er beließ es, anders als Wilko, nicht beim Austrinken des halben Glases, sondern leerte das ganze Glas in langsamen Zügen ohne abzusetzen. »Noch eines, und dann erzählst du, was dir auf dem Herzen liegt. Und danach sind wir dran.«

»Nein. Erst ist Lilo Glück dran. Ich sage euch, da gehen Mails durch das Internet – unvorstellbar. Ich habe ihr geraten, die Hexe und all die anderen anzuzeigen. Sie will das nicht. Sie will aus dem Verein austreten und hofft, auf diese Weise das Problem zu lösen.«

»Geht es darum, dass Eva Wöllert meint, sie hätte was mit den Morden zu tun? Ich habe sie gestern noch angerufen und ihr gesagt, sie solle das lassen. Macht sie weiter?«

»Damit nicht. Gestern fing jemand an, an alle Vereinsmitglieder was von alten Stasispitzeln zu schreiben, die nun wiederkämen. Daraufhin gingen zig Mails und später Nachrichten auf den Handys hin und her. Es ging auch um die Eltern von Lilo. Angeblich hätte Lilo sogar ihre Eltern ausspioniert. Und Martin Friedemann, ihr Klassenkamerad, wäre dahintergekommen und so weiter.« Voller Empörung zog er einen Stapel Unterlagen aus seiner Innentasche. »Ich habe alles ausgedruckt. Jedes Wort. Und hier ein Stick.« Er reichte den USB-Stick an Wilko. »Ich habe gehört, Sie sind der Computerexperte. Dann haben Sie was auszuwerten. Alles doppelt gesichert. Nicht dass die hinterher kommen und behaupten, dass sie diese Dinge nie geschrieben hätten. Die Krögers, die Witzkes und die Grünerts sind in Ordnung, und ein paar andere. Ich habe das zusammengefasst in einer Datei. Und hier auf dem Zettel.« Lutz faltete die A4-Bögen auseinander. »Johannes Maaß, Ingolf Wendt und Sabine

Michels stänkern mit, ganz ordentlich, wobei der Wendt durchklingen lässt, man müsse vorsichtig mit Stasivorwürfen und anderen Behauptungen sein. Bei dem kann ich mir das auch nicht vorstellen. Ist ein Netter. Ähnlich wie der Friedemann einer war. Bloß dass ihm die Frau weggelaufen ist.«

Lutz rief oben an und bestellte neue Getränke. Er hoffte, Jens würde nicht weiter auf den letzten Satz eingehen. Das war privat. Höchstens ein Thema zwischen Brüdern oder sehr guten Freunden. Nichts für den Ostfriesen. »Was sagt ihr eigentlich zu dem Einbruch in der Waschküche in Lilos Haus? Die machen vor Nichts halt. Die wollen sie weghaben. Ein Sündenbock für alles wird geschaffen.«

»Einbruch? Bei Frau Glück? Wusstest du davon, Wilko?«

Der sah Lutz genauso ungläubig an wie Jens.

»Also nein. Super. Hat sie es angezeigt?«

»Ich habe ihr dazu geraten. Zumal eine Tür zerlegt wurde. Totalschaden.«

»Sonst nichts?«

Lutz schüttelte den Kopf. »Es fehlt nichts, sagen alle, die im Haus wohnen. Lilo fühlt sich verantwortlich, weil sie meint, dass sie vergessen hätte abzuschließen.«

»Ich denke, die Tür ist beschädigt?«

»Mensch, Bruder, die Innentür. Die Außentür war wohl nicht verschlossen.«

»Wilko, kläre, ob eine Anzeige vorliegt und ob sich das jemand angeschaut hat. Wenn nicht, großes Kommando hin. Jede Fußspur, jede Faser, die nicht zu einem der Hausbewohner passt, möchte ich auf dem Tisch haben. Heute Nacht noch. Entschuldige, Lutz. Wenn du uns das vor Stunden gesagt hättest, und ich nehme mal an, du weißt es bereits seit mehreren Stunden, könnten wir das Steak essen. Manchmal hasse ich meinen Job.«

Wilko telefonierte längst, als Jens und er die Treppe hinaufgingen. Ali kam ihnen mit den duftenden Steaks entgegen und sah sie fragend an. Wilko roch kurz daran und sprach dann weiter aufgeregt in das Telefon.

Jens sagte zu Ali: »Könnt ihr allein essen. Sei froh, dass du einen anständigen Beruf gelernt hast.«

Hinter ihm ging Lutz, der Ali in die Küche zurückschickte und sich anschließend an seinen Bruder wandte. »Ich komme mit. Du kannst die Frau doch abends nicht einfach so überfallen.«

»Hab ich nicht vor. Ich rufe sie jetzt an, damit sie, falls sie nicht zu Hause ist, dorthin fährt und uns die nötigen Türen öffnet. Weißt du, ich finde es schon merkwürdig, dass eine Buchhändlerin jemandem derartig ein Dorn im Auge ist. Warum?«

»Sie kommt. Sie ist mit den Kindern bei ihren Eltern. Ich habe ihr geschrieben. Sie ist sauer auf mich.«

»Besser auf dich als auf mich. Und sie hätte es anzeigen müssen. So wie Wilko sich aufführt, hat sie das nämlich nicht getan. Merkwürdig.«

SIEBENUNDZWANZIG

Die Spurensicherung war die ganze Nacht beschäftigt, nachdem sie nur mit Murren an die Arbeit gegangen waren. Jens und Wilko nahmen währenddessen die Aussagen sämtlicher Hausbewohner auf und erfuhren dabei nichts, was nur annähernd mit dem Einbruch zu tun hatte. Außerdem fanden es ausnahmslos alle unverschämt, ihre Fingerabdrücke abgeben zu müssen.

Als Letztes nahmen sie sich Lilo Glück vor. Der Morgen war längst angebrochen und der Appetit auf einen Kaffee inzwischen sehr groß.

»Denise, meine Freundin, kam gegen Mitternacht, zusammen mit Marius. Der ist dann ins Bett. Denise und ich haben eine Weile gesessen und erzählt, bis gegen drei oder so. Ich weiß es nicht genau. Mein Wecker hat mich heute früh aus tiefem Schlaf gerissen, um 7 Uhr. Ich konnte etwas länger schlafen als sonst, weil Ferien sind. Und ich habe Ihrem Bruder mein Vertrauen geschenkt. Dass er eine Klatschbase ist, war mir nicht klar.«

Jens wäre gern aus der Haut gefahren und hätte dieser Dame erklärt, wie Lutz sich für sie abstrampelte. Er ließ es. Das war Privatkram und gehörte nicht hierher. Etwas abmildern konnte er wenigstens: »Frau Glück. Diese Waschküche gehört nicht Ihnen allein, oder? Soweit ich weiß, benutzen alle aus dem Haus den Raum. Der Hinweis auf den Einbruch in der letzten Nacht gehört zur Bürgerpflicht. Wir bekommen regelmäßig anonyme Anrufe.« Womit er genug sagte, um sie glauben zu lassen, dass es auch in dem Fall eine anonyme Anzeige gegeben hatte. »Und da Sie immer wieder in unseren aktuellen Mordermittlungen auftauchen, hielt ich es für richtig, selbst einen kurzen Blick auf den Einbruch zu werfen.«

»Na, wenn das Chaos hier ein kurzer Blick ist, möchte ich nicht wissen, was Sie mit einem langen alles anstellen. Ich möchte zu meinen Kindern. Jetzt. Ich habe alles gesagt. Fragen Sie Denise, die kann das bestätigen. Ich habe den Einbrecher weder gesehen noch gehört.« Ihr fiel das Auto ein, das spätabends, als sie auf dem Balkon gestanden hatte, wie suchend an ihrem Haus vorbeigefahren war.

Jens sah ihr an, dass ihr etwas eingefallen war. Sie hatte die Stirn in Falten gelegt und kniff die Augen zusammen. »An was denken Sie gerade?«

»Ach, da ist nichts. Ich war, bevor Denise und Marius kamen, auf dem Balkon. Alles war ruhig und kein Mensch war zu sehen. Bloß ein Auto. Ein größeres. Es fuhr langsam vorbei.«

»Was für ein Auto? Was haben Sie erkannt? Das kann womöglich der Einbrecher gewesen sein. Bitte, erinnern Sie sich.«

»Es ist nichts gestohlen worden. Die Tür ist kaputt. Das ist alles. Die Innentür. Das ist nicht schlimm. Warum ist der Einbrecher wichtig für Sie? Sie sind doch Ermittler in Mordfällen und halten sich mit dieser Lappalie auf?«

Jens wandte sich Wilko zu. »Geh noch mal rum. Ob jemand einen Wagen gesehen hat. Langsam vorbeifahrend. Ich glaube nicht, dass er, wenn er es war, vor der Tür geparkt hat. Nimm dir ein oder zwei Kollegen. Fragt die Straße und die Nebenstraßen rauf und runter. An dem Einbrecher, der nichts geklaut hat, ist mehr dran.«

Wilko hatte sich längst anstecken lassen. Die Buchhändlerin war in die Morde verstrickt, warum auch immer, und nun der Einbruch. Und es gab einen Haufen Leute in der Stadt, die die Dame loswerden wollten.

Jens hatte ähnliche Gedanken. »Frau Glück. Man will Sie loswerden. Man gräbt Geschichten aus, die es nie gegeben hat. Können Sie sich vorstellen, warum man das macht und wer dahinter steckt? Ich habe sämtliche Protokolle des Schriftverkehrs des Vereins seit Sonntag. Da hat sich eine Menge angesammelt. Und all das, weil jemandem Ihre Nase nicht passt.« Meinem Bruder hingegen passt nicht nur Ihre Nase. Er kämpft für Sie, als wäre es sein eigener Krieg. Doch dies behielt der Hauptkommissar für sich.

»Ich weiß es nicht. Ich bin vollkommen ahnungslos. Eva Wöllert mag mich nicht. Gut. Aber mir einen Mord unterzuschieben oder zwei, das kann ich mir nicht vorstellen. Sie ist bösartig, ja. Aber das ginge zu weit.«

»Sie sind ein gutgläubiger Mensch. Sie meinen sicher, in jedem schlummert das Gute.«

Lilo lächelte. »Bestimmt. Was sonst? Wollen Sie einen Kaffee? Für Sie war es auch eine harte Nacht.«

»Gern. Und ich denke, Sie sollten überlegen, wer etwas gegen Sie hat und weshalb. Ich glaube kaum, dass Frau Wöllert hier einsteigen wollte. Dafür wäre sie sich zu fein. Eventuell einer ihrer Getreuen oder jemand ganz anderes?«

»Wissen Sie, es gab eine Zeit, da dachte ich, jeder hat etwas gegen mich. Und es waren wirklich viele, die mir das Leben schwer machten. Manche absichtlich, andere aus Dummheit. Warum Menschen das tun, weiß ich nicht. Sie tun es. Seit meiner Rückkehr, nein, erst seit Januar, als wir die tote Frau entdeckten, seitdem spüre ich erneut so etwas wie Feindschaft. Anfangs leise, nun mit jedem Tag lauter und unverhohlener. Die Leute trauen sich, ihre Feindschaften offen zu leben. Erwachsene. Früher dachte ich, wenn ich groß bin, ist alles gut. Wie im Märchen. Ende gut, alles gut. Doch welches Ende geht schon gut aus?«

Sie verwirrte Jens zusehends. Er ging nicht auf ihre Frage ein und sagte stattdessen: »Das ist keine Kinderei mehr. Das ist ernst.«

Lilo sah ihn mit Tränen in den Augen traurig an. »Das war für mich niemals eine Kinderei. Das war jeden Tag ernst. Und trotzdem hätte ich Martin nichts angetan. Ich weiß von Denise, dass er in einem gewaltsamen Elternhaus aufgewachsen ist. Schlimm sind im Nachhinein die Erwachsenen, die Lehrer, die weggeschaut haben.«

»Was hat er Ihnen angetan?« Jens stellte sich Schläge oder Vergewaltigung vor.

Die sonst so selbstbewusste Frau vor ihm ließ endlich die Tränen fließen. »Sie denken sicher an körperliche Gewalt. Es war schlimmer. Jeden Tag. Hier ein Wort. Da ein Lachen. Ein Naserümpfen. Immer fühlte ich mich allein und hatte Angst, in die Schule zu gehen. Egal. Ich möchte nicht mehr daran denken. Es ist vorbei. Lassen Sie das aus Ihren Akten. Es gibt zu viel über mich und meine Familie in Akten, das da hätte nicht stehen dürfen. Bitte!«

Auch ohne ihr Flehen hätte er zugestimmt. Er glaubte nicht, dass Lilos Vergangenheit mit den Morden zusammenhing. Die Gegenwart war es. »Ich verspreche es. Ich …« Ich bin das nicht nur Ihnen, sondern auch meinem Bruder schuldig, der Sie tief verehrt – wollte er eigentlich sagen. Stattdessen fügte er hinzu: »Ich verspreche auch, Sie, soweit es geht, aus den zukünftigen Ermittlungen herauszuhalten. Dafür müssen Sie mir alles sagen, was Sie wissen.«

Sie nickte. »Danke. Ich weiß nicht, ob es wichtig ist und ich weiß auch nichts darüber.« Sie zeigte auf das Bücherregal.

In diesem Moment klingelte Jens' Handy. »Hm.« Er hob den Finger und drehte sich um. »Was?« Er hörte gespannt zu. »Wir kommen. Die Truppe ist komplett in der Hohenzieritzer. Wir sind in wenigen Minuten vor Ort.« Er sank etwas zusammen, als er das Gespräch beendete.

»Das klingt nicht gut. Herr Hauptkommissar, warten Sie, nehmen Sie wenigstens Kaffee mit.«

»Geht nicht. Ich muss los. Leider kann ich Ihnen nichts sagen.«

»Ich habe nicht gefragt. Ich sehe Ihnen an, dass es noch einen Toten gibt. Im Umkreis von wenigen Minuten.« Sie ging an ihm vorbei, legte kurz ihre Hand auf seinen Arm und fragte: »Ein paar Riegel oder Brote zum Kaffee? Für Ihren Kollegen packe ich auch was ein. Der sah die ganze Nacht hungrig aus.«

ACHTUNDZWANZIG

»Verdammt. Das sieht nach einem ordentlichen Wutanfall aus. Wie beim Friedemann. Allerdings wurde diese Dame hier erwürgt, nicht erschossen.« Jens Meinhard saß neben seinem Kollegen im Einsatzwagen und hoffte, nicht allzu ratlos zu klingen.

»Alles weist auf Lilo Glück. Das kannst du nicht abstreiten. Sonst gab es niemanden, der beiden Menschen gleichzeitig etwas nachtrug.« Wilko Janssen sprach eifrig und konnte nicht verbergen, dass er diese Spur favorisierte.

»Und Eva Wöllert schickte zwei letzte Nachrichten. Beide an meinen Bruder, den ich mir dringend vorknöpfen muss. Warum musste diese Frau auch noch sterben? Hängen alle drei Morde zusammen?« Jens Meinhard war nicht nur ratlos, er war sauer. Er hatte genug von Mord und Totschlag. Und niemand war greifbar, der ein Motiv hatte. »Mir fehlt das Motiv. Da kannst du dir ausmalen, was du willst. Lilo Glück hat keines. Nur, weil der Friedemann als Junge nicht nett war, sollte sie ihn umbringen? Dann müssten reihenweise Menschen sterben, von den Nicht-Netten gibt es nämlich eine ganze Menge.«

»Psychologisch gesehen ist das schon möglich. Wenn einen die Vergangenheit einholt. Sie sieht hier alles wieder, die alten Wunden brechen auf. Wumm. Sie schlägt zu!« Der Ostfriese war ganz begeistert von seiner These.

»Und die Wöllert gleich hinterher, weil unsere Buchhändlerin meint, sich nichts mehr gefallen zu lassen? Weder von ehemaligen Mitschülern noch von einer herrischen Vereinsvorsitzenden? Und wie passt Doris Hamann dazu? Siehst du, gar nicht.«

»Das ist das einzige Problem, was ich habe. Dieser alte Mord. Der passt nicht. Aber seit die Glück zurück ist, haben wir haufenweise Tote.«

»›Haufenweise Tote‹«, äffte Jens den Kommissar nach. »Zwei Menschen sind ein Haufen? Na, so kann man es sehen. Vor allem die Medien sehen es auf diese Weise. Wenn bekannt wird, dass Eva Wöllert ebenfalls ein Opfer von Gewalt geworden ist, werden wir keine Sekunde mehr ruhig arbeiten können. Scheißspiel!« Trotzig schenkte er Kaffee in die Thermosbecher und reichte Wilko einen davon. »Wir fahren zu meinem Bruder und dann Dienstbesprechung um 10 Uhr auf dem Töpferberg. Trommle alle zusammen.«

»Wenigstens haben die Kollegen an Kaffee gedacht.«

»Brote gibt's auch.« Der Hauptkommissar bot ihm eines an. »Von deiner Hauptverdächtigen geschmiert.« Er grinste. »Vielleicht Arsen drin. Extra dick aufgetragen.«

Der Kommissar warf das Brot in die Box zurück, als wäre es tatsächlich hochgiftig. »Du isst das? Sag mal, wir müssen Abstand zu unseren Verdächtigen haben. Oder ist das in Mecklenburg anders?« Er fiel in den Ton zurück, den er sich eigentlich seinem Chef gegenüber abgewöhnen wollte. Eine Abmahnung machte sich nun mal nicht gut in der Personalakte.

»Hey! Pass auf, was du sagst. Es gibt keine weitere Warnung von mir.« Jens' Tonfall blieb erstaunlich ruhig. »Außerdem ist sie für mich keine Verdächtige. Sie wollte mir was zeigen. Das schaue ich mir nach der Dienstbesprechung an. Was habt ihr zu den Altlasten herausbekommen? Unser Zeitzeugenpolizist Heintz sagte, du hättest ihm Namen gegeben zur Überprüfung. Ich warte auf den Bericht. Wenn alle Morde zusammenhängen, liegt der Grund dafür womöglich viele Jahre zurück.«

»Ach, bisher alle unauffällig. Der Friedemann war nach der Wende weg. Die Eltern von ihm hatten da schon lange nichts mehr mit den Hamanns zu tun, das war vorbei. Die ehemaligen Kollegen von Doris Hamann leben verstreut, wir haben entsprechende Anfragen an die jeweilige Polizei vor Ort geschickt.«

»In deinen Datenbanken gibt es demnach diverse Lücken. Ich gebe dir zwei Tage Zeit, die zu schließen. Rumgammeln ist vorbei.«

»Du weißt, dass wir Karfreitag haben? Wie soll ich das schaffen?« Wilko war entrüstet. Eigentlich hatte er vorgehabt, das Wochenende bei seinen Eltern in Waren zu verbringen.

»Mensch, mach einfach. Und Ostern fällt dieses Jahr aus. Oder wird das in Ostfriesland anders gehandhabt? Feiertage vor Mordermittlung?«

Die Rechtsmedizinerin klopfte kurz an die offene Tür. »Wenn ich die Herren Kommissare stören darf. Ich habe nämlich etwas beizutragen. An einem Feiertag in einer Mordermittlung. Die Frau wurde bereits am Mittwoch ermordet. Irgendwann zwischen 18 Uhr und Mitternacht. Der Fundort entspricht nicht dem Tatort. Der Täter oder die Täterin war kräftig. Mit bloßen Fingern jemanden zu erwürgen, ist kein Kinderspiel.« Sie sah beide Männer abwechselnd an. »Wenn ich euch betrachte, traue ich dies körperlich dem Hauptkommissar problemlos zu. Wenn aber Wut eine Rolle spielt, wachsen manchmal ungeahnte Kräfte. Damit kann ich den Kommissar ebenfalls nicht ausschließen.«

Der ballte beleidigt seine Fäuste unter dem Tisch. Barbara Smetanowa bemerkte das und lächelte.

»Mach weiter. Momentan schließe ich Anwesende als mögliche Tatverdächtige einfach aus.«

»Beruhigend. Mehr kann ich nicht sagen. Ich nehme sie mir vor, sobald sie in Neubrandenburg ist. Ich denke, am frühen Nachmittag kann ich einen vorläufigen Bericht abgeben. Personaldecke ist heute dünn: Feiertag. Alle haben frei. Ich hoffe, Oskar ist erreichbar. Sonst muss einer von euch mir assistieren.« Sie lachte und hob zum Abschied die Hand.

»Die hat Humor. Eine Frau, die täglich Leichen zerschneidet, ne, also, die wäre nichts für mich.«

»Mensch, halt die Klappe. Als würde eine derartige Frau was von dir wollen. Und halte dich, wenn wir zu meinem Bruder fahren, unbedingt zurück mit deinen Verdächtigungen. Wir brauchen seine Unterstützung und er muss uns vertrauen. Ich glaube, wir sollten das gemeinsame Umfeld von Martin Friedemann, Eva Wöllert und Lilo Glück abklopfen. Und nun gut, nehmen wir meinen Bruder dazu. Dann haben wir ein Quartett. Die müssen auf jeden Fall gemeinsame Bekannte haben.« Jens trank den letzten Tropfen Kaffee und biss demonstrativ vom Brot ab. Mettwurst mit Schmalz drunter. Eine Stulle, wie seine Mutter sie früher als Schulbrot für ihn und Lutz gemacht hatte. Er stieg aus und rief zu Wilko in den Einsatzwagen hinein: »Das ist nicht giftig. Iss ruhig. Und die Glück behalten wir im Auge. Unbedingt. Komm. Wir fahren nach Neustrelitz und tauchen unangemeldet im Hotel auf.«

Wilko Janssen sah das als Friedensangebot, nahm sich das Brot und sprang seinem Chef hinterher.

*

»›Irgendwer ist hinter mir her. Ich weiß das. Und ich kenne sie. Du auch. Sie rächt sich.‹« Jens stellte sich nah an Lutz heran und las ihm vor. »›Hilfe!‹ Das waren die letzten Nachrichten, die vom Mobiltelefon von Eva Wöllert versendet wurden. Eine am frühen Abend und die andere nach Mitternacht. Zeitstempel haben wir. Jetzt zeig mir dein Handy. Warum hast du mir nichts gesagt?«

»Warum? Ich sah keinen Grund. Es gab keinen. Und es gab keine Möglichkeit. Die erste Nachricht kam, da wart ihr auf dem Weg zu mir, glaube ich. Ich tat sie als Hirngespinst der verrückten Wöllert ab. Oh, entschuldigt bitte. Sie war keine nette Frau, aber das hat sie nicht verdient.«

»Sicher? Sie hat das nicht verdient? Jemand anderer vielleicht?« Jens wusste, dass ihm diese Nachrichten zum Verhängnis werden konnten. Man würde ihm die Ermittlungsleitung entziehen. Wenn nicht sogar ihn beurlauben. »Scheißspiel. Warum hat sie ausgerechnet dir das geschrieben? Und später bat sie um Hilfe. Was hast du unternommen? Nichts? Oder bist du hingefahren?«

»Ne, also diese Frau hat mir seit meiner Trennung immer wieder Nachrichten geschickt. Und ich wollte keinen Kontakt mehr. Das hatte ich ihr gesagt.«

»Wie hat sie reagiert? Wie es scheint, hat sie sich nicht an deinen Wunsch gehalten, oder?« Jens hielt es für unmöglich, dass Lutz etwas mit dem Tod der Vereinsvorsitzenden zu tun haben könnte. Er bereute es, den Ostfriesen neben sich zu haben. Der bestimmt nur darauf wartete, dass Jens Meinhard Fehler machte.

»Ja. Sie hat sich empört, per Mail. Ich drucke dir alles aus, was sie mir geschrieben hat. Ich habe sie auf Spam gesetzt. Und als sie am Mittwoch ›Hilfe‹ schrieb, wusste ich, was sie wollte. Nämlich dass ich nachts zu ihr fahre und sie …« Lutz hielt mitten im Satz inne. »Du glaubst doch nicht, dass ich sie umgebracht habe! Denkst du, sie ist mir auf den Geist gegangen und dann habe ich sie umgebracht? Erschossen wie Martin Friedemann? Und am besten auch gleich die arme Doris Hamann? Dafür bin ich allerdings zu jung. Meinst du nicht?«

»Komm. Lass uns nach hinten gehen. Ich glaube nicht, dass du es warst.«

»Ach nein? Warum stellst du mir dann all diese Fragen? Ach ja, Lilo Glück war es. Dumm bloß, dass sie abends bei ihren Eltern war, und später hattet ihr sie unter Aufsicht.«

»Komm. Denk an dein Hotel. Mach dich nicht zum Kasper vor deinen Leuten.« Tatsächlich waren mehrere Augenpaare auf sie gerichtet, die das alles gar nichts anging.

Endlich fügte Lutz sich und ging vor in sein Büro. Er setzte sich ans Fenster, die beiden Polizisten nahmen ihm gegenüber Platz.

»Du bringst die Abende durcheinander. Eva Wöllert wurde heute früh gefunden, aber in der Nacht zu Donnerstag irgendwann ermordet. Wie es scheint, bereits kurz nach Mitternacht, was zu den Untersuchungen der Rechtsmedizin passt.«

»Na und? Sie war es nicht. Ich weiß es. Die Wöllert hatte etwas gegen sie. Und Lilo war drauf und dran, aus dem Verein auszutreten. Mehr nicht.«

»Warum schreibt dir Eva Wöllert kurz vor ihrem Tod? Du wüsstest, wer sich rächen will, schreibt sie. Und du antwortest nicht? Stunden später dann ein Hilfeschrei und du reagierst wieder nicht?« Jens war enttäuscht. Er hatte mehr erwartet. Sie hatten zwar bereits gesehen, dass keinerlei Nachrichten oder Anrufe nach ihren vermutlich letzten schriftlichen Worten eingegangen waren, trotzdem hatte er gehofft, Lutz wüsste etwas, was ihnen half.

»Meinst du, ich hätte ihr helfen können? Wenn ich zu ihr gefahren wäre? Meinst du das? Wäre sie dann nicht tot?« Lutz flüsterte den letzten Satz.

»Nein. Ich glaube nicht, dass du ihr hättest helfen können. Wir müssen aber auf die Auswertung der Spurensicherung warten und auch auf die Ergebnisse der Obduktion. Sie wurde im Nationalpark gefunden. Absicht? Will uns jemand etwas Bestimmtes damit sagen? Drei Tote im Nationalpark? Oder will man uns in die Irre führen?« Jens kehrte in den Modus des Ermittlers zurück. »Lutz, was habt ihr gemeinsam? Also du, der Martin Friedeman, Lilo Glück und Eva Wöllert?«

Lutz schüttelte hilflos den Kopf. »Vielleicht hätte ich doch was tun können. Sie hat mich um Hilfe gebeten.«

»Ich sagte eben, dass ich das nicht glaube. Wir brauchen dringend die Listen ihres Telefonanbieters. Wann welche Anrufe und Nachrichten ein- und ausgegangen sind. Wilko, veranlasse das.«

Als der Kommissar sich nicht erhob, sagte Jens: »Sofort. Ich denke, du kannst in eines der unbelegten Zimmer, oder?«

Lutz war zu sehr mit Selbstvorwürfen beschäftigt, als dass er wirklich verstand, was sein Bruder sagte. Er nickte. Jens brachte Wilko hinaus, bat Agnes, die Frühdienst hatte und in dem Moment mit einer Kaffeekanne an ihnen vorbeilief, um den Schlüssel eines unbelegten Zimmers. Sie griff mit der freien Hand denjenigen mit der Nummer 43 und warf ihn in Richtung der Kommissare. Wilko fing ihn geistesgegenwärtig und machte sich über den Zwischenflur ins Obergeschoss davon. Er wollte schon immer mal die Räumlichkeit dieses Hotels näher betrachten. Sein Telefon klingelte.

»Du kümmerst dich um die Listen und füllst deine Datenbank. Dann befragst du die Angestellten meines Bruders. Geschickt und diskret. Sag denen nichts von unserem letzten Opfer. Aber frag sie, ob sie Martin Friedemann gekannt haben und was sie über die Vereinsleute wissen.«

Wilko war dummerweise auf die Lautsprecherfunktion gekommen und wagte diese erst zu deaktivieren, als der Chef aufgelegt hatte. Manchmal tippte er zu hastig und drückte auf diese Art Gespräche weg. Jetzt hoffte er, dass niemand die Anweisungen belauscht hatte. Er sah sich nervös um. Nichts. Kein Gast und kein Zimmermädchen. Das Zimmer 43 lag zum Hof und war hell und geräumig. Er fand es ziemlich altmodisch eingerichtet. Er setzte sich aufs Bett und schaukelte einige Mal mit dem Hintern hin und her. Gemütlich und bequem, dachte er. Vielleicht sollte ich hier meinen Eltern ein Wochenende zum Geburtstag spendieren. Mit allem Drum und Dran.

Sein Handy klingelte erneut. Ein schneller Blick auf das Display beruhigte ihn. Walter Heintz rief an. Das Gespräch dauerte fast zehn Minuten. Dörte Maurer vom Nationalparkamt hatte das Fehlen von Unterlagen bemerkt. Da sie, Martin Friedemann und Andreas Wegner sich zwar die Zuständigkeitsgebiete aufteilten, war es wegen Vertretungen in Krankheits- und Urlaubsfällen unabdingbar, sich gegenseitig über laufende Verfahren oder Anfragen zu unterrichten. Nun fehlten aber die Buchstaben U bis W. Zum Glück waren sie nicht ganz verloren, für jede kleine Anfrage wurde eine elektronische Akte angelegt. Der Kollege Heintz aus Waren war längst im Hohenzieritzer Schloss und prüfte die Angelegenheit.

Wilko Jannsen machte eine Notiz und leitete sie an den Hauptkommissar weiter. Er wollte sich nichts mehr zuschulden kommen lassen. Er tat jetzt genau das, was man von ihm verlangte. Nachdem weder die Telekom noch der Mobilfunkanbieter bereit waren, ihm kurzfristig Zugang zu den angefragten Nummern zu geben, schrieb er eine weitere Notiz. Dieses Mal an die Staatsanwaltschaft. So. Datenbanken füllen. Er rief im Netz alle verfügbaren Daten auf, die über jeden Einzelnen des Quartetts zur Verfügung standen. Eva Wöllert war die Einzige mit einem privaten Facebookprofil. Vom Hotel gab es eine Fanseite und eine Webseite, vom Buchladen eine Webseite und einen Webshop. Niemand benutzte Twitter oder Instagram. Über Martin Friedemann war fast gar nichts zu finden. Lediglich der Eintrag auf der Webseite des Nationalparkamtes und seine Adresse standen im Telefonbuch. Wilko Janssen entschloss sich, das Quartett mit allen bisher in Erscheinung getretenen Personen auf Gemeinsamkeiten abzugleichen. Anschließend nahm er die Personen dazu, die lediglich namentlich in Zusammenhang mit den Morden benannt waren. Vielleicht war es dieser komische Kollege der Buchhändlerin. Tom Köhler. Hatte der nicht mal ein Praktikum im Nationalparkamt gemacht? Er suchte weiter, bis alle, die einen der vier kannten, aufgelistet waren. Tom Köhler musste er schweren Herzens ausschließen, er hatte Friedemann nicht gekannt. Das Praktikum lag schon zu lange zurück. Außerdem fehlte eine Verbindung zu Eva Wöllert. Und im Grunde auch zu Lutz Meinhard. Wilko vertiefte sich in sein Tablet und tat, was er am besten konnte: Daten recherchieren, sammeln und abgleichen.

Jens Meinhard versuchte währenddessen, von seinem Bruder zu erfahren, was Lutz seit der Fahrt nach Neubrandenburg herausgefunden hatte. »Deine Lilo Glück war es nicht. Ich glaube dir.«

»Tja, dann bist du einer der wenigen in der Stadt. Ich würde fast sagen, die Spatzen pfeifen Lilos angebliche Schuld von den Dächern, aber bei uns ist es der Fleischer, der es mit jeder Scheibe Wurst, die er verkauft, herausposaunt.«

»Jeder geht nicht zu deinem Fleischer.«

»Und morgen steht es in der Zeitung. Bestimmt. Wenn die spitz kriegen, dass Eva tot ist, zählen sie eins und eins zusammen. Und wenn es da erst einmal steht, wird Lilo ihren Laden schließen müssen.« Lutz hatte beide Hände flach auf den Tisch vor sich gelegt und bewegte seinen Oberkörper langsam vor und zurück.

»Hör auf damit! Das hast du schon als Kind gemacht, wenn du Schiss hattest. Sei keine Memme. Ich weiß immer noch nicht, wer außer Eva Wöllert etwas gegen deine Lilo haben könnte. Die war eifersüchtig. Betonung liegt hierbei auf dem Wort ›war‹. Eigentlich müsste das doch nun aufhören. Die Frau ist seit Mittwochabend oder etwas später nicht mehr am Leben.« Jens stutzte. »Und wenn sie nicht erst nach Mitternacht gestorben ist, sondern früher, was ich inzwischen annehme, hat der Mörder ihr Handy benutzt. Die Spurensicherung wird keinerlei Abdrücke an dem Telefon finden. Das wird abgewischt und clean sein. Oder er hat Handschuhe benutzt, was Faserspuren hinterlässt. Hinterlassen kann.« Er korrigierte sich. Es sollte aufmunternd klingen. Es sollte klingen, als wüsste er schon, wer der vermeintliche Mörder ist.

In seiner Jacke vibrierte es zum wiederholten Male. Endlich entschloss er sich, das Gespräch, was eher ein Monolog war, abzubrechen. Lutz war gerade nicht zu gebrauchen. Er las mehrere Notizen seines Ostfriesen und wunderte sich, wie viel Text der in so kurzer Zeit schreiben konnte. Dabei nicht mal dumm und fast fehlerlos. Er selbst vertippte sich sehr oft, wenn es schnell gehen musste. Er wollte Wilko gerade zurückrufen, als dieser ihm zuvorkam.

»Was? Gibt es weitere Vergleichsspuren? Die sollen zuerst die Wohnung der Wöllert auf den Kopf stellen. Ich kümmere mich um sie. Du gehst zum Töpferberg und trommelst die Leute zusammen.« Er gab weitere Anweisungen. »Hast du alles verstanden? Ich melde mich, wenn ich bei ihr bin. Und schick schon mal eine Streife zu ihrer Wohnung. Heute ist Feiertag. Da wird sie nicht im Laden sein.«

Als Jens aufgelegt hatte, wandte er sich wieder an seinen Bruder. »Lutz, reiß dich mal zusammen. Wenn dir was an der Buchhändlerin liegt, überlege, wer außer der Wöllert was gegen sie hat. Hat sie was gesehen? Hat sie etwas gegen den Mörder in der Hand? Ruf mich an, wenn du was weißt oder dir was einfällt. Ich fahre zu Lilo. Wir haben Blut in der Waschküche gefunden. Zwei Sorten Blut. Du weißt, von wem, oder? Versuche sie zu erreichen. Sag ihr, ich bin gleich da und sie soll sich nicht von der Stelle rühren.«

Lutz nickte hastig, rannte hinaus und schrie nach einem Telefon. Jens atmete tief durch, verließ im Laufschritt das Hotel und öffnete schon von Weitem sein Auto. Er sprang auf den Fahrersitz, fuhr hastig los und ignorierte das nervende Zeichen, das ihm bedeutete, er müsse sich anschnallen. Er fuhr viel zu schnell in die Tiergartenstraße, bog in die Töpferstraße und raste fast quer über den Markt bis in die Glambecker Straße. Ein Lkw stand schräg über die Straße, anscheinend wollte er etwas bei »Rogge« abladen. Jens hupte wild, der Fahrer fasste sich an den Kopf und bewegte sein Fahrzeug keinen Millimeter. Jens fuhr auf die Gegenfahrbahn und benutzte den Bürgersteig mit, bis er an dem Hindernis vorbei war. Gefahr im Verzug, dachte er. Ich darf nicht zu spät kommen. Die rote Ampel an der Kreuzung, die rechts zum »Carolinum« führte, ignorierte er. Er gab Gas und hoffte, niemanden zu verletzen. Endlich bog er in die Einfahrt von Lilos Haus. Ihr Wagen stand auf der Straße. Er war erleichtert.

NEUNUNDZWANZIG

Eigentlich wollte Lilo nach all dem gleich zu ihren Kindern. Aber was sollte sie ihnen sagen? Dass die Polizei das ganze Haus auf den Kopf stellt, weil jemand in die Waschküche eingebrochen war? Dass Lutz sie verraten hatte, mochte sie keinem erzählen. Nicht mal ihrer Mutter, der sie viel anvertraute. Sie hatte geglaubt, Lutz wäre ein Freund. Sie ärgerte sich, ihn so schnell an sich herangelassen zu haben. Sie hatte begonnen, trotz der vielen schlimmen Dinge, die um sie herum geschahen, sich heimisch und wohl zu fühlen. Weil sie geglaubt hatte, es gäbe außer ihrer Familie Menschen, die sie schätzten und sogar gern hatten. Denise, nun ja, war gleichzeitig die Verbindung in die Vergangenheit. Lutz war neu, er war jemand, der einsam lebte wie sie und der ihr Zuneigung vorgegaukelt hatte.

Gerade rief er zum hundertsten Male an. Sie drückte den Anruf weg und entschloss sich, das Telefon die nächsten zwei Stunden weit wegzulegen. So lange würde sie brauchen, um die Buchbestellungen vorzunehmen. Sie steckte das schon wieder vibrierende Ding in die Tasche ihrer Jacke, die über der Garderobe hing. Zufrieden setzte sie sich zurück an den Schreibtisch im Hinterzimmer ihres Buchladens und blätterte langsam weiter in den neuen Verlagsvorschauen.

*

Er lief die fast menschenleere Strelitzer Straße auf der anderen Seite des Buchladens weiter, ohne zu wissen, was er als Nächstes tun sollte. Oder konnte. Er hatte den ganzen Donnerstag auf eine Nachricht gewartet. Am liebsten hätte er die Vereinsfreunde gefragt, ob sie nicht wüssten, wo die Vorsitzende war. Es war ihm schwergefallen, stillzuhalten und abzuwarten. Außerdem kam es ihm merkwürdig vor, dass niemandem das Ausbleiben der Mailsticheleien auffiel. Nicht einmal der besten Freundin von Eva Wöllert, Sabine Michels. Diese hatte er am Donnerstagabend aufgesucht. Jedenfalls hatte er vor ihrer Tür gestanden. Er hatte klingeln und sie bitten wollen, ihm die aktuelle Vereinssachlage zu erklären, da Eva nicht erreichbar wäre und er die Pferde nicht scheu machen wollte. Er hatte es aber gelassen und war unverrichteter Dinge nach Hause gefahren. Nach Prälank. In sein Haus, das auf seinem wertvollen Grundstück stand. Es war noch immer Millionen wert.

Er musste lediglich einen anderen finden, der sein Vorhaben unterstützte. Einer, der Geld annahm. Jeder Mensch brauchte Geld. Selbst die Reichen konnten nicht genug davon bekommen. Die bei der Unteren Baubehörde würde er um den Finger wickeln, sobald er die entsprechende Empfehlung von den selbsternannten Naturschützern hatte. Welcher Idiot hatte dieses wundervolle Land zum Nationalpark erklärt? Man hatte doch alles umgeschmissen, für was die DDR stand, weshalb ausgerechnet das nicht?

Wie komme ich in den beschissenen Buchladen, ohne dass die halbe Straße davon etwas mitbekommt? Er hatte sie verfolgt, als sie zu Hause losgegangen war. Schnell war ihm klar gewesen, wohin sie wollte. Und damit hatte sich seine allerletzte Chance eröffnet. Sie schien keiner Menschenseele von seinen Plänen erzählt zu haben, die die Alte ihr hatte zukommen lassen. Sonst wäre die Polizei längst bei ihm gewesen. So blöd konnte kein Bulle sein. Aber sie war vielleicht blöd. Möglicherweise konnte sie den Anhang nicht öffnen oder hatte die Nachricht ihrer Erzfeindin sofort gelöscht. Alles war möglich. Er musste das Telefon der Buchtante in die Hand bekommen und alles vernichten, was auf ihn schließen ließ.

Er marschierte bis zum »Königsmann« und bekam Lust auf eine Zigarre, obwohl er seit Jahren, Conni zuliebe, keine mehr angerührt hatte. Wenn alles vorbei ist, versprach er sich und blieb vor dem Schaufenster stehen, dann werde ich mir was richtig Gutes gönnen. Die teuerste Zigarre und den besten Whisky. Bevor er erneut die Seiten wechselte, fiel ihm ein, dass fast jedes Haus nicht nur einen Eingang hatte. Selbst die Wohnblöcke hatten Hintereingänge. Ein Quäntchen Glück könnte ihm diese Buchhändlerin schon bringen. Wozu hieß sie sonst so.

*

Lutz drückte auf die Wahlwiederholung. Vergeblich. Sie nahm nicht ab. Und seine Textnachrichten beantwortete sie ebenfalls nicht. Oder konnte sie nicht, weil ihr etwas zugestoßen war? Wenn sich Jens doch endlich melden würde und Entwarnung gäbe. Wozu hatte er einen Bruder bei der Polizei? Er nahm das Festnetztelefon und wählte Jens' Nummer. Besetzt. Natürlich. Da fiel ihm der Ostfriese in Zimmer 43 ein. Er nahm beide Telefone mit und stürmte die Treppen hinauf. Ohne anzuklopfen, riss er die Tür auf. Leer. Der war auch weg. Klar, der sollte zum Töpferberg. Lutz überlegte, ob er bei den Eltern von Lilo anrufen könnte. Unsinn. Ich versuche es zuerst bei ihr zu Hause.

»Hallo? Kann ich Frau Glück sprechen?«

Er hörte, wie jemand mit einer anderen Person redete. Als Nächstes hatte er seinen Bruder am Apparat. »Ich bin's. Ist sie da? Ich kann sie nicht erreichen.« Lutz hörte die Antwort und wollte es nicht glauben. Von Lilo Glück keine Spur.

*

Dieses Mal war es einfacher als gedacht. Wenn es mit seinen Plänen so reibungslos gelaufen wäre, hätte es keinen Toten gegen müssen. Sie selbst hatte die Hintertür offen und den Schlüssel von innen stecken gelassen. Er drehte den Schlüssel im Schloss, nachdem er lautlos hineingeschlüpft war. Sie schien keine ängstliche Frau zu sein.

Zwei Möglichkeiten gab es nun: Entweder er fand das Handy und konnte damit verschwinden oder er brauchte sie, um an es ranzukommen. Dann allerdings musste sie mit ihm verschwinden. In einer Form, die zu ihr und ihrem verkackten Leben passte. Bestimmt gab es einen Strick, eine Leine, etwas, an dem sie später hängen würde.

Oder er nahm ein Messer, ein kleines, und sie würde sich die Pulsadern damit aufschneiden. Depressive Schlampe eben. Bringt sich vollkommen überfordert inmitten ihrer Bücher um. Vielleicht würde er ein wenig Blut von ihr über all die Schinken verteilen. Wenn es die Zeit erlauben würde.

Sie saß vor ihm, seitlich. Dass sie ihn noch nicht gesehen hatte, verdankte er ihrer Konzentration. Er beneidete sie ein wenig. Sie schien vollkommen versunken in dem, was sie anschaute. Er sah einen dicken Stapel Kataloge vor ihr. Ah, Frauen und Kataloge. Kein Wunder, dass die Schlampe nichts mitkriegt, dachte er.

*

Jens und Wilko verabschiedeten sich zügig. Die Eltern der Buchhändlerin hatten ihnen gleich an der Tür gesagt, dass Lilo die Buchbestellungen hinter sich bringen und mittags zu ihnen kommen wollte.

»Komm. Ich weiß zwar nicht, warum der Mörder hinter Lilo Glück her sein soll, wenn er sie gern als Verdächtige hätte, aber er war in ihrem Haus. Mit Schuhen oder, laut Spurensicherung, mit Stiefeln, an deren Sohlen sich das Blut der Opfer befand.«

Sie saßen wieder im Auto und Jens wählte den kürzesten Weg zurück am Tiergarten vorbei in die Stadt. »Die Ergebnisse der Rechtsmedizin ergaben, dass Eva Wöllert eine Weile vor Mitternacht ermordet wurde. Der Täter lenkt mit den Nachrichten an Lutz in Eva Wöllerts Namen von sich ab und macht damit auf Lilo Glück aufmerksam. Was sehen wir nicht? Wilko, was hast du noch?«

Nichts, wollte der antworten, als ihn ein Anruf erreichte. Er stellte auf laut.

Walter Heintz' tiefe Stimme hallte zu ihnen: »Die Unterlagen, die fehlenden. Wir haben jemanden, unter dessen Namen eine Anfrage beim Nationalparkamt eingegangen ist. Er ist wie Eva Wöllert Mitglied im Verein »Neustrelitzer Marktquartier«. Die Person heißt Ingolf Wendt. Finanzberater oder so. Wohnt in Prälank. Ich fahre zu ihm, in Ordnung?«

*

Lutz sah durch das Schaufenster. Nichts. War sie doch nicht hier? Aber wo sonst? Sie hatte letzte Woche erwähnt, dass sie am Karfreitag arbeiten müsse, irgendwelche wichtigen Bestellungen aufgeben. Er hatte es als Ausrede gesehen, um sich nicht mit ihm verabreden zu müssen. Allerdings war sie, was Absagen betraf, eher zu ehrlich. Und sie hatte es am Sonntag gesagt, im Beisein von André und Ulrike. Vor dem Toten. Als sie noch alle recht lustig gewesen waren. Er ging zur Eingangstür und rüttelte an ihr. Das wäre auch zu einfach gewesen.

*

»Frau Glück, es tut mir ehrlich leid, Sie stören zu müssen.«

Lilo fuhr aus ihren Gedanken und stand abrupt von ihrem Stuhl auf. Sie sah den Mann, der plötzlich hinter ihr stand, erschrocken an. Wie war er in ihren Laden gekommen? Da erkannte sie ihn. »Herr Wendt, Sie haben mir einen schönen Schrecken eingejagt. Bin ich erleichtert, dass Sie es sind. Ich dachte schon, ein Einbrecher oder noch schlimmer steht vor mir.« Sie dachte nicht über ihre Worte nach. Auch nicht darüber, was sie mit »noch schlimmer« meinte.

»Das war nicht meine Absicht. Ich habe Sie gesehen und dachte, ich könnte die Gelegenheit nutzen, endlich mit Ihnen unter vier Augen zu reden.« Er meinte alles genau so, wie er es sagte. Er wollte sie nicht erschrecken und er wollte mit ihr sprechen. Erst einmal jedenfalls.

»Oh, haben Sie mich beobachtet oder woher wissen Sie, dass ich hier hinten bin?« Noch immer war die Erleichterung groß, trotzdem wunderte Lilo sich ein wenig über sein Anliegen.

»Ja, das habe ich.« Mehr sagte er nicht.

»Wenn Sie schon mal da sind. Wollen Sie einen Kaffee?«

»*Kaffe*? Türkisch?« Er lachte laut.

»Ich dachte eher an einen aus meinem Automaten vorne.« Sie war verunsichert. Sie kannte Ingolf Wendt nicht gut, ein paarmal waren sie sich bei den Sitzungen begegnet. Zuletzt bei beiden Wanderungen. Was wollte er von ihr?

»Lassen Sie mal. *Kaffe* werde ich so schnell nicht mehr anrühren. Damit habe ich weniger gute Erfahrungen gemacht. Eva Wöllert übrigens auch. Die trinkt deshalb nie wieder *Kaffe*.« Er sprach das Wort aus, wie Eva es getan hatte. Mit dem kurzen »e«.

Er machte einen überspannten Eindruck auf Lilo, wirkte beinahe krank und fiebrig. »Möchten Sie ein Glas Wasser?«

»Quatsch nicht rum. Du weißt, was ich will. Dein Scheißhandy. Los!« Als sie nicht sofort reagierte, schrie er: »Meinst du, du kannst mich an der Nase rumführen wie einen Tanzbären? Conni hat das gewollt, die Alte auch und nun du. Schlampe. Wo ist dein verficktes Handy?« Er war neben sie getreten und spuckte sie an.

Sie begriff. Er steckte hinter all dem. Die Pläne mussten ihm gehören und etwas bedeuten. »Mein Handy ist in meiner Jacke. An der Garderobe. Ich hole es Ihnen.« Sie war ganz ruhig, nachdem sie verstanden hatte, worum es ging. Er wollte seine Unterlagen.

»Schnauze. Ich hole es und dann entsorge ich es.«

Sollte sie sich dumm stellen und tun, als hätte sie Evas Nachricht nie bekommen? Sie entschied sich dagegen. »Was ist mit Eva?«

Er antwortete nicht, stattdessen wühlte er in ihrer Jacke, bis er das gesuchte Teil fand und sich ihr näherte. »Hah, Kennwort?«

Lilo schüttelte den Kopf, was er falsch verstand. Er holte blitzschnell aus und gab ihr eine Ohrfeige. Sie prallte zurück, konnte sich aber an der Tischkante festhalten und damit ein Fallen verhindern.

»Keine Spielchen. Gib mir dein Kennwort!« Sie machte ihn wütend. Wie zuvor die Alte und davor der Naturheini.

»Ich habe kein Kennwort. Einfach hochstreichen und fertig.« Lilo versuchte weiterhin ruhig zu bleiben. Obwohl die linke Wange furchtbar schmerzte und sie am liebsten laut schreien würde.

»Weiber. Zu doof, ein Kennwort zu vergeben.« Er grinste entzückt. »Hier. Du hast es gesehen, oder?«

Sie nickte. Was dachte er denn von ihr – dass sie nicht nur doof, sondern dazu noch blind sei?

»Und? Wer weiß es außer dir? Wem hast du es gezeigt? Ich werde dich verschonen, wenn du es vergisst.« Er sprach zu schnell, und er spuckte bei fast jeder Silbe aus. Er versuchte nachzudenken. Er musste sie dazu bringen, sich selbst zu töten.

»Was soll ich vergessen? Ich weiß nichts.« Lilo spürte Furcht in sich aufsteigen. Denn der Mann, der vor ihr stand und kaum einen vernünftigen Satz sagen konnte, war vollkommen außer sich. Sie hatte keine Ahnung, warum diese Pläne wichtig für ihn waren, sie wollte es auch gar nicht wissen.

»Stell dich nicht dumm. Deine Feindin hat gemeint, mich damit in der Hand zu haben. Stell dir vor – diese kleine hässliche alte Hexe. Das kann sie nicht mehr bereuen. Und dir wird es genauso gehen. Kein Schwein interessiert sich für dich. Alle wollen, dass du verschwindest. Niemand in der Stadt hat Interesse an dir. Und deine Bälger kommen ins Heim.« Er suchte in ihren Nachrichten nach Spuren, die darauf hindeuteten, dass sie Interesse an den Plänen gezeigt hatte. Ohne Erfolg. Alles privater Kram.

»Kein Schwein interessiert sich für mich? Und meine Kinder kommen ins Heim? Wie kommen Sie auf so einen Schwachsinn?« Sie hatte Angst, richtiggehend Panik. Aber was er sagte, machte sie wütend. »Was bilden Sie sich ein? Sie waren das? Sie meinen, weil Ihr Leben kaputt ist, muss es meines auch noch sein?« Jetzt schrie sie.

Ingolf Wendt sah sie irritiert an. »Hey, Schlampe. Mein Leben ist nicht kaputt. Aber deines. War es schon immer.« Er wollte lauter als sie sein, doch er war zu überrascht von dieser Frau, die vor ihm stand mit zornigen Augen und ihn anbrüllte, als hätte sie jedes Recht dazu.

»Du wirst meinen Kindern nicht die Mutter nehmen. Du wirst mich in Ruhe lassen. Du wirst verschwinden. Sofort. Und du wirst mich nie wieder ansprechen!«

Er holte aus und gab ihr eine weitere Ohrfeige. Dieses Mal konnte sie nicht standhalten. Sie fiel auf den Rücken. Wie ein Kaninchen in der Falle lag sie vor ihm, vollkommen ausgeliefert.

*

»Los, du Sack. Nach hinten.« Lutz freute sich, seinen Bruder zu sehen, was er in einer Beschimpfung zum Ausdruck brachte. So hatten sie es früher schon gemacht, um sich auf ihre Weise ihre Zuneigung zu zeigen. »Wo bleibt ihr? Ich höre da was. Eben hat es gekracht.«

»Red nicht. Bleib hier. Wir machen das.«

Jens und Wilko liefen um die Ecke und fanden nach wenigen Sekunden den Hintereingang zum Buchladen. Wilko drückte die Klinke. »Abgeschlossen. Ob sie überhaupt da ist? Ich höre nichts.« Er flüsterte und drückte das Ohr an die Tür.

»Aufbrechen. Los. Sie ist da drin. Ich habe es gehört.« Lutz flüsterte wie der Kommissar. »Und ich bleibe hier, fertig.«

Jens zog seine Waffe aus dem Holster und gab Wilko ein Zeichen, das gleiche zu machen. »Bei drei öffne ich die Tür.« Er hielt die Pistole mit beiden Händen und zielte auf das Türschloss. »Lutz, zurück. Du kommst nach, wenn die Luft rein ist.«

Lutz trat einen Schritt zurück. Mehr nicht.

*

Sie lag vor ihm. Vollkommen hilflos und vor allem wehrlos. Er könnte gleich zutreten, ohne sie vorher umzubringen. Er vergaß, dass er vorgehabt hatte, ihren Tod wie einen Selbstmord aussehen zu lassen.

»Wenn ich sterbe, wissen alle, dass Sie es waren.« Lilo war heiser, als wären ihre Stimmbänder eingeklemmt. Sie versuchte zu husten, was ihr stechende Schmerzen im Rücken bescherte. Sie überlegte, ob sie aufstehen könnte. Irgendwie hochkommen. Weg von seinen schweren Schuhen. Hatte er damit Martins Gesicht zertrümmert?

»Niemand weiß etwas. Und ich werde reich sein. Bald schon. Und dann fahre ich zu Conni und mach sie fertig. Wie Martin und Eva, und wie dich.«

»Ich bin nicht tot und habe nicht vor zu sterben. Ich habe Kinder, ich habe eine Familie, ich habe Freunde und ich lebe in einer Stadt, in der ich alt werden möchte.«

Er verstand sie kaum, so zittrig und heiser war ihre Stimme. Er musste lachen, als er dieses Weib vor ihm liegend Märchen erzählen hörte. Sie würde sterben und es würde jeden Moment passieren.

In diesem Moment vibrierte das Telefon in seiner Hand. Er sah das Bild eines Mädchens. Braune große Augen, dunkelblonde Locken. Unter dem Bild las er den Namen »Sam«. Einen Augenblick betrachtete er das lächelnde Mädchen – einen Augenblick zu lang.

Lilo sprang auf, wie sie es beim Training gelernt hatte, und setzte einen schnellen rechten Haken auf seine Schläfe. Das hatte sie nicht beim Training gelernt, sondern in einem Film gesehen. Dann hörte sie einen Schrei von draußen: »Achtung, Schuss!«

Sie ließ sich fallen, es knallte und sie schaffte es, sich unter den Schreibtisch zu rollen, bevor es dunkel um sie herum wurde.

DREISSIG

»Lutz hat Lilo Glück zu ihren Eltern gebracht. Sie wollte nicht länger im Krankenhaus bleiben. Er kommt nachher vorbei.« Jens hob das Glas. »Ich habe Durst und mag nicht warten. Und Hunger.« Er warf einen Seitenblick auf Phillip. »Danke. Es riecht lecker.«

»Ist es vorbei? Endgültig? Kann ich morgen etwas darüber in meiner Predigt sagen? Die Menschen sind verängstigt und sie haben es verdient, beruhigt zu werden.«

»Meinetwegen. Keine Namen und keine Einzelheiten, aber das muss ich dir nicht extra sagen.«

»Und tust es trotzdem, weil du es nicht lassen kannst. Du solltest dabei sein, die Leute sollen sehen, dass der Fall Geschichte ist. Habt ihr vor, gegen den Typen aus der Baubehörde vorzugehen? Eventuell hat er das Geld aus einer Not heraus angenommen.« Phillip sah immer in jedem Menschen das Gute. Seiner Meinung nach gab es keine schlechten Menschen, höchstens schlechte Angewohnheiten.

»Die Ermittlungen laufen an. Das ist nicht meine Sache. Die in Waren knöpfen sich den Mann aus der Behörde vor. Verheiratet, drei Kinder. Der Wendt wäre mit seinem Antrag nie durchgekommen. Hotels in der Größenordnung auf der sogenannten grünen Wiese am Rande vom

Nationalpark sind keine Option. Das haben mir alle Mitarbeiter des Nationalparkamtes bestätigt. Kein Einzelner von ihnen hätte die Macht, dafür eine Empfehlung auszusprechen, die zur Baugenehmigung führen würde.«

»Und Ingolf Wendt hat das nicht gewusst?«

»Er mochte es nicht einsehen. Er hätte sein Grundstück verkaufen können. Für nicht wenig Geld. Aber nicht an eine Firmengruppe, die vorhat, eine derartige Hotelanlage in unmittelbarer Nähe zum Nationalpark zu bauen. Er war zu gierig.«

»Aus Habgier hat er die Menschen ermordet?«

»Er wurde in eine psychiatrische Einrichtung gebracht. Er redete ununterbrochen von Conni, seiner Exfrau, und von der alten Hexe, und er weinte verzweifelt, als er hörte, dass Lilo Glück überlebt hat. Ihr macht er große Vorwürfe, obwohl sie rein zufällig in die Geschichte geraten ist.«

»Er ist krank. Eindeutig.«

»Das werden Gutachten herausfinden. Diese Eva Wöllert hatte die Pläne von Wendt fotografiert und an die Buchhändlerin geschickt. Ich bin mir nicht sicher, ob sie es getan hat, um etwas gutzumachen, oder um Lilo Glück von Wendt jagen zu lassen.«

»Jens, die Frau ist tot und kann sich nicht verteidigen. Gehen wir davon aus, dass sie Lilo Glück helfen wollte.«

»Ach, du Gutgläubiger. Es gibt schlechte Menschen, diese Überzeugung wirst du nicht aus mir herausbekommen.« Jens tat es gut, über alles mit einem Außenstehenden reden zu können. Die letzten Tage waren die Hölle gewesen. Zuerst das Tappen im Dunkeln, gestern Morgen fast ein weiterer Mord, nachdem kurz zuvor die Leiche von Eva Wöllert gefunden worden war, dann die wirren

Aussagen von Ingolf Wendt, die vielen Zeugenaussagen und Protokolle. Zuletzt das Schulterklopfen vom Oberrat. Dem war die Erleichterung während der Pressekonferenz anzuhören gewesen, als er kundtat, dass der mutmaßliche Mörder gefasst war.

»Mein Ostfriese hat sich am Ende gut geschlagen. Ich gewöhne mich langsam an ihn. Übrigens fehlt uns weiterhin der Mörder von Doris Hamann. Alle Spuren führen ins Nichts. Niemand, der sagen kann, womit sie sich damals beschäftigt hat. Keiner kennt ihren Freund, den sie, der Aussage ihres Bruders nach, aber hatte.« Jens stand auf und stellte sich hinter Phillip. »Es sieht so aus, als werde absichtlich geschwiegen, als sollen wir nichts finden.«

Phillip hob sein Glas. »Alte Geschichten wollen nicht erzwungen werden. Sie müssen erzählt werden. Wenn die Zeit reif ist.«

»Das reicht mir nicht. Doris Hamann ist das Opfer eines Gewaltverbrechens. Der olle Schmidt, der frühere ABV, erinnert sich nicht mehr. Er ist richtig wütend geworden, als ich ihn heute früh noch einmal aufgesucht habe. Der weiß etwas und das will ich aus ihm herauskriegen. Meiner Meinung nach ist die Zeit reif.«

Ein Auto fuhr vor.

»Du wirst nicht alle Fälle lösen können.« Phillip stellte sich neben Jens. »Ich weiß aber, dass du nicht aufgeben wirst.«

Sie sahen sich an und Phillip nahm Jens in den Arm. »Auch dafür liebe ich dich.«

»Schade, ausgerechnet jetzt kommt Lutz. Vielleicht können wir das später ausdiskutieren.«

*

Sam weckte sie liebevoll. »Mama. Bist du immer noch müde? Wir müssen unsere Nester suchen. Ostern. Schon vergessen? Oma und Opa haben dir auch eines versteckt.«

»Ich bin kein Kind mehr, sag ihnen das.« Lilo tat so, als wäre sie längst wach gewesen, denn eigentlich war sie morgens immer die Erste. »Ich bin gleich bei euch. Wie spät ist es?« Sie sah selbst auf die Uhr. »Was, schon nach 11 Uhr? Warum habt ihr mich nicht geweckt?«

Sam streichelte sie. »Oma hat gesagt, dass du den Schlaf brauchst, um alles zu vergessen.« Sie bekämpfte tapfer die Tränen, die längst in ihren Augen standen. »Sie schimpft, weil du nicht länger im Krankenhaus bleiben wolltest.«

»Ach, Süße, komm her. Alles ist gut.« Lilo setzte sich auf, nahm Sam in die Arme und schaukelte sie hin und her. »Weine ruhig. Das hilft. Glaub mir. Ich habe schon viel in meinem Leben geweint, ich weiß, wovon ich spreche.«

»Mama, der Mann wollte dich wirklich umbringen?«

Lilo bereute fast, dass sie den Kindern und ihren Eltern erzählt hatte, was passiert war. Sie hatte die Einzelheiten ausgelassen – wie sie am Boden lag und dieser Mann über ihr stand, dass er sie tottreten wollte. Und von ihrer Wut hatte sie auch nichts gesagt. Die ausnahmsweise einmal im richtigen Moment in ihr hochgekrochen war und ihr ungeahnte Kräfte verliehen hatte.

»Ja, das wollte er. Aber die Polizei war da und hat mich gerettet.«

»Und dieser Lutz, der Hotelmensch. Sagt Oma. Hat der dir auch geholfen?«

Lilo fragte sich, woher ihre Mutter all die Einzelheiten kannte. Neustrelitz war eben ein Dorf. Auch aus diesem

Grund hatte sie alles, fast alles, ihren Liebsten erzählt. Sie hätten es sowieso erfahren. Sam beruhigte sich langsam, womöglich tat es ihr gut, über alles zu sprechen.

»Ja, Lutz Meinhard hat mir geholfen.«

»Eigentlich wärst du gut allein klargekommen, sagt Lutz.« Das Mädchen lächelte breit, trotz der im ganzen Gesicht verschmierten Tränen.

»Sagt Lutz? Wann hast du mit ihm gesprochen? Und wieso duzt du ihn? Habe ich etwa nicht nur das Frühstück verschlafen?«

»Er sitzt unten. Und er hat uns von deinem rechten Haken erzählt. Dass du eine Heldin bist, sagt er. Der Arzt hatte mächtig damit zu tun, den Typen wach zu kriegen. K. o. in der ersten Runde. Ich glaube, ich will wie du und Marius boxen lernen. Dann kann mir keiner was.«

Lilo wollte protestieren, wollte sagen, dass es anders gewesen war, dass allein die Wut sie hatte aufspringen und die Faust mit aller Wucht gegen den Kopf des Verrückten hatte schmettern lassen. Gegen alle Regeln der Boxkunst. Sie war keine Heldin. Sie hatte sich das Leben gerettet. Nicht mehr. Sie fasste in Sams Locken. »Meine Hübsche. Wenn du willst, dann lerne boxen. Ich bin keine Heldin. Ich konnte in dem Augenblick nichts anderes tun.« Das war die Wahrheit und Lilo kam sich schlecht und dumm und gewalttätig vor.

»Lutz hat gesagt, du warst wunderbar. Und Mama, du bist wunderbar.«

Lilo schüttelte den Kopf und konnte nun ihrerseits die Tränen kaum zurückhalten. »Geh zu den anderen. In zehn Minuten bin ich bei euch. Sag Oma, ihr Kind will das schönste Osternest finden, das die Welt je gesehen hat.«

Sie ging ins angrenzende kleine Bad, zog sich aus und stellte sich unter die Dusche. Lutz ist ein Freund, dachte sie, als das Wasser heiß auf ihren Körper perlte. Ich habe an ihm gezweifelt. Sie sah sein besorgtes Gesicht mit den unzähligen kleinen Fältchen, den dunklen Brauen über den blauen Augen, wie er im Krankenwagen neben ihr saß und ihre Hand in der seinen hielt. Sie hatte es zugelassen und schob es auf das Schmerzmittel, das man ihr injiziert hatte. Eva Wöllert hatte sie vor dem Mörder warnen wollen. Mit der SMS. Das glaubte sie inzwischen. Sie hätte damit zur Polizei gehen sollen. »Hätte hilft nichts mehr und macht nichts rückgängig«, hatte Lutz zu ihr gesagt.

Sie wusch die Haare, dann den Körper, rubbelte sich trocken und zog eine Jeans und ein bequemes Shirt an. Bei ihren Eltern fühlte sie sich wie zu Hause, und zu Hause sparte sie sich jedes Make-up. Als sie schon nach unten laufen wollte, fiel ihr ein, dass ein Gast auf sie wartete. Lutz. Sie ging wieder zurück ins Bad und stellte sich vor den Spiegel. Falten und Augenringe. Sie fühlte sich alt und unattraktiv. Als sie Christoph getroffen hatte, war sie jung gewesen und hatte sich schön und begehrenswert gefühlt. Wenn Lutz ein Freund sein will, muss er damit zurechtkommen. Ich bin zu Hause, waren ihre letzten Gedanken, bevor sie ungeschminkt aus der Tür in den Flur trat und im Erdgeschoss die vertrauten Stimmen hörte.

EINUNDDREISSIG

»Kann es für uns gefährlich werden? Kann er uns gefährlich werden?«

Daniela lächelte ihren Sohn an und verdrängte die Gedanken an die alte Zeit. Als sie jung und neugierig gewesen war und unbedingt das neue Leben wollte. Gleichgültig zu welchem Preis. Vor Kurzem war Georg aufgetaucht, dieser Verrückte, der sie alle erpresst hatte. Der ihnen den Mord an Doris in die Schuhe schieben wollte, wenn sie nicht taten, was er wollte. Er hatte nichts zu verlieren, wie er meinte.

Warum nur war Georg damals nicht gestorben? Warum Doris? Georg hatte ihnen gesagt, Doris wäre verunglückt, und zusammen hatten sie stillschweigend die Leiche vergraben. Dieses Geheimnis trugen sie seit 30 Jahren mit sich herum. Als Daniela nach so langer Zeit endlich nicht mehr täglich daran denken musste, war dieser Idiot aufgetaucht und hatte sie erpresst. Sie alle hatten gezahlt, damit er die Füße stillhielt. Aber er war zu gierig geworden.

Doris hatte ganz sicher aussteigen wollen. Daniela erinnerte sich an das schmale, fast kantige Gesicht mit dem ernsten Blick. Sie hatte nicht ausgesehen wie eine, der es ums Geld ging. Ihr war es um Liebe gegangen.

Um Zweisamkeit. Deswegen konnte sie leicht ausgenutzt werden. So hatten sie von den Grundstücken erfahren, die bei den Plänen zur Gründung des Nationalparks eine Rolle spielten. Und sie hatten schnell noch kaufen und verkaufen können, was in der Zeit des Umbruchs mit ein bisschen Westgeld möglich gewesen war.

»Keine Sorge, Hannes. Er ist schon eine Weile weg. Was gut ist. Der hätte uns damals fast alles versaut.« Daniela schloss das Fenster, von dem sie sich gern ablenken ließ, denn es gab einen weiten Blick auf den Bodensee frei. »Alles andere haben wir im Griff. Notfalls wird unsere Kanzlei das regeln. Aber wir haben Freunde in der alten Heimat. Die uns einiges zu verdanken haben. Dein Vater hat für alles gesorgt.«

»Wirst du mir erzählen, was damals genau passiert ist?« Der große blonde Mann nahm seine Mutter in die Arme. »Bisher bist du mir immer ausgewichen. Vater wollte, dass ich Verantwortung übernehme.«

Sie schmiegte sich an ihn. »Das will ich auch. Doch nicht für Dinge, die vor deiner Geburt geschehen sind. Du weißt genug. Im Grunde zu viel. Hajo hätte schweigen sollen.«

»Er wollte nicht mit der Last sterben. Und er hatte recht.«

»Nein, in dem Fall nicht. Er und ich, wir haben niemanden getötet, es ging um unsere Zukunft, um ein bisschen Startkapital für die neue Welt, die uns aufgezwungen worden war.«

Er wollte aufbegehren, doch sie ließ es nicht zu und legte ihm die Hand auf den Mund. »Es ist alles gesagt. Du bist ein ehrlicher junger Mensch geworden. Mehr haben wir nicht gewollt. Du wirst bald heiraten, Kinder haben und für deine Familie und für unsere Kanzlei Verantwortung übernehmen, wenn es so weit ist. Du hast eine weiße Weste und so wird es bleiben.«

Sie gab ihm einen Kuss auf die Stirn, wobei sie sich ordentlich strecken musste. Sie dachte an die Frau, Doris Hamann, die Försterin gewesen und ausgenutzt worden war. Und die Hajo gefragt hatte, ob er im Krieg gewesen sei. Vielleicht wären sie Freundinnen geworden. In einer anderen Zeit. Unter anderen Umständen.

AN DIE GESCHÄTZTEN LESERINNEN UND LESER

Ein Roman, der in meiner alten Heimat spielt, ist etwas ganz Besonderes für mich. Erinnerungen, Sehnsüchte und Hoffnungen spielen dabei eine große Rolle. Ich danke den Mitarbeitern beim Gmeiner-Verlag für die wunderbare Betreuung und besonders meiner Lektorin Christine Braun, die erneut mit großem Feingefühl und viel Geduld meine Schreibarbeit begleitet hat.

Zum »Tatort« Neustrelitz: Straßen, Seen und vieles mehr, was in dem Buch vorkommt, existieren natürlich in der Realität. Nicht real, sondern frei erfunden sind hingegen der Verein »Neustrelitzer Marktquartier« sowie einige Orte, beispielsweise das Hotel Strelitz, das Café Glambeck oder das Café Bogoda.

Die Protagonistin Lilo Glück ist eine Frau, die mir sehr ans Herz gewachsen ist, die ich vor mir sehe, mit der ich leide und mich freue.

Und warum eine Buchhändlerin, fragen Sie? Ganz einfach: Weil ich Bücher liebe! Und wenn ich nicht selbst welche schreiben würde, wäre ich gerne Besitzerin eines gemütlichen bunten Buchladens – so wie meine Lilo.

Zu guter Letzt, aber ganz ganz wichtig: Gruß und Dank an meine Familie, ohne die ich nicht wäre, wie und was ich bin.

Weitere Titel finden Sie auf den folgenden Seiten und im Internet:

WWW.GMEINER-VERLAG.DE